KB151106

다무락

다
무
락

牆

최태희 수필집

문학산책사

초등학교 때, 운동회가 열리면 온 동네 잔칫날이었다.

가을 햇살이 부챗살처럼 펼쳐진 운동장에서 달리기 시합을 했는데 나는 늘 4등 아니면 5등을 했다. 그러나 언젠가 1등은 못해도 3등은 해 보리라는 일념으로 열심히 뛰었다.

5학년 운동회 때 뜻밖의 행운이 왔다. 여전히 5등으로 뛰는데 내 앞의 두 명이 서로 발이 엇갈려 넘어지는 바람에 3등을 차지했다.

뒤늦게 붙잡은 문학의 끈은 내게 달리기와 같다. 등수 안에 들지 않으면 어떠랴, 마라톤 선수처럼 호흡을 가다듬고 달리다 보면 지나가는 구름도 만나고 이름 모를 들꽃에게 안부도 전하는 진솔한 글이 나오면 다행인 것을.

매끄럽지는 못해도 재래시장에서 만나는 투박한 촌로의 손처럼 거칠고 모난 부분들을 따뜻한 시선으로 감싸 주리라는 믿음으로 용기를 내어 책을 엮는다.

꺽꺽 소리만 내는 마른 펌프질에 마중물이 되어주신 배준석 선생님께 감사의 말을 전하고 싶다. 격려의 눈빛으로 힘을 더해주는 문후작가회 회원들과 토요일이면 반가운 눈빛을 주고받는 토요수필문학회 문우들께도 감사의 말을 남긴다.

2014년 1월에

해 태리

최·태·희·수·필·집 다무락

차 례

책머리에

1부 수화를 아시나요

2부 손수건과 얼레빗

3부 담장과 담쟁이

4부 꿈꾸는 발레리나

5부 봄날은 흘러간다

1부 수화를 아시나요

소리는 눈빛이다.
전화선을 타고 오는 그리운 사람의 목소리는
듣기만 해도 눈에 보이는 듯하다.
다정다감한 소리의 여운과 함께 전달되는 감각은
마주하는 눈빛보다 더 진하다.
소리는 얼굴을 기억해내는 거울과도 같다.
볼 수도 만질 수도 없는 소리가
그리움으로 느껴질 때가 있다.

가시연

장마가 엉거주춤, 구름사이로 물러섰다. 이맘때면 진흙 속에서 푸른 깃발을 넘실대며 고고한 자태를 드러내는 꽃이 있다. 한 자락 불어오는 바람에도 품위를 잃지 않고 귀부인처럼 피어나는 꽃, 염화시중의 미소를 머금은 채 피는 연꽃이다.

연꽃마을 앞을 초록바다로 물들여 놓고 그 사이로 화사하게 얼굴 내미는 연꽃을 만나러 관곡지로 향한다. 불볕더위가 닥치기 전, 그늘이 없는 푸른 들판을 잰 걸음으로 간다. 관곡지 앞 넓은 연 밭에는 무성한 연잎 사이로 홍련, 백련이 학처럼 내려앉아 우아한 자태를 뽐내고 있다.

초록으로 넘실대는 벌판에 피어났기 때문일까, 꽃빛이 유난히 곱다. 7월 중순부터 피기 시작한 연꽃은 8월이면 절정에 이른다. 연향蓮香을 찾아 날아든 벌들과 수생식물 사이로 물 위를 서서히 유영하는 쇠물

닭 가족의 정겨운 모습이 무더위를 식혀준다.

연못에는 수련이 한창이다. 여러 빛깔의 수련을 보다가 우연히 발견한 가시연. 개연이라고도 하는데 수련과에 속한 일년생 수생식물이다. 못이나 늪지에서 자라며 잎 표면에 주름치마처럼 많은 주름과 약간의 광택을 띠고 있다.

꽃잎에만 가시가 없을 뿐, 잎과 꽃 주변은 보기만 해도 섬뜩한 가시가 에워싸고 있다. 고슴도치처럼 온몸을 가시로 뒤덮은 잎사귀를 뚫고 올라와 꽃을 피운 가시연, 무슨 아픔이 있기에 저리도 자신을 지키려고 중무장 했을까.

추운 겨울 눈밭을 딛고 피어난 복수초처럼 가시연은 네 쪽으로 꽃봉오리를 열고 보랏빛 속살을 드러낸다. 쟁반처럼 넓은 잎사귀는 주름진 자신의 몸을 점점 펼쳐가며 물 위에 떠 있고 수줍은 듯 얼굴을 내밀고 있는 꽃은 눈길을 붙잡아 맨다.

한 송이 연꽃을 피우려 온몸에 돋은 가시를 뚫고 꽃을 피운 가시연, 가시를 품고 핀 꽃이기 때문일까 범접하기 어려운 기운마저 감돈다. 온통 가시로 무장한 연꽃을 들여다보니 불현듯 그녀가 떠오른다.

대학생인 그녀를 교회에서 처음 만났다. 눈망울이 서늘한 그녀는 늘 생기발랄했다. 조실부모하고 어려서부터 오빠에게 얹혀살면서 올케에게 갖은 구박을 당했다. 마당질하는 싸리 빗자루로 매 맞는 것은 예사였고, 결국 오빠 집에서 나와 어린 나이에 버스 안내양이 되었다.

그 당시 버스 안내양은 여자 직업으로는 중노동이었다. 만원버스에 탄 사람들을 짐짝처럼 밀어 붙이며 채 닫히지 않는 버스 출입문에 대롱대롱 매달려가기 일쑤였다.

주먹으로 버스를 탕탕 치며 '오라이'를 연발하던 안내양의 모습이 눈에 선하다. 그런 모습으로 그녀는 힘들 때마다 오뚝이처럼 억척스럽게 자신의 삶을 꾸려갔다.

납덩이처럼 내려앉는 눈꺼풀을 비벼가며 버스 안에서 틈틈이 영어단어를 외우며 고등학교를 검정고시로 마치고 대학도 졸업했다. 그녀는 자신의 처지에 안주하지 않고 꿈을 키웠다. 그녀의 큰 눈망울에는 더 크고 높은 곳으로 달리는 자신의 모습을 늘 담고 있었다. 버스 안내양이 대학에 진학했다는 신문기사로 유명세를 탔고 대학 졸업 후 교직에 몸담게 되었다.

함께 근무하면서 단점을 장점으로 바꿔 생활하는 그녀가 부러웠다. 매사를 긍정의 눈으로 바라보는 그녀가 부러웠다. 자라온 가정환경이 그녀보다 순탄하였음에도 힘든 일을 만나면 겁부터 내는 소심함을 돌아보게 했다. 거침없고 활달한 그녀는 학생들에게 열정적이었고, 일하면서 공부하는 산업체 학생들에게 꿈을 심는 교사로 자리매김하기에 충분했다.

가시연처럼 가시를 품고 지나온 길이 순탄할리 만무하다. 버스 안내양을 하면서 힘들고 지친 몸으로 진학의 꿈을 키운다는 것이 어찌 쉬운 일일까. 그러나 가시 덕분에 가시밭길을 헤치며 지나온 시간들은 오히려 그녀를 올곧게 했을 것이다. 버스 안내양을 하면서 사람들에게 애매한 욕도 먹고 거친 생활이었지만 그녀를 지켜준 것은 신앙이었다. 결혼 후 교회에서 사모로 봉사하는 그녀는 연밥처럼 더 많은 씨앗들을 품을 것이다.

수련睡蓮은 햇빛이 있을 때 새촘하게 피어나지만 꽃이 시들면 물속에 모습을 감추고 열매도 물속에서 맺는다. 물빛에 반사되어 피어있는 수련은 고즈넉한 여인처럼 청초하다. 가지각색의 꽃을 피운 수련을 보니 모네의 「수련」 작품이 떠오른다.

파리 세느강 주변인 오랑주리 미술관에서 본 모네의 「수련」 작품은 그가 실지로 정원에 수련을 심어 30년 동안 그린 대작이다. 모네는 수련을 화폭에 담으면서 시련을 이겨냈다고 한다. 아내와 절친한 친구를 잃고 말년에는 그림을 그리지 못할 정도의 백내장으로 고통에 처했을 때, 수련을 그리면서 우울증과 절망을 극복했다고 한다. 빛이 사그라지면 숨어버리는 수련이 모네에게 가시연과 같은 것은 아니었을까. 그런 가시가 있었기에 「수련」과 같은 작품이 나온 것은 아닐까.

꽃말이 순결인 연꽃은 진흙탕에 뿌리를 내리지만 진흙에 물들지 않고 고고한 여인처럼 피어난다. 그래서 불교에서는 연꽃을 극락정토로, 중국에서는 군자의 꽃으로, 인도에서는 빛과 생명의 의미로 여긴다.

드넓은 연 밭을 지나올 때 눈부시게 피어있는 백련이 부조리에 물들지 말라고 귀띔해 준다. 바람결에 너울대는 부채처럼 넓은 잎사귀는 소심한 마음을 펴서 호연지기를 키우라고 손짓한다.

돌아오는 길에 기념품 파는 곳에 들러 연잎차를 샀다. 그윽한 연잎의 향이 입 안 가득 고인다. 모네와 그녀를 닮은 연향이 아슴푸레 피어오른다. ❦

(2012. 07)

명옥헌 배롱나무

　남도의 여름을 붉게 물들이는 꽃, 목백일홍이 꽃가마 타고 상경했다. 올해는 유난히 아파트 단지에 목백일홍이 만발했다. 숙고사 얇은 천으로 말아 올린 듯 미미한 떨림으로 피고 지는 배롱나무 꽃이다.

　배롱나무는 추위에 약해 남부지방에서나 볼 수 있었는데 이제는 이상기온으로 중부지방에서도 화사한 모습을 드러낸다. 백일동안 꽃이 핀다고 하여 목백일홍이라 부르고 원숭이도 오르기 어려울 정도로 줄기가 매끈하여 '원숭이 미끄럼나무'라고도 한다. 꽃빛이 피 같다고 하여 '피나무'라고도 하며 중국에서는 '자미화'로 부르기도 한다.

　그뿐인가, 여러 번 피고 지다 보면 벼가 익는다고 하여 전라도 지방에서는 '쌀밥나무'라는 별칭도 있다 하니 꽃이 피고 지는 횟수만큼 배롱나무에 얽힌 이름도 쏠쏠하다. 자귀나무 꽃이 지고 난 여문 자리를 채우려는 것일까, 무더위 속에서 꽃 잔치를 벌이며 초가을까지 피는 배롱나무는 지치지 않는 마라톤 선수다.

남루한 일상에서의 일탈을 꿈꾸며 배롱나무를 만나러 명옥헌으로 간다. 바쁘다는 핑계로 종종거렸던 일에서 벗어나 배롱나무 군락지인 명옥헌으로 달려간다. 꿈속 무릉도원처럼 붉은 빛으로 뒤덮인 그곳에 가면 세상만사 갖가지 시름도 잠깐 내려놓을 듯하다.

광주에서 담양 가는 길, 배롱나무가 지천이다. 다홍치마가 빨랫줄에 널린 것처럼 펄럭이는 배롱나무를 사열하듯 스쳐간다. 담양 후산마을에 이르니 후덕한 맏며느리처럼 널찍한 그늘을 만들어주는 느티나무가 쉬었다 가라고 손짓한다. '명옥헌 원림' 이정표를 따라 동네 골목을 오르니 수탉 벼슬처럼 잘생긴 맨드라미와 웃자란 봉숭아꽃이 담장 밑에서 졸고 있다.

팔월 내내 마음속에서 꽃을 피우던 배롱나무, 적송나무가 반겨주는 길목에 다다르니 먼발치에 태양이 떠오르듯 붉은 기운이 번져온다. 노란 꽃술을 내밀며 어서 오라고 반기는 배롱나무 장관이 펼쳐진다. 군락을 이루고 있는 배롱나무의 둥그스름한 모습은 마음마저 둥글게 모아 준다.

정자 밑 연못 주변에 빙 둘러선 배롱나무들은 연회를 기다리는 무희들 같다. 뒷산에서 연못으로 흘러내리는 계곡 물소리가 옥구슬 구르는 소리 같다고 하여 명옥헌鳴玉軒이라 부른다. 연못 주변에 적송과 배롱나무를 심고 언덕 아래로 내려다보이는 공간을 탁 트게 만들어 가슴마저 활짝 열어준다. 연못에 투영된 진분홍빛 꽃들은 수백 년이 지난 지금도 여전히 붉은 빛을 과시한다.

정자에 올라 난간에 기대어 사방을 둘러본다. 낭랑한 매미 울음소리 속에 뒷산에서 내려오는 청아한 물소리와 버무려져 꼬리표처럼 달고 온 상념들을 씻어준다. 갈맷빛 짙은 산천에 피는 꽃이라 꽃빛이 눈이 시리도록 곱다. 군락을 이루며 엉키듯 피어있는 붉은 빛에 잠시 넋을 놓고 바라본다. '아! 그렇지, 이 빛이었어.' 사랑의 그림자처럼 남아있는 이 처연한 빛을 보기 위해 나는 무더위도 잊고 달려온 것이 아닌가.

배롱나무를 처음 만난 것이 언제인가. 울진 백암온천 가는 길에서 만난 꽃들의 환영이 늘 머릿속에 남아 있었다. 여행 중에 생각지도 않은 보너스를 받은 것 같았다. 짓이겨 놓은 푸른 하늘 밑으로 꽃구름처럼 피어난 꽃들은 마음속에 내내 압화되어 있었다. 쳇바퀴 돌 듯 휘돌아가는 일상 속에서 버거울 때 배롱나무의 붉은 빛을 떠올리면 가슴이 따뜻해지곤 했다. 잊히지 않는 추억 한 자락 지니고 산다는 것은 청량제나 다름없다.

뭉게구름처럼 피어있는 꽃나무 가지 사이를 거닐다 보니 비밀스런 화원에 온 듯 고즈넉한 적막감이 감돈다. 탐스럽게 핀 꽃들은 연분홍 드레스를 입은 무희처럼 바람결에 몸을 맡긴 채 나붓나붓 춤을 춘다.

꽃그늘 사이로 들어온 꽃빛은 먼발치에서 본 색과 사뭇 다르다. 붉은 그늘 속에서 온 몸에 꽃물이 들것만 같다. 아름다운 수형樹形을 지닌 배롱나무는 후산마을을 내려다보며 풍성한 여름을 보여준다.

연못가에 휘어진 채 늘어진 가지의 모습이 옹골차다. 반들반들 매끈한 수피樹皮는 근육질로 잘 다져진 몸매 같다. 긴 세월 속에서도 이렇듯 풍성한 꽃을 피우다니, 배롱나무 속에는 식지 않는 뜨거운 피가 흐르는 것은 아닐까. 그러나 오랜 세월 감당한 삶의 질곡인들 왜 없었을까. 짧은 연륜의 햇살과 공기로 이렇듯 붉은 빛을 보여줄 리 만무하다.

땅속 깊이 뿌리를 내리며 모진 비바람에도 끄떡없이 붉은 그늘을 만들어주는 배롱나무, 그 많은 세월이 저절로 가는 법은 없다. 묵묵히 자리를 지키며 제 할일을 감당하는 배롱나무 꽃그늘 밑에서 삶의 비법을 배운다. 솔숲을 돌아 온 바람결에 꽃들이 연못 위로 떨어진다. 꽃물결에 밀려 꽃들은 다시 피어나고 물빛에 반사된 잔영이 운치를 더한다.

아프리카 어느 마을에 수심은 깊지 않지만 물살이 센 강이 있다고 한다. 다리가 없어 강을 건너려면 어른아이 할 것 없이 돌을 머리에 이고 강을 건너야 한다. 자신에게 걸맞는 돌의 무게로 거친 물살을 헤쳐나가는 그들만의 지혜다.

내가 짊어진 짐들은 얼마나 될까, 돌이 무겁다고 강 건너 불 보듯 바라만 보는 것은 아닐까. 연못 위에 비친 모습을 들여다보니 짊어진 짐들이 한 두 개가 아니다. 어쩌면 내가 짊어진 짐들은 강물에 휩쓸리지 않게 도와주는 고마운 돌인지도 모른다. 쓰러지지 않게 세워주는 짐을 만나면 피하지 말고 부둥켜안고 갈 일이다.

연못가를 한 바퀴 돌아 언덕에서 내려오니 꽃그늘 사이로 난 오솔길이 신부처럼 눈부시다. 꽃길 사이로 한차례 바람이 분다. 휘돌아 나오는 바람결에 붉은 기운이 온몸을 감싸 안는다. 뜨거운 피가 분수처럼 솟구쳐 오른다. 🌸

(2012. 08)

뒷모습이 아름답다

　오래전 배낭여행을 다녀왔다. 더 나이 들기 전에 꼭 하고 싶었던 것 중 하나다. 나이 들어 체력이 떨어지면 배낭여행은 마음뿐이다. 보약 먹고 해외여행 간다는 말이 있을 정도로 힘들기 때문이다. 마침 프랑스에 유학 중이던 딸이 인터넷을 뒤져 기차시간과 숙소 등 여행 일정에 필요한 것들을 준비했고 동유럽으로 배낭여행을 떠났다.

　여행은 떠나는 자의 몫이다. 미지의 세계를 향한 여행은 호기심과 설렘, 가벼운 두려움 그 자체였다. 유럽의 여러 나라를 여행하는 동안 국경을 넘을 때마다 다른 나라라는 느낌이 생경스럽기도 하고 신선했다.

　「사운드 오브 뮤직」의 감동이 서려있는 오스트리아. 아름다운 철제 간판으로 유명한 게트라이데 거리를 걸으면서, 아기자기한 상점들이 즐비한 골목과 노천카페에서 한가롭게 차를 즐기는 모습은 팽이처럼 살아온 나에게 여유로움까지 덤으로 선사했다. 모차르트의 생가인 잘

츠부르크는 거리마다 악사들의 연주하는 모습을 쉽게 만날 수 있었고, 여러 가지 기념품부터 초콜릿까지 모차르트의 초상이 넘쳐나고 있었다.

지금도 기억에 남는 것은 예약한 호텔을 찾지 못하고 헤맬 때 병원 앞에서 만난 젊은 부부였다. 말은 잘 통하지 않았지만 우리가 찾는 호텔 주소를 들고 자정너머 숙소까지 데려다 준 친절함과 고마움은 잊을 수가 없다. 아이를 안고 진료를 마치고 나온 그들이 낯선 여행객을 위해 늦은 시간까지 배려한다는 것이 쉬운 일은 아니었으리라.

여행한 나라 중 가장 아름다운 곳은 스위스였다. 유럽의 지붕이라는 융프라우요흐로 갈 때 알프스 산을 등반하기 위해 중간 지점에서 내렸다. 자유여행만이 주는 매력이었다. 바늘로 콕콕 찌르는 듯한 땡볕 더위지만 습하지 않아 견딜만했다. 끝없이 펼쳐진 이름 모를 야생화와 만년설을 배경으로 빙하가 녹아 흐르는 장엄한 물소리는 마치 천상의 오케스트라 연주를 듣는 것 같았다.

파노라마처럼 펼쳐진 고원의 진풍경들, 야트막한 구릉지 너머 목초지를 거니는 젖소들의 목에 건 방울소리가 요들송처럼 끝없이 메아리치고 있다. 유럽에서 제일 높다는 스핑크스 전망대에서 바라다 본 만년설과 얼음으로 만든 궁전을 걸으며 인간의 무한한 능력에 감탄했고 사람이 얼마나 미미한 존재임을, 겸손해 질 수 밖에 없는 이유를 알 것 같았다.

아쉬움을 남기고 인터라겐을 떠나올 때, 버스정거장 앞까지 찰랑거리던 브리엔츠 호수를 잊을 수가 없다. 레이스커튼이 창마다 드리워진 동화 같은 예쁜 집들과 호수를 배경으로 알프스산은 꿈속처럼 멀어지고 있다. 아침 햇살 드리운 비췻빛 그림자와 물보라 속에 야릇한 그리움이 잔물결 치며 밀려드는 것은 왜일까.

연이은 여정 탓인지 입국을 며칠 앞두고 병이 났다. 갑작스런 호흡곤란 증세로 프랑스에서 입원을 하게 되었다. 철저함을 기본으로 매너가 몸에 배인 의사와 간호사는 심장에 관한 여러 가지 검사를 하였다. 호흡곤란의 정확한 원인을 알아야만 출국허가를 해 줄 수 있다며 먼 이국땅에서 본의 아니게 거북한 휴식을 취하게 된 것이다.

모든 것이 낯설었지만 고급 호텔에 묵는 것처럼 편하고 친절했다. 담당 간호사는 흑인이었는데 체크할 때마다 피부에 닿는 감촉이 솜처럼 따뜻했다. 퇴원해도 좋다는 진단이 나오자마자 귀국을 서둘렀다.

그러나 귀국하는 기내에서 한바탕 소동이 났다. 식사 후에 갑자기 숨이 차기 시작했다. 퇴원하자마자 성치 않은 몸으로 비행기를 탄 것이 무리였고 높은 기압이 문제였다. 위급환자가 생겼다는 기내방송이 나오자 한의사, 독일인 의사와 간호사 등 3명이 달려 나왔다. 산소호흡기까지 동원되었지만, 숨이 가빠질 땐 심장이 터지는 듯했다. 꼼짝없이 비행기에서 죽을 것만 같은 두려움과 공포가 온몸을 에워쌌다.

더부룩한 턱수염에 곱슬머리인 독일인 의사는 애면글면 드나들면서 혈압과 맥박을 체크하고, 독일인 간호사는 오는 동안 내내 자신의 무릎을 베개 삼아 주었다. 노루잠을 자다가도 얼핏 깨어 눈이 마주치면 나지막한 노래를 흥얼거리며 상냥한 미소로 내 손을 잡아주었다.

몸은 불편하지만 마음은 편안했다. 지극정성으로 간호하는 그들의 모습을 보며 무뚝뚝하고 권위의식이 강하다는 독일인에 대한 선입견과 속 좁은 편견을 나무랐다. 가까스로 도착 직전에 회복되어 무사히 귀국할 수 있었다.

감사의 표시도 변변히 못한 채, 짐을 찾는 동안 그녀를 다시 만났다. 말은 잘 통하지 않았지만 그녀의 깊은 눈빛은 많은 말을 담고 있었다. 운동화 차림인 그녀는 중국으로 여행을 간다면서 가벼운 포옹과 함께 손을 흔들며 떠났다. 몇 번이나 뒤돌아보면서 마른 그림자를 남기고 경쾌하게 걸어가는 그녀의 뒷모습은 건강하고 당당했다.

아름다운 뒷모습을 남긴다는 것, 떠나가는 사람의 뒷모습은 언제나 솔직하고 담백하다. 사라져가는 그녀의 뒷모습에 훈훈한 봄바람 한 자락 일고 있다. 미련을 남기고 떠나는 끈끈한 뒷모습이 있는가하면 저렇듯 당당한 뒷모습도 있음을 보여 주었다.

인파 속에 섞여 가물거리는 그녀의 뒷모습을 바라보니 문득 겨울 산이 떠올랐다. 모진 비바람을 견디는 겨울 산의 나목들. 화사했던 봄날의 추억과 싱그럽던 여름날의 기억과 풍요롭던 가을의 잔재들을 모두 떨어뜨리고 '비움'으로 서 있는 나무들이 떠올랐다. 떠나가는 뒷모습처럼 겨울산은 황량하지만 조급하지 않고 의연한 채 봄을 준비하지 않던가.

가야할 때를 알고 떠나는 뒷모습은 당당하다 못해 아름답다. 사랑하는 사람을 보내는 아쉬움이 서성대는 뒷모습이 있는가 하면, 저렇듯 의연한 뒷모습도 있음을 알려준 그녀. 필요할 때면 상대방의 손을 잡아 줄줄 알고, 돌아설 땐 여유롭고 당당한 뒷모습을 남기며 떠나는 것이 얼마나 멋진 일인가를. 🦋

(2010. 06)

사진 한 장

장대비가 굵은 회초리처럼 사정없이 내린다.

감질나게 잠깐씩 얼굴을 내밀던 햇빛이 몸을 감추고 나니 마음마저 축축한 수건처럼 눅눅해진다. 하늘 높은 줄 모르게 올라가던 능소화의 농익은 꽃빛과 귀청이 따갑도록 울어 재끼던 매미소리가 그립다. 현기증 날 정도로 따갑던 뙤약볕도 만져보고 싶은 장마철이다.

올 여름 피서는 오붓하게 집에서 지내기로 했다. 어디론가 떠나고 싶지 않은 마음은 순전히 날씨 탓이라는 핑계와 더불어. 보이지 않는 구석에 먼지처럼 쌓여있는 옷가지나 책, 사진들을 정리한다. 책꽂이에 두서없이 꽂혀있는 앨범들도 정리한다.

앨범을 펼치니 빼곡히 들어찬 사진들이 오래된 친구처럼 반갑다. 요즘은 디카에 찍은 사진들을 USB나 하드웨어에 저장하다 보니 앨범처럼 느긋하게 뒤적거리며 보는 재미가 줄어들었다.

유독 눈에 띄는 사진 한 장. 십여 년 전 딸과 함께 유럽 배낭여행에서 찍은 사진이다. 구호라도 외칠 듯 주먹을 불끈 쥐고 팔을 높이 쳐든 활기 넘치는 사진을 볼 때마다 힘이 솟는다.

스위스 융프라우요흐까지 가는 도중 알프스 산을 등반할 때 찍은 사진이다. 만년설을 배경으로 찍은 사진 속에는 알프스 계곡 사이로 빙하가 녹아 흘러내리는 웅장한 물소리가 들려오는 것 같다.

그 사진을 크게 확대하여 머리맡 액자에 넣어 두었다. 오고가며 사진을 볼 때마다 배터리에 충전되듯 활력소가 되었다. 십년 전 내 모습은 자신만만했고 에너지가 넘치고 있었다. 허물어져가는 돌담처럼 생각을 내려놓고 싶을 때, 한 바가지의 고마운 마중물처럼 그 사진은 나를 부추겨 주었다.

사방에 널브러진 옷가지처럼 산란스러운 마음을 다독거리기 위해 떠난 여행이었다. 잡다한 생각들의 곁가지를 자르고 나면 온전히 나를 만날 수 있을 것만 같은 절박함으로 떠났다. 진부한 일상이 주는 고단함과 성에 낀 유리창처럼 불투명한 자신을 내려놓고 싶었다. 여행이 주는 생소함과 낯선 곳에서 투명하게 자신을 돌아볼 수 있을 것 같았다.

만년설로 덮인 알레치 빙하와 아이거봉이 보이는 알프스 산을 바라보며, 눈이 시리도록 하얀 눈빛 속에서 내 모습을 들여다 볼 수 있었다. 스위스 베른 역에 내렸을 때 양귀비 눈썹처럼 길게 뻗은 반달형의 쌍무지개는 얼마나 황홀했던가. 사막에서 만난 신기루처럼 쌍무지개는 변화에 대한 두려움마저 떨쳐버리게 했다.

어린 시절, 어머니 치마꼬리 붙잡고 졸라서 산 빨강 리본을 머리에 꽂고 흐뭇한 표정으로 찍은 흑백 사진 한 장. 수십 년이 지난 지금까지 그 리본을 한 번도 기억해본 적이 없다. 그러나 사진 속에 있는 리본은 유년의 작은 아이로 돌아가 어린 시절의 기억들을 병풍처럼 펼쳐놓는다. 학창시절 자랑스럽게 들고 다니던 클로버 가방을 든 사진도 도시락 반찬 국물이 흘러나와 난처했던 기억을 불러내고, 곁에 있는 짝꿍의 안부까지 궁금하게 만든다.

몇 년 전 남해의 아름다운 섬 소매물도에서 찍은 사진들. 흥청망청 쏟아지는 뙤약볕 속에 신발을 벗어들고 등대섬을 향해 갈라진 바닷길을 걸어갈 때, 크고 작은 몽돌이 발바닥에 부딪히던 신선한 감촉을 사진이 아니면 기억해 낼 수 있었을까.

태양 빛에 절여진 농익은 바다를 내려다보며 벼랑에서 날아갈 뻔한 밀짚모자를 기억이나 했을까. 섬 모퉁이 돌아올 때 싱싱한 남해의 푸른 바람과 동백잎의 가벼운 흔들림을 기억이나 했을까.

핸드폰을 열면 배경화면에 가족들 사진이나 연인들의 모습을 저장한 것을 본다. 지갑 속에 가족사진을 코팅하여 가끔씩 꺼내보는 것도 사진이 주는 기쁨이다.

컴퓨터 바탕화면에 해변을 배경으로 고풍스러운 의자가 놓여있는 사진을 깔아 놓았다. 바다가 내려다보이는 야트막한 산등성에는 옅은 안개 속에 별장 같은 집들이 아침 햇살에 깨어나고, 야자수와 선인장 꽃이 만발한 산비탈에 의자가 한 개 놓여있다. 라벤더 꽃들 사이에 편안한 쉼이 얹혀 있는 사진을 볼 때마다 그곳에 앉은 듯한 기분이다. 컴퓨터를 켤 때마다 편안한 느낌을 주는 것도 사진이 주는 기쁨이 아닐까.

사진은 살아있는 순간을 포착한 블랙박스다. 사진 속의 모습들은 열지 않은 생수병처럼 담겨 있다가 보는 순간 저장된 기억들을 감자 캐내듯 들추어낸다. 전혀 기억 속에 없던 것들이 사진 속의 배경이나 사람들을 통해 줌 카메라처럼 당겨져 온다.

사진은 과거진행형이다. 돌아올 수 없는 강을 뒤돌아보듯 지난 시간들을 반추하는 블랙홀이다. 심연 끝자락에 남아있는 그리운 이의 이름처럼, 사진은 목마른 그리움으로 가슴에 바람 한점 일게 한다. 보자기를 풀어 헤치듯, 사진을 뒤적일 때마다 일렁이는 내면의 조각난 기억들을 퍼즐처럼 이어준다.

지나간 시간들을 담고 있는 앨범은 보석함이다. 불현듯 생각날 때 보석을 어루만지듯 들여다보는 보석상자다. 돌아올 수 없는 시간들이 자수정 목걸이처럼 알알이 박혀있고, 비췻빛 반지 같은 설렘과 젊은 날의 초상이 루비처럼 보석함 속에서 빛을 발한다.

휘돌아가는 삶이 고단할 때 가끔씩 사진들을 들여다보며 거울에 비친 지금의 모습과 저울질 한다. 나이 들어 전보다 더 늙어 보이고 마음에 들지 않은 모습으로 변했다 할지라도 현재의 내 모습은 오롯이 나의 책임이 아니던가. 흘러간 물처럼 지나간 모습을 담은 사진이지만 활력이 되는 사진들을 만나면 매트 넘어 튀어 오르는 탁구공처럼 나를 부추긴다.

트럼펫처럼 싱싱한 나팔을 불며 힘차게 올라가는 능소화같이, 가슴 속에 신명나게 멋진 청사진 한 장 품게 하는 것도 사진 한 장이 주는 위력이 아닐까. 🌿

(2011. 01)

다무락

꽃샘추위가 봄을 쉬 내어주지 않는다. 돗자리 깔고 자리보존이라도 하려는 듯 심술궂게 버티고 있다.

봄은 섬진강부터 온다고 했던가, 가장 먼저 계절을 알리는 매화를 만나러 떠난다. 구례에 들어서니 화들짝 놀란 개나리에 며칠이면 목련도 벌어질 기세다. 서울을 떠나온 지 불과 몇 시간 만에 달라진 시골 풍광이 여행의 맛을 더한다.

구례 사동마을에서 출발하여 섬진강변 유곡마을까지 매화 트레킹을 떠났다. 누룩실재를 넘어 유곡마을로 가는 길가에 돌담 위로 생강나무가 노란 버버리 차림으로 얼굴을 내밀고 있다. 바람이 불 때마다 사그락거리는 댓잎소리를 귀에 담고 천천히 심호흡을 하며 오른다. 누룩실재 정상에 오르니 다무락 마을이 그림처럼 펼쳐진다.

지리산 천왕봉 자락에 자리 잡은 다무락 마을. 다무락은 담장을 뜻하는 전라도 사투리다. 마을의 산간지대를 개간하면서 논과 밭의 경계로 돌담을 쌓다 보니 유난히 돌담이 많아져 다무락 마을로 부른다.

곡성 쪽 마을 주민들이 구례 장을 보기 위해 밭에서 거둔 것들을 이고 지며 넘었다는 누룩실재. 무거운 짐들을 내려놓고 지나가는 바람결에 땀을 식히며 쉬어 가던 모습을 생각하며 한 시간 가량 오르막길을 걷던 발걸음을 잠시 내려놓는다.

누룩실재에서 곡성 쪽으로 가면 유곡마을이 나오는데 섬진강과 가까운 곳은 하유마을, 과수나무가 많은 곳은 중유마을, 가장 높은 곳은 상유마을로 부른다. 다무락 마을은 다랑이 논을 개간하여 과실수를 심어 국내에서 단위면적당 과수재배 면적이 가장 많은 곳이라고 한다. 다랑이 논에 빼곡하게 들어선 과수들은 거의 고목으로 매화나무를 비롯해 배나무, 감나무, 밤나무에서 꽃이 피면 마을 전체가 그야말로 꽃대궐, 꽃 잔치를 벌일 것 같다.

섬진강을 마당삼은 다무락 마을은 논과 밭에 돌담을 쌓고 마을길도 돌담이 많아 정겹다. 이끼 낀 돌담과 어우러진 매화와 산수유가 산골마을의 정취를 더한다. 아직 알려지지 않은 곳이기 때문일까, 하동 쪽 매화마을에 비해 인적도 드물어 호젓한 산골의 정경이 걷는 즐거움을 더한다.

어렸을 때 내가 살던 집은 일본식 가옥이었다. 벚나무로 둘러싸인 그 집은 넓은 텃밭이 있어 여러 가지 채소를 심었다. 남쪽으로 창문이 난 내방 앞마당에는 꽈리가 널려 있었는데 주홍빛 주머니 속에 꽈리가 여물 때면 입속에서는 늘 꽈르르 소리가 떠나지 않았다.

옆집과 경계로 된 담장은 눈높이 정도만 막혀 있어서 아래위로 사람이 지나다니는 모습을 볼 수 있었다. 어른 키만 한 담장은 머리부터 배 부분까지 대나무를 격자로 엮어 만들어 담 밑으로 몸을 수그리면 옆집으로 쉽게 드나들 수 있는 개방형이다.

텃밭에서 방금 딴 푸른 물이 뚝뚝 떨어지는 토마토나 호박, 가지 등 바구니에 담아 담 밑으로 옆집에 주기도 하고, 어쩌다 닭장 문이 열리면 닭들은 제 세상 만난 듯 사방으로 흩어져 고역을 겪기도 했다.

어렸을 때 보았던 담장에 대한 기억은 경계가 아닌 소통이었다. 6학년 때 서울로 전학을 갔는데 가장 낯선 것이 담이었다. 집이 보이지 않을 정도로 높은 담장 위에는 험상궂은 철조망과 깨진 유리조각이 꽂혀 있어 보기만 해도 섬뜩했다. 교도소처럼 보이는 담장 때문에 집에 대한 선입견조차 좋지 않았다.

다무락 마을로 내려오는 길, 상유마을에는 반쯤 열린 꽃봉오리 속에 한두 송이 만개한 매화가 봄을 알린다. 올 들어 처음 만나는 매화다. 임 만난 듯 반색을 하며 매화를 보니 시경에 나오는 글귀가 떠오른다.

한고청향寒苦淸香 간난현기艱難顯氣, 매화는 추운 겨울을 겪어야 맑은 향기를 내고, 사람은 어려움을 이겨야 기개가 나타난다는 뜻이다. 만개한 매화 속에 진주처럼 인고의 눈물이 서려있다.

추운 겨울을 견디고 가장 먼저 피는 꽃이기 때문일까, 꽃봉오리를 연 매화를 들여다보니 장원급제한 아들처럼 대견스럽다. 모진 비바람과 눈보라에도 꽃을 피운 저 힘은 어디서 오는 것일까. 매화나무 가지에 뜨거운 혈관이 흐르는 것은 아닐까, 저절로 꽃을 피웠을 리는 없을 터, 다른 꽃들보다 봄을 알리기 위해 부지런히 수액을 끌어올려 가지마다 양분을 공급했을 것이다. 매서운 바람을 견디기 위해 얼마나 힘들었을까. 꽃샘바람결에 수줍은 듯 파르르 진저리치며 그윽한 향을 날리는 매화에게서 삶의 지혜를 터득한다.

중유마을로 내려오니 곳곳에 백자기를 엎어 놓은 듯 매화가 한창이다. 백설기에 박아놓은 붉은 팥처럼 홍매화도 손을 흔들며 반긴다. 조르르 흐르는 실개천을 따라 걷다보니 산비탈에 선산인 듯 보이는 묘들이 옹기종기 모여 있다. 십여 개 정도 동그랗게 모여 있는 묘들이 화목한 식구처럼 정겹다.

매화 다무락, 묘를 둘러싸고 활짝 핀 매화나무 가지들이 서로 손을 잡고 둥그스름한 꽃담을 만들었다. 마치 소풍 나온 아이들이 수건돌리기 하는 형상이다. 매화 울타리 안에 있는 묘들은 수건돌리기 게임에서 걸린 아이들이 앉아있는 모습 같다.

약간 경사진 비탈에 자리 잡은 묘소 앞에는 섬진강으로 나가는 제법 큰 실개천이 흐르니 배산임수가 따로 없다. 그윽한 매화 향기 속에 살던 그들은 죽어서도 매화 속에 묻혀있으니 명당 중에 명당이 아닌가.

하유마을로 내려오니 감나무가 지천이다. 겨울잠에서 아직 깨어나지 않은 나무는 수령이 제법 들어 보일 정도로 튼실하다. 마을길을 돌아오니 담장을 장식한 벽화가 눈길을 끈다. 퇴색해가는 밋밋한 담에 시골 아낙네들이 감을 손질하는 모습을 그린 벽화다. 담장에 그려진 그림으로 가로등 하나 없는 산골 마을이 신수가 훤하다.

담장벽화로 알려진 동파랑 마을은 통영을 찾는 관광객들의 명소가 되었다. 빈민촌이던 달동네가 관광지로 거듭난 것은 순전히 담장에 그려진 벽화 덕분이다. 어느 중학교 담장에도 벽화 전문가와 학생들이 함께한 벽화가 있는가 하면, 시골마을 삭막한 옹벽에도 재능기부를 아끼지 않는 사람들의 손길로 담이 호사를 누린다. 경계를 나타내는 옹색한 담이 삶의 애환을 그린 벽화로 갤러리 역할을 톡톡히 한다.

위엄과 권위를 나타내는 높은 담 보다는 싸리나무나 섶나무 가지를 엮어 안이 보이게 만든 울타리나, 진흙에 지푸라기와 잔돌을 넣어 만든 낮은 토담이 더 정겹다. 집주변에 개나리, 탱자나무 등 관목을 심은 생울은 경계가 아닌 소통의 담이다.

언제부턴가 높이 쌓기만 하는 내 안의 담들, 헛헛한 마음을 감추기라도 하듯 바벨탑처럼 쌓아 올린 담장 속에 나를 가두고 있는 것은 아닐까. 담장을 헐기만 하면 더 넓은 풍광이 내 안에 들어올 수 있음에도 쌓기에만 급급하다.

담장을 허무는 것은 나를 내려놓고 마음을 비우며 담 너머를 바라보는 것이다. 겹겹이 둘러싼 경계의 담을 허물기만 하면 될 것을 왜 그리도 부둥켜안고 살았을까.

나무로 둘러싸인 생울처럼, 묘소에서 만난 매화 다무락처럼 자연의 일부로 보이는 담장으로 단장한다면 내 몸에서도 그윽한 매화향이 풍기지는 않을까. 🦋

(2013. 03)

수화를 아시나요

　모닝콜 소리에 잠을 깬다. 핸드폰에 설정된 경쾌한 리듬이 커튼을 젖히듯 아침을 연다. 온기가 남아있는 침대 속에서 몇 번 뒤척이다 아쉬움을 털고 일어선다. 갑자기 '끼이익' 급브레이크 밟는 소리, 새벽부터 무엇이 저리도 급한지 불청객처럼 찾아온 무례한 소음이 부스스한 공기를 가른다.

　주방에서는 냉장고 팬 돌아가는 미미한 소음과 아래층 어디선가 '웅웅'거리며 돌아가는 세탁기 기계음이 한번 걸러낸 녹차처럼 아련하게 들린다. 습관처럼 라디오를 켠다. 클래식 선율이 아직도 선잠에서 덜 빠져나온 세포들을 흔들어 깨운다.

　양치질소리, 샤워하며 흘러나오는 물소리와 거실에서 들리는 TV 소리 속에 하루가 시작된다. 익숙한 소음 속에 어디를 가던 당연하게 들려오는 소리에 항상 열려 있는 귀는 소리에 대한 감각이 낯설지 않다.

소리는 눈빛이다. 전화선을 타고 오는 그리운 사람의 목소리는 듣기만 해도 눈에 보이는 듯하다. 다정다감한 소리의 여운과 함께 전달되는 감각은 마주하는 눈빛보다 더 진하다. 소리는 얼굴을 기억해내는 거울과도 같다. 볼 수도 만질 수도 없는 소리가 그리움으로 느껴질 때가 있다. 희미한 기억 속에 얼굴보다 소리로 남아있는 사람의 잔재는 하드 디스크처럼 저장되어 잊혀지지 않는다.

소리를 잃고 살아가는 사람들, 청각장애로 인한 농아인이다. 그들은 우리를 건청인이라 부른다. 그들 입장에서 우리를 일반인, 정상인이라고 표현하는 것을 부담스러워한다.

얼마 전부터 수화를 배우기 시작했다. 그들과의 공감을 위해 시작했는데 외국어를 처음 접하듯 흥미롭다. 아직은 기초반이지만 늦깎이로 배우기 시작한 수화는 오빠에 대한 연민과 죄책감 때문이다.

오빠는 세 살 때 청각을 잃었다. 뇌막염이 남긴 후유증으로 재잘거리던 재롱이 멈췄을 때 부모님의 상실감은 클 수밖에 없었다. 어린 시절 뜻대로 안되면 소리부터 지르는 오빠를 이해할 수 없었고, 오빠의 괴성이 늘 귓가에 남아있었다. 소소한 것이라도 오빠에게 양보해야 했고 모든 것의 우선순위는 오빠였다.

농아학교에 다니는 오빠와 방학 때 만나면 수화를 체계적으로 배우지 못해 고작해야 몸짓과 글씨가 의사소통의 전부였다. 그때만 해도 지금처럼 손쉽게 수화를 배울 수 있는 곳이 없었다. 가족들도 수화를 잘 모르기 때문에 오빠와 단편적인 표현 외에 속 깊은 대화를 나누지 못했다. 가족모임이나 식사 중 우리들이 웃고 떠들 때, 일일이 수화가 아닌 글씨나 손짓으로 대충 내용을 적다보니 오빠는 소외감을 느낄 수밖에 없다.

　수화를 배우며 느낀 것은 단순한 표현 외에 세심한 부분까지 표현하는 데에는 한계가 있다는 것이다. 어감이 주는 뉘앙스나 미묘한 감정표현에는 어려움이 따른다. 수화는 단편적인 생각이나 감정은 표현할 수 있지만 느낌을 전달할 때 어떻게 해야 할지 난감할 때가 많다. 상대방을 이해하며 대화하는 것이 쉬운 일이 아니기 때문이다.

　그래서 건청인들과 허물없는 대화를 나눌 수 없기 때문에 완고하게 자기들만의 벽을 쌓게 되는 것이 어쩌면 당연한 일인지도 모른다.

　내가 다니는 직장에 농아인 몇이 근무하고 있다. 수화교실에서 익힌 내용이나 이해가 잘 안 되는 부분을 이들에게 배우다보니 아직도 서툴지만 전보다 친숙해졌다. 수화를 익힌 덕분이다. 출근하면 날씨나 식사이야기 등 수화로 대화를 시작하며 잘 모르는 단어도 배운다. 그들에게 다가가 보니 농아인들은 단순하지만 어린아이처럼 천진스럽고 순수한 영혼을 지닌 것도 알게 되었다.

　주변에서 들려오는 아름다운 소리들이 얼마나 많은가. 이름 모를 새들의 지저귐, 건강한 아이들의 웃음소리, 커피향 깊은 카페에서 들려오는 아름다운 선율, 가족들이 둘러앉아 도란도란 식사하면서 부딪치는 젓가락 소리 등…. 무엇보다 사랑하는 사람들의 목소리를 듣지 못하는 그들이 안타깝다.

　소리로 들려지는 것이 다 아름답지는 않다. 차마 들어서는 안되는 말들, 절제되지 못한 언어로 인한 소리의 횡포 또한 얼마나 많은가. 소음으로 인한 공해와 세상의 온갖 필요 없는 잡소리를 듣지 못하므로 그들의 영혼이 어쩌면 우리보다 더 맑고 깨끗하지는 않을까.

국립박물관 가는 길, 노상에서 풀빵과 호떡을 굽는 젊은 부부를 만났다. 포장마차 안에는 '손으로 말씀해 주세요'라는 큰 글씨와 함께 가격표가 붙어 있다. 묵묵히 무표정한 얼굴로 기계처럼 손을 놀리고 있는 그들은 농아인 부부였다.

주고받는 대화가 없는 좁은 공간에서 무거운 침묵만이 호떡처럼 부풀어 오른다. 수화를 조금만 잘 할 수 있다면 환한 미소로 그들에게 호떡이 맛있다는 말과 힘들지만 수고하라고 전할 수 있을 텐데 돌아서는 발이 무거웠다.

수화는 농아사회에서 이루어지는 모어母語다. 수화라는 징검다리를 건너 다가가지 않는다면 그들은 우리에게 가까이 오기가 힘들다. 버겁고 힘든 일이 생길 때 돕기를 원한다면 시나브로 그들에게 먼저 다가가야 한다.

손짓사랑에 마음을 담아 한 발짝 다가갈 때, 나박김치 속에서 풍기는 미나리 향처럼 그들도 상큼한 미소로 맞아 주리라. 🌿

(2011. 03)

시클라멘

마음이 가라앉을 때면 가끔씩 화훼시장에 들른다. 꽃샘추위와 아랑곳없이 비닐하우스 꽃 매장은 화창한 봄날이다. 잎사귀에서 내뿜는 산소와 꽃향기는 산만했던 머릿속까지 하얗게 비워낸다.

꽃을 고른 다음 화분판매장으로 가니 토분부터 도자기화분 등 오브제들이 즐비하다. 꽃의 얼굴이나 매무새에 맞춰 화분을 고른다. 옷이 날개란 말처럼 꽃에게 날개를 달아주는 일도 녹록치 않다.

화분은 집안에 작은 정원을 만들어준다. 생명을 움트게 하는 작은 우주공간인 화분은 원하는 장소나 알맞은 위치에 놓을 수 있어 여간 편리한 것이 아니다. 화사한 미소를 보내는 꽃들을 보니 유난히 꽃을 좋아하던 그녀가 생각난다.

초등학교 때 방학이 되면 외가에 내려갔다. 두엄처럼 도담도담 초가가 있는 동네에 접어들면 눈에 익은 기와지붕 용마루가 보이고 흰

둥이가 컹컹 짖으며 반겨주었다. 대문을 열고 들어서면 아궁이에 앉아 불을 지피고 있는 그녀를 볼 수 있었다. 어깨를 축 늘어뜨리고 웃을 듯 말 듯한 표정으로 맞아주는 그녀에게는 늘 메마른 풀냄새가 났다.

네 살 때 그녀는 어머니를 여의었다. 상처한 외할아버지는 재혼하여 그녀 밑으로 3남매를 두었는데 손이 귀한 외가에 아들을 낳은 새 외할머니 위세는 당당했다. 어린 시절 설핏한 기억 속의 외할아버지는 그녀를 감싸고 두둔하는 것도 새 외할머니 눈치를 살피곤 했다. 있는 듯 없는 듯한 그녀는 물속에 기름처럼 겉돌기만 했다.

고등학교를 마치고 그녀는 외가를 떠나 우리 집에서 살게 되었다. 부모처럼 따르던 큰언니가 있는 이곳에 취직을 하고, 나와 한방을 쓰게 되었다. 옥잠화처럼 순박한 처녀 시절, 한 남자를 사랑하게 되었다. 가끔씩 집근처 담 모퉁이에 영자신문을 돌돌 말아 들고 서 있던 남자였다.

그를 만나고 온 날은 애드벌룬처럼 둥둥 떠 있는 모습이 딴사람처럼 보였다. 그와 주고받은 말들을 싫증나도록 들려주던 그녀는 그 남자가 다가올수록 달팽이처럼 움츠러들기만 했고 선뜻 다가서질 못했다. 사랑을 받지 못한 탓일까, 사랑을 베푸는 것도 서툴렀고 어쩌면 감당할 수 없는 존재였는지도 모른다. 결국 헤어진 후 얼마 안 되어 정신질환 증세를 보였다.

꽃다운 이삼십 때부터 몇 차례 정신병원을 드나들었고 완치가 될 즈음 결혼을 했지만 딸을 출산한지 얼마 안 되어 증세가 재발했다. 병을 숨겼다는 이유로 이혼을 한 후 터널처럼 어둡고 긴 칩거생활이 계속되었다. 중년에 접어들었을 때 재혼을 했는데 어릴 적부터 한 동네에 살던 사람이었다. 그녀는 자신의 이상형은 아니라고 했지만 결혼생활은 그럭저럭 무탈했다.

조락凋落의 계절로 접어드는 노년, 그녀는 스스로 이혼을 강행했다. 남편은 너그러운 편이었지만 시댁식구들의 곱지 않은 눈총과 전실 자식과의 갈등에 지친 그녀는 살아가면서 만나는 크고 작은 문제들을 감당하지 못했다.

이혼 후, 야트막한 산비탈에 자리 잡은 그녀의 아파트를 찾았다. 창가에는 크리스털 유리알로 엮어 만든 발을 장식하기도 했고, 거실과 방에는 그림도 몇 점 걸려 있었다. 그녀는 혼자 사는 것이 새처럼 자유롭다고 했다. 그러나 혼자 살면서 서서히 흐트러지기 시작했다. 풀어진 나사처럼 보이는 그녀는 부동산 사기에 표적이 되었다.

전 재산인 아파트가 그들의 손에 넘어갔을 때, 오랫동안 공황상태에서 헤어나지 못했고 점점 피폐해져 갔다. 풍성한 치마폭처럼 감싸주던 언니들도 세상을 떠나 의지할 곳도 돌보아 줄 사람도 없었다.

그녀를 새처럼 자유롭게 했던 화분은 끈 떨어진 연처럼 사라져버렸다. 그가 원하던 자유란 무엇이었을까. 평생을 스토커처럼 따라다니는 질병에서 벗어나고 싶었지만 약을 끊으면 재발되는 악순환에서 그녀는 자유스러워지고 싶었을 것이다. 그러나 노년에 찾아 온 자유로움은 헛헛한 빈 가슴이었고 허기진 외로움이었다.

어둠이 한숨처럼 스며드는 저녁이면 아무도 없는 텅 빈 아파트의 스산함과 적막함은 외로움을 더 했을 것이다. 펴지지 않는 주름치마처럼 외로움은 각을 맞춰 그녀의 예민하고 연약한 신경 줄을 수없이 난도질 했을 것이다.

정신적인 충격으로 그녀는 다시 흐트러졌고 온종일 번잡한 버스터 미널에 나가 우두커니 앉아 지나가는 사람들을 바라보거나, 살 것도 없는 백화점을 돌아다니는 것이 그녀의 반복된 일상이었다. 새벽이나 밤늦게 전화선을 타고 들리는 그녀의 힘없는 목소리, 시도 때도 없이 걸려오는 전화는 외로움을 견디기 위한 몸부림이었으리라.

수소문 끝에 세간살이 등 모든 것을 정리하고 시골 한적한 곳에 있는 아담한 정신보건시설로 가게 되었다. 정신장애인들이 의료서비스를 받는 곳인데 개방형으로 된 시설에서 환우들을 돌보는 모습에 마음이 놓였다.

사전 답사 차 그곳을 방문했을 때, 구름 위를 경중경중 걷는 듯한 걸음걸이로 뜻도 모르는 말을 중얼대며 졸졸 따라 다니는 환우들의 초점 없는 눈빛은 당혹스러웠다. 어떤 환우는 구석에 바위처럼 웅크리고 앉아 뒤통수가 따가울 정도로 쏘아보기도 했고, 방문객이 신기한 듯 넌지시 손을 잡는 환우도 있었다. 사람이 얼마나 그리우면 저럴까 하는 측은지심이 들어 마른종이처럼 거칠한 손을 뿌리칠 수 없었다.

그러나 그들이 보내는 미소는 해맑았다. 비정상적이라는 선입견으로 두려운 시선을 보내는 내가 민망할 정도다. 그들만이 꿈꾸는 세상에서 보내는 미소는 증류수처럼 투명했다.

시설에 들어간 지 얼마 되지 않아 도저히 못 있겠다며 내보내 달라고 울부짖는 그녀. 갈 곳도 맞아 줄 곳도 없으면서 막무가내로 나가겠다는 그녀의 지친 눈빛은 우리 안에 갇힌 날개 부러진 새처럼 보인다. 환우들과 함께 기거하는 그녀는 무서리 맞은 국화 같다. 낯선 화분 속에 뿌리를 내리려면 얼마나 많은 인고의 시간이 흘러야 할까. 그러나

된 서리 속에서도 잘 갈무리하고 정성껏 가꾸다보면 국향 가득 퍼져 나갈 것이다.

그녀를 만나러 가는 길, 한창 물이 오른 시클라멘 화분을 샀다. 살포시 날개 접은 나비처럼 피어있는 꽃들은 수다가 한창이다. 추운 겨울에 피는 꽃이라 유난히 색이 곱다. 양치기를 사랑한 시클라멘 여신의 날개옷이 내려와 피었다는 전설처럼, 명주 옷감같이 매끄러운 꽃잎은 만지면 꽃물이라도 스며들 것 같다.

다년생 식물인 시클라멘은 한겨울에 꽃을 보려면 여름에 휴면기가 필요하다. 화분 속에서 적당한 습기와 햇빛을 품고 움츠려 있다가 초가을부터 새순이 나와 겨울에 화사한 얼굴로 피어난다. 꽃망울 터뜨리며 피어나는 시클라멘 속에 그녀의 얼굴이 겹쳐진다. 옹기종기 모여있는 봉오리 속에는 환우들의 해맑은 미소가 피어난다.

여름 내내 화분 속에서 충분한 휴면기를 거쳐야 겨울에 꽃을 피우는 시클라멘, 그녀가 있는 그곳은 지금 한여름이다. 🦋

(2012. 03)

출근길, 그녀

그녀가 안 보인다.

출근길, 거의 같은 시각 비슷한 장소에서 스쳐 가는 그녀다. 팔자걸음을 걷는 그녀는 멀리서도 한눈에 알 수 있다. 가슴을 내밀고 핸드백 하나 달랑 손에 들고 팔을 휘적거리며 팔자걸음으로 걷는 그녀의 모습은 위풍당당하다.

더위가 시작되는 여름이면 왼손의 부채를 펴서 부채질을 하거나 얼굴을 가리면서 오기도 하고, 우중충한 날은 접이우산을 팔을 휘젓는 박자에 맞춰 흔들거리며 걷는 모습이 옆에 스치는 사람이 조심스러울 지경이다.

중소기업이 밀집해있는 거리에서 출근 시간에 만나는 사람들의 표정은 내남없이 분주하다. 여유라고는 찾아볼 수 없는 오종종 걷는 걸음걸이에 시선은 아래쪽을 향해 있거나 거의 바닥에 고정되어 있다.

보행자 신호등이 붉은 신호등임에도 아랑곳없이 가로지르는 성급한 사람들, 무엇이 저렇게 분주한 것일까. 늦지 않으려고 눈치를 살피면서 지나가는 그들 앞에 섬뜩 멈추게 된다.

오늘도 저만치서 팔을 휘저으며 걸어오는 그녀가 보인다. 삼복더위에 손바닥만 한 양산으로 얼굴을 가렸지만 걸어오는 모양새로 그녀임을 단번에 알 수 있다.

팔자걸음은 양반걸음이라 하여 도포 자락에 갓을 쓰고 '에헴'하며 걸어야 제격이다. 어릴 적 외가 친척 중에 갓을 쓰고 오는 할아버지가 계셨다. 흰 도포 자락을 날리며 팔자걸음을 하고 동네에 들어서면 '갓 쓴 할아버지 오셨다.' 하면서 꼬맹이들은 큰 구경이라도 난 듯 할아버지 뒤를 졸졸 따랐다.

수염을 쓰다듬고 헛기침을 하며 양반다리를 하고 좌정하면 그 앞에 넙죽 엎드려 큰절을 해야 했다. 주무실 때는 갓을 벗어 손타지 않는 곳에 신줏단지 모시듯 모셔놓고 근처에는 얼씬도 못하게 했다. 집안 대소사가 있을 때에도 할아버지는 늘 같은 차림새였다. 시대가 변해도 옷차림새나 걸음걸이가 한결같던 할아버지와 그녀의 모습이 겹쳐온다.

출근길, 팔자걸음으로 걸어오는 그녀의 표정은 분주함보다 여유롭다. 땅에다 시선을 두고 걷는 무표정한 사람들에 비해 얼굴은 항상 위를 향하고 걸음에 맞춰 몸을 약간씩 휘두르는 표정은 씩씩하다. 50대 중반 남짓해 보이는 그녀는 전형적인 알뜰형 주부의 모습이다.

내가 근무하는 회사에도 주부사원들이 많다. 40대 후반부터 50대가 대부분인데 일손이 바쁠 때면 일용직 사원들을 채용한다. 다른 회사에서 정년퇴직을 하거나, 아르바이트라는 자유로운 이점을 고려하여 관심을 갖고 찾아온다. 50대 중반에 정년퇴직을 하고 나면 정규직으로 재취업이 어렵다보니 아르바이트직을 선호한다. 면접을 보러 온 그들은 그간의 근무경력으로 일에 대한 열의가 대단하다. 아이들도 장성하고 홀가분한 마음으로 자신만의 사회생활을 꿈꾸며 찾아온 주부사원들의 표정은 사뭇 진지하다.

나이가 꽤 들어 보이는 그녀도 정년을 앞두고 있는 것은 아닐까. 아니면 정년퇴직을 하고 아르바이트로 직장에 나가는 것은 아닐까. 아침마다 스치는 그녀의 모습이 다른 직장인들보다 활기차게 느껴지는 것은 나만의 착각일까.

근 1년 이상 일용직 사원으로 근무하던 H씨. 사회초년생인 그녀는 뒤늦게 늦둥이를 보았다. 어쩌다 특근할 때면 아이를 데리고 출근했다. 어렵게 장만한 아파트 대출금이 남아있어 남편을 도우려고 나왔다는 그녀는 마음이 여려 싫은 소리, 힘든 이야기를 잘 털어놓지 못했다. 가끔씩 수십 명이 먹을 수 있는 샌드위치도 손수 만들어왔다.

그러나 남편이 친구 빚보증을 서서 전 재산인 아파트가 넘어갔다. 뒤늦게 그것을 알게 된 그녀는 남편에 대한 배신감과 아파트가 남의 손에 넘어간 것에 절규했다. 월세로 이사 간 뒤 어느 정도 시간이 흐른 뒤에 그녀는 다시 추슬렀다. 지금은 다른 직장에서 집도 월세에서 전세로 옮겨 열심히 살고 있다는 소식이 들려온다.

주부들은 결혼 후 출산과 함께 전업주부가 대부분이다. 출산과 아이 양육으로 눈코 뜰 새 없이 지나가고, 아이들 잔손이 뜸해질 때 사회진출을 꿈꾼다. 아이들이 자라 잔손은 덜 가도 대학에 다니는 자녀를 둔 가정은 교육비며 용돈 등, 남편수입에만 의존하기에 벅찬 것이 우리네 현실이 아닌가.

8시간 근무에 바쁠 때면 잔업까지 마치고 후줄근한 모습으로 돌아가면 집안의 자질구레한 일들이 그녀를 기다린다. 가족들이 거들어 준다고는 하지만 그녀들의 몫은 따로 있기 마련, 반찬준비에 집안정리며 쉬지 않고 돌아가는 팽이처럼 몸을 돌릴 수밖에 없다.

주말이면 장도 봐야 하고 쌓인 빨래처럼 밀린 일들은 그녀 차지다. 다람쥐 쳇바퀴 돌 듯 돌아가는 생활 속에서 출근하는 그들의 발자국 소리는 씩씩하다. 커피 한 잔 나누며 일하는 그들의 표정은 아침햇살처럼 맑다.

며칠째 그녀가 보이지 않는다. 스쳐가던 장소를 지나노라면 오늘은 혹 나타나지 않을까 두리번거린다. 어디 몸이라도 아픈 것은 아닐까. 불경기에 나이가 많아 밀려난 것은 아닐까. 아니면 직장에서 올곧은 소리라도 해서 잘린 것은 아닐까. 그녀의 얼굴 표정으로 보아 그럴 수도 있으리라 짐작해본다.

정규직이 아닌 일용직이라면 요즘 같은 불경기에 잠시 쉴 수도 있으리라. H씨처럼 집안에 어려운 일이 있어 직장을 쉬는 것은 아닌지 한 번도 대화를 나눈 적이 없는 그녀에 대한 소소한 생각이 꼬리를 물고 이어진다.

몇 달이 지나고 그녀가 다시 나타났다. 멀리서 휘적휘적 걸어오는 실루엣으로 보아 그녀가 틀림없다. 사자머리처럼 보이던 파마머리는 단정한 긴 머리로 바뀌었고 목을 감싼 목도리 사이로 보이는 얼굴은 약간 수척해 보였다.

회초리 같은 꽃샘추위에 웅숭그리며 걷는 사람들에 비해 핸드백을 흔들거리며 걸어오는 그녀의 모습은 여전했다. 그녀를 보니 손이라도 덥석 잡아주고 싶을 정도로 반가웠다. 회사에 복직된 것일까, 아니면 건강이 좋아져서 다시 근무하는 것은 아닌지 두루 궁금했지만 활달하게 걸어가는 그녀를 본 것만 해도 반가웠다.

차를 세우고 걸어가는 그녀의 뒷모습을 바라보니, 봄기운을 가르고 여유롭게 팔자걸음으로 걷는 모습은 여전히 위풍당당하다. 🐾

(2013. 02)

인큐 애호박

웰빙 애호박이라고 포장된 호박을 샀다. 특수비닐봉지에서 자란 일명 인큐베이터 애호박이다. 설명서를 읽어보니 생육 마법봉지라는 특수비닐봉지에서 키워 맛과 향이 좋다고 한다. 생김새가 울퉁불퉁하지 않고 쭉 빠진 것이 미스코리아 감이다. 호박전을 부치니 모양도 쪽 고르다.

인큐베이터 역할을 하는 특수제작된 비닐봉지 안에서 키우는 인큐 애호박은 키우는 과정에서 생기는 흰가루병이나 농약 등 병충해도 없고 호박 겉면에 상처도 없어 부가가치가 높다.

그 뿐인가, 처음부터 비닐에 씌우니 포장작업을 별도로 할 필요도 없고, 선별작업도 생략되니 인력절감에도 효과적이다. 밀착된 비닐포장 덕에 장기간 보관 할 수 있고 저장성도 높아 일거양득이라 한다.

냉장고에 미이라처럼 누워있는 인큐 애호박을 보니 코르셋을 처음 입었을 때 생각이 난다. 중학교 때 담임선생님은 가정담당이었다. 속옷검사를 한다며 코르셋을 입고 오라고 했다. 지금처럼 기능성 속옷이 흔할 때도 아닌 60년대에 코르셋 구하기는 힘들었다.

친구들끼리 여기저기 다닌 끝에 남대문시장에서 구제품인 코르셋을 구했다. 남이 입던 구제 속옷은 몸에 잘 맞지도 않을뿐더러 답답했다. 이런 옷을 왜 입어야 되는지 불편하기만 했다.

영화 「바람과 함께 사라지다」에서 비비안 리가 허리를 바짝 조이며 코르셋을 입던 장면이 생각났다. 선생님은 사춘기 때부터 코르셋을 입다보면 예쁜 몸매를 유지할 수 있다고 강조했다. 그러나 내가 처음 입던 그 옷은 몸을 보정해 주는 것이 아니라 코르셋이라는 틀 안에 몸을 밀어 넣는 불편한 도구에 지나지 않았다. 기분 좋은 밀착감으로 몸을 교정하는 것이 아니라 잘 맞지 않는 코르셋 안에 나를 밀어 넣는 행위는 고역이다.

굴레처럼 일정한 봉지 안에서 자란 인큐 애호박을 다시 보니 설명서에 적힌 좋은 점보다 왠지 씁쓸한 마음이 든다. 성형미인처럼 쪽 고른 인큐 애호박은 태어나자마자 인큐베이터에 들어있는 미숙아처럼 보인다. 호박을 씌운 봉지를 살짝 벗겨본다. 한 치의 오차도 없이 밀착된 비닐을 벗어내자 '쩍'하는 소리가 비명을 지르는 듯하다.

더 자라고 싶어도 봉지 이상의 크기는 허용될 수 없는 답답한 공간, 그 속에는 한 치의 여유로움도 찾을 수 없다. 호박의 결이 단단해진 것은 더 이상 자랄 수 없어 응어리진 결정체가 아닐까. 봉지 안에서 몸이 조여들 때마다 비명을 지르진 않았을까. 아마 좁은 공간에서의 일탈은 생각지도 못했으리라.

가장 높이 나는 갈매기가 가장 멀리 본다고 틀 안에 나를 가두는 한 자유로움은 없다. 리처드 바크가 쓴 『갈매기의 꿈』에 나오는 조나단 시걸. 사람들이 던져주는 물고기나 빵에 의존하는 평범한 갈매기들을 떠나 자신의 삶의 의미와 성취감을 위해 고군분투하는 모습은 눈물겹다. 높이 날 수 있음에도 던져주는 먹이에만 의존하고 서로 싸우는 갈매기들을 보며 조나단은 그들에게서 벗어난다.

나는 것 자체를 사랑하고 즐기는 조나단은 갈매기들이 지켜온 관습과 제도라는 틀을 떠나 고달픈 비행을 시작한다. 조나단은 갈매기들의 삶이 짧은 것은 지루함과 두려움이란 것을 알고, 그들의 따돌림에도 꿈을 향해 도전하는 모습 속에서 진정한 자유로움을 깨닫게 된다.

생각이 변화되려면 새로운 생각을 만나야 한다. 새로운 생각을 만나려면 내가 정해놓은 생활습관이나 선입견, 고정관념의 틀에서 벗어나야 한다. 내 안에 내재된 능력과 가능성을 묶어놓는 고정관념이야말로 사람들이 던져주는 빵에 의존하는 평범한 갈매기와 무엇이 다를까.

조나단은 갈매기의 삶이 먹이만이 아닌 다른 의미가 있음을 알고 끊임없는 비행과 단련 끝에 한계를 넘어서고 삶의 의미를 발견한다. 조나단은 이생에서 어떤 배움을 얻느냐에 따라 다음 생도 선택할 수 있다고 말한다. 고정관념의 틀에서 벗어나 하늘을 멋지게 비상하는 조나단 시걸의 모습을 그려본다.

아파트 뒷산에 있는 약수터와 등산로를 오르면, 비스듬한 산비탈에 심어놓은 여러 가지 작물들을 만난다. 파, 배추, 고구마, 감자, 옥수수 등 아침 햇살 속에 초록의 물결이 파도처럼 일렁인다. 구석진 곳에 한 평 남짓한 도라지 밭이 있다. 종이 공처럼 생긴 꽃들이 꽃망울을 터뜨렸다. 언뜻 불어오는 바람결에 몸을 맡긴 채 나긋나긋하게 꽃을 피우는 모습이 등산객의 눈을 즐겁게 한다.

여기저기 두엄을 준 호박도 만난다. 호박은 척박한 곳에서도 잘 자란다. 솜털이 보송송한 잎사귀 사이로 수줍은 듯 피어난 호박꽃은 착한 얼굴로 순을 뻗치고 있다. 호박꽃도 꽃이냐고 하지만, 가만히 들여다보면 어린아이처럼 천진난만한 눈빛이 고여 있고 연노랑 색으로 꾸며진 깊고 넓은 방안은 막 도배를 마친 신혼방 같다.

등산로에서 내려오는 길가 좌판에는 싱싱한 야채들로 가득하다. 배가 불룩한 호박, 반지르르한 가지, 흙이 묻은 채 몸을 드러낸 감자나 고구마 등 방금 수확한 신선한 야채들이 등산객을 부른다. 모양도 제각각으로 울퉁불퉁하지만 푸른 윤기마저 감도는 탱탱한 호박을 보면 나도 모르게 발걸음을 멈춘다. 막 따온 꼭지에 푸른 물이 뚝뚝 떨어진다.

농부의 웃음을 닮은 호박에서는 건강한 냄새가 풍긴다. 흔들리는 바람에도 그 여린 순을 뻗어가며 따가운 햇볕 속에서 여물어간 호박들. 거친 비바람과 소나기 속에서 위풍당당한 모습으로 볼품없는 몸을 뒤척여가며 씨앗을 품은 호박은 시골 여인의 치마폭처럼 풍성하다.

틀 안에서 자라는 인큐 애호박보다 좌판에 놓인 호박처럼 내가 정해 놓은 고정관념에서 벗어나면 어떨까. 비탈진 밭에서 이리 뒹굴

저리 뒹굴 몸을 굴려가면서 하늘과 땅의 숨소리를 들으며 꿈을 키우
는 호박처럼. ✤

(2008. 08)

꽃무릇

'천년의 사랑, 상사화로 피어나다.'란 주제로 꽃 축제가 열렸다. 영광 불갑사 가는 길, 온통 붉은 색으로 물감을 풀어 놓은 듯한 산기슭과 꽃길은 주단을 펼쳐 놓은 것 같다. 꽃무릇이라 불리는 상사화는 산기슭이나 풀밭에 무리지어 자라는데 잎이 지고 난 뒤에 꽃이 핀다. 잎과 꽃이 영원히 만날 수 없어 목울음으로 피어나는 꽃이다.

전주한옥마을 갔을 때, 카페 뜰 앞에 핀 꽃무릇을 처음 보았다. 사위어가는 여름빛을 온몸에 받으며 꽃을 피우는 모습은 고혹적인 여인의 자태처럼 눈길을 사로잡았다. 곧게 뻗은 꽃대위로 양귀비 속눈썹처럼 위로 치솟은 꽃수술과 함께 고고하게 피어있는 모습은 범접할 수 없는 기운마저 감돈다. 주변에 잎이 없어서일까, 꽃대를 높이 올리고 피어있는 모습은 그리움에 지친 외로움마저 느껴진다.

그 꽃무릇을 다시 본 것은 눈발이 휘날리는 초겨울, 불갑사 가는 길 메마른 산기슭에서였다. 제법 내리는 눈발 속에 난초잎처럼 무리지어 피어있는 녹색의 잎들은 계절에 걸맞지 않게 푸르렀다. 화려한 꽃을 떨어뜨린 후 추운 겨울 청정한 잎으로 피어있는 꽃무릇의 두 모습은 동전의 양면을 보는 듯 생경했다.

하늘로 치솟은 꽃들은 머리를 치켜 올린 여인의 고운 목선을 닮았다. 불볕더위를 머리에 이고 올곧게 세운 꽃대 위에 기녀의 가채처럼 농염한 모습으로 꽃을 피우는 꽃무릇. 꽃과 잎이 만나지 못하는 안타까움 때문일까, 화려한 자태에 가려진 그림자 너머로 그녀의 모습이 어른거린다.

선조 때 함경도 경성의 관기였던 홍랑, 고죽 최경창과 나눈 사랑의 일화는 유명하다. 기생출신이지만 문학적 소양과 식견을 가진 그녀는 변방인 그 지역에 부임한 최경창과 운명적인 만남을 갖는다. 당대의 삼당시인이며 팔문장으로 명성이 높은 최경창과 사랑을 나누지만 신분의 벽을 뛰어넘기란 쉬운 일이 아니었을 것이다. 그러나 사랑의 힘은 죽음조차도 그들을 갈라놓지 못했다.

최경창과 헤어진 후, 오랫동안 병석에서 일어나지 못한다는 소식을 듣고 법을 어기는 것을 알면서도 함경도에서 그 먼 길을 달려와 극진히 간호한 일이며, 객사한 최경창을 거두어 시묘살이 한 것은 사랑의 힘이 아니면 감당할 수 없는 것이리라. 미색이 뛰어난 그녀로써 시묘살이 하는 것이 어디 쉬운 일이었을까. 그녀는 사람들의 시선을 피하기 위해 일부러 얼굴과 몸을 상하게 하여 3년간 시묘살이를 했다고 한다.

임진왜란이 일어나자 홍랑은 집안 살림살이 보다 최경창이 남긴 유작들을 짊어지고 피난을 떠나 숨어 살다가 전란이 끝나자 해주 최씨 문중에 유작들을 전했다고 한다. 고죽 최경창의 주옥같은 문장과 글씨들이 수백 년이 지나도록 보존될 수 있던 것은 그녀의 열정과 사랑 때문이다. 몇 년 후 최경창의 묘 앞에서 죽은 홍랑을 최씨 문중에 의해 그리도 그리던 임의 무덤 앞에 묻히게 된다.

사랑은 어떤 빛깔일까. 일부종사를 하지 않아도 되는 자유로운 신분이지만 정절을 바쳐 사랑하는 임을 위해 모든 것을 희생한 홍랑. 문을 닫아도 스며드는 달빛처럼 사랑은 그녀에게 끝없는 에너지로 다가와 모든 것을 감내할 수 있던 것은 아닐까.

유교사상이 철저한 조선 시대 천민 출신으로 사대부족보에 올라 선산에 묻힐 정도였다면 사랑은 시대적 배경이나 신분도 뛰어넘는 것이리라. 사랑이란 척박한 곳에서도 곧게 꽃대를 세우는 꽃무릇처럼 붉은 정열로 피어나는 것은 아닐까.

키 작은 코스모스가 만발한 가을, 파주 다율리에 있는 그녀의 묘를 찾았다. 수확을 앞둔 배추 밭두렁을 따라 오르니 야트막한 산비탈 양지바른 곳에 그녀의 묘와 그 위에 최경창 부부의 합장묘가 의형제처럼 누워있다.

끈끈한 여름 끝자락의 무더위를 마다않고 이곳을 찾은 것은 최경창의 16대손이라는 명분도 있지만 기실은 홍랑의 묘를 보고 싶은 간절함이 더했다. 조상의 묘 앞에 서니 감회가 새롭다.

고추잠자리가 그녀를 달래는 듯 묘 위를 빙빙 돌고 있는 앞쪽 비석에는 최경창과 주고받은 연시가 앞뒷면에 새겨져 있다. 비석 앞면에는 고죽시비가 뒷면에는 '홍랑가비'라는 홍랑이 지은 시조가 오석 위에 새겨져 있다.

홍랑의 묘비에는 측면과 뒷면에 최경창과 주고받은 시와 시묘살이의 일들이 자세히 기록되어있다. 이승에서 못 맺은 인연은 죽어서도 남아있는 것일까, 비석에 새겨진 그들의 애절한 연시가 시비로 세워져 그녀와 그가 사랑했던 연인 최경창을 지켜주고 있다. 홍랑의 묘를 떠날 때 뒤돌아보니 수만 송이의 꽃무릇이 잎과 함께 홍랑의 얼굴처럼 환하게 피어난다.

남도의 가을을 붉게 적시는 꽃, 석산이라 불리는 꽃무릇은 꽃이 지고나면 줄기가 쓰러지며 사라진다. 10월경 잎이 나와 겨울을 나는데 '동설난'이라고도 하며 그 이듬해 9월에 줄기를 올려 꽃을 피운다.

생명력이 강해 척박한 땅에서도 잘 자라는 꽃무릇은 꽃이 필 때는 잎이 없고, 잎이 나올 때는 꽃이 없어 서로 만날 수 없는 그리움에 목이 메는 꽃이다. 애절함으로 피는 꽃이기 때문일까 화색이 처연할 정도로 곱다.

불갑저수지를 돌아 나올 때 물가에 고마리꽃이 한창이다. 물가에 아기별들이 쏟아져 내린 듯한 고마리꽃 주변에 사그라지는 붉은 빛을 부여잡고 피어있는 꽃무릇의 자태가 홍랑처럼 물빛에 어른거린다. �

(2012. 10)

2부 손수건과 얼레빗

반달모양이라 모난 마음까지도
둥그렇게 빗어 줄 것만 같다.
헝클어지고 흐트러진 마음이 들 때
빗질하듯 마음을 쓸어내리라고
준 것은 아니었을까.
물 앙금처럼 가라앉아 응어리진 가슴을
가만가만 빗어내려 머리를 정돈하듯
마음을 다스리라는 뜻은 아니었을까.
머리를 빗질하는 것은
거울 속에 비친 모습뿐 아니라
마음을 빗는 행동이라는 생각이
얼레빗을 볼 때마다 든다.

사월의 노래

청양고추처럼 톡 쏘는 꽃샘추위 속에 입춘이다. 연일 계속되는 영하의 날씨는 '보리 연자 갔다가 얼어 죽었다.'는 말을 무색하게 한다. 묵은 먼지를 털어내며 책꽂이 주변에 있는 자질구레한 것들을 정리한다. 내친김에 두서없이 꽂힌 책이며 정리하지 못해 쌓인 사진들을 간추린다.

주발 안에 새촘하게 들어찬 밥알처럼 어릴 적부터 지금까지 모습들을 빼곡히 담고 있는 앨범들. 반쯤 누렇게 퇴색된 흑백사진 밑 부분에 '단기 4285년 00기념' 등으로 적힌 문구들이 낯설다. 년도 별대로 꽂혀 있는 앨범 중에서 주류를 이루고 있는 것은 학생들과 찍은 사진들이다. 압축파일처럼 저장된 기억의 편린들, 학생들과 함께 한 시간들이 앨범 속에서 수련 꽃잎이 피어나듯 아름아름 떠오른다.

내가 교직에 몸담고 있던 학교는 산업체 부설학교였다. 대통령령으로 설립된 부설학교는 회사종업원 1000명 이상인 산업체에서 자체적으로 운영된다. 가정형편이 어려워 진학을 포기한 청소년들에게 정규학교과정을 공부할 수 있는 기회를 준 것이다.

근로 청소년이란 명칭 대신에 '공순'이라는 별칭이 꼬리표처럼 따라다녔다. 그러나 산업현장에서 땀 흘려 번 돈을 동생들 학비나 부모님 생활비에 보태며 알뜰히 저축까지 하는 모습은 대견했다. 3교대 근무에 학교생활과 기숙사생활까지 쉴 새 없이 돌아가는 분주한 생활은 고단할 수밖에 없다.

오전 근무를 마치고 뽀얗게 내려앉은 솜먼지를 털고 머리 말릴 사이도 없이 달려와 책상 앞에 앉았지만 점점 감기는 눈꺼풀은 물에 젖은 솜뭉치처럼 내려앉기만 했다. 서까래보다 무거운 것이 눈꺼풀이라는 말도 있듯이 나른한 그들에게 수업은 자장가로 들렸지만 학구열은 대단했다.

어렸을 때 본 방직공장은 솜투성이었다. 기계보다 사람이 더 많았다. 방직공장에 취직하기 위해 간부 사원 집에 도우미로 일하다가 취업하는 경우도 많았다. 산업체 학교가 생기면서 80년대만 해도 면방직은 호황산업이었다. 내가 근무할 때 학급수가 한 학년에 27학급이나 될 정도였다.

앨범 한구석에 고개를 떨어뜨린 채 웅크리며 앉아 있는 사진 한 장이 눈에 들어온다. 성남이, 그 아이에 대한 여러 가지 기억들이 밤하늘에 불꽃처럼 피어오른다. 전학 온 지 꽤 지났음에도 친구 간이나 학교생활에 적응하지 못해 물속의 기름처럼 겉돌기만 하던 아이였다. 결석이나 지각은 빈번했고 성적 또한 하위권이었다. 꾸중 듣기도 전에 큰 눈엔 그렁그렁한 물빛이 서려 있곤 했다. 고무줄로 묶어 치켜 오른 머리카락 사이로 보이는 성남이의 옆얼굴은 한풀 꺾인 저녁 햇살처럼 애잔한 그늘이 늘 서려 있었다.

독일로 간 아버지는 소식이 끊기고 힘겹게 살림을 꾸려가는 어머니와 사춘기의 심한 몸살을 앓는 성남이는 졸업을 얼마 앞두고 자퇴를 했다. 자퇴만은 피하려고 안간 힘을 쓰던 어머니의 얼룩진 눈물도 외면한 채, 내 가슴에 황량한 바람 한 점 뿌려 놓고 그 아이는 학교를 떠났다. 그 후에도 큰 눈에 머리 묶은 학생들을 보면 그 아이의 서늘한 뒤통수가 생각나곤 했다.

봄 소풍 가서 찍은 사진 속에 유난히 키가 작고 촌티를 벗지 못한 은미가 눈에 들어온다. 중학교 다닐 때까지 도회지에 한 번도 나온 적이 없다는 그 아이는 무공해 산골 학생이었다. 배시시 웃던 해맑은 미소는 산 속에 핀 도라지꽃을 닮았다.

3교대로 근무하는 현장생활과 1주일마다 시간표가 바뀌는 학교생활, 혼자서 모든 것을 해결해야 하는 기숙사생활 등 벅찰 수밖에 없는 생활이었다. 점점 얼굴에 화색이 없어지고 눈빛이 예사롭지 않았다. 웃음도 사라지고 특히 야근 때, 현장에서 근무 중에 나오기도 할 정도로 이상증세를 보였다. '부적응 공황장애' 라는 진단이 나왔다. 회사와 학교를 그만둘 수밖에 없었다. 갑작스런 생활의 변화로 적응하지 못한 것이 이유였다.

학교를 떠나는 날 은미가 남긴 말은 충격적이었다. '선생님, 집에 가서 야근 때 잠자도 돼요?' 현장근무 때 야근하는 것이 얼마나 힘들었으면 그랬을까. 회사근무가 힘들어 퇴사하게 되면 학교도 자퇴할 수밖에 없는 안타까운 현실이 산업체 학교의 특성이다.

퇴직하기 몇 년 전, 마산에서 식당을 한다는 제자로부터 연락이 왔다. 남매를 두었는데 아이들과 함께 견학을 오고 싶다는 것이었다. 힘들었지만 자긍심을 갖고 일하던 시절의 현장을 아이들에게 보여주고 싶었을 것이다. 아이들 손을 붙잡고 견학 오던 날, 제자는 공부하던 교실이며 기숙사와 작업현장을 보여주면서 울먹이던 모습이 눈에 선하다.

꿈 많은 학창시절, 힘들고 외로울 때 그들의 손을 몇 번이나 잡아주었는지 반문해 본다. 교사와 제자로써가 아닌 그들의 눈높이에서 도담도담 마음을 나누며, 공유하지 못한 시간들이 부끄럽기 짝이 없다.

앨범 속에서 환하게 웃는 제자들의 얼굴을 들여다본다. 땀과 눈물과 기쁨을 함께 나누었던 제자들은 불혹의 나이를 넘어 가정이나 사회에서 한 몫을 하는 것을 보면 대견스럽다. 그들이야말로 그 시대의 산업역군이 아닌가. 그들의 땀과 노력이 있었기에 우리의 삶이 윤택해지지 않았을까.

2000년대 접어들어 산업체 학교는 폐교 위기를 맞게 되었다. 학생 수 인원 감소로 신입생 모집이 점점 힘들어졌고 면방업도 하향산업으로 돌아섰다. 학급은 학년별로 3학급으로 줄어들었다. 일반학교에 비해 대학진학률이 높지는 않지만 그들은 이곳에서 꿈을 키우고 인내를 배우며 따뜻한 가슴을 나누었다.

눈이 올 때면 운동장에서 눈싸움을 하고 소나기가 내리면 갑자기 수업시간에 이불빨래 걷으러 기숙사에 가야한다고 울상 짓던 제자들. 학교 앞까지 등교시켜주는 부모를 만나지는 못했어도 그들은 오뚝이처럼 자신의 힘으로 헤쳐 나가는 법을 터득했다.

　지금은 신도시로 변한 그 자리에 고층 아파트가 들어섰고 학생들과 함께 지냈던 흔적조차 찾아보기 힘들지만 높은 빌딩만큼 그들은 자긍심을 갖고 어디서나 열심히 살아가고 있으리라.

　봄, 봄이 저만치서 손짓하며 다가온다. 교정 동산에 핀 목련꽃을 머리에 이고 교복차림으로 나풀거리며 등교하던 제자들의 모습이 눈에 아롱거린다. 민들레 씨앗 분분한 봄이 오면 목련꽃 그늘 아래서 그들과 함께 사월의 노래를 부르며 봄 멀미에 흠뻑 취해 보리라. ✿

(2012. 04)

회복

덕수궁 돌담을 끼고 돌아서자 로댕의 현수막이 비에 젖은 채 나부끼고 있다. 얼마 안 있으면 파리로 돌아갈 작품을 보기 위해 후덥지근한 날씨에도 미술관 주변은 사람들로 북적댄다.

이번 전시는 국내 최초의 회고전이다. 근대조각의 독보적 위치를 차지하고 있는 로댕의 삶과 예술을 조명할 수 있는 좋은 기회였다. 파리 로댕미술관 소장품 중에서 연대기적 테마로 전시되어 감상하는데 도움을 주었다. 로댕을 '현대의 미켈란젤로'라는 찬사와 수많은 수식어가 붙을 만큼 흙과 투박한 돌덩이는 그의 손길을 통해 생명력으로 꿈틀댄다.

이번 전시회의 부제인 「신의 손」 작품. 해외반출이 처음으로 이루어진 핵심작품이다. 로댕은 '예술은 손으로 이루어지고 우주를 변화시키는 놀라운 힘을 가진다.'고 했듯이 흙으로 인간을 창조하는 신의 모습을 표현한다. 정교한 손의 모습이 투박한 대지를 떠받들고 있다. 뒷부분에는 아담과 이브가 사랑을 나누는 모습이 아름답게 조각되어 있다. 조물주의 손 안에서 탄생되는 사랑의 모습과 만물의 주관자인 창조주의 위력을 느끼게 한다.

지옥문 시리즈 중 「입맞춤」 작품이 중앙에 거대한 모습으로 자리 잡고 있다. 금지된 불륜의 사랑을 테마로 빚은 조각상이지만 사랑을 나누는 연인의 모습은 처연할 정도로 아름답다. 격정적인 느낌보다 고뇌 가운데 나누는 사랑의 모습은 곁에서 사랑을 나누는 연인들을 보는 것 같다. 이 작품은 클로델과의 비극적인 사랑을 암시해 준다.

카미유 클로델(Camille Claudel). 파리에 있는 로댕미술관에서 그녀를 처음 만났다. 미술관은 로코코풍의 대저택으로 정원 구석구석에 다양한 조각 작품을 전시해 놓았다. 정원관람권만 별도로 판매 할 만큼 아름다운 정원이다. 파리의 유명한 루브르, 오르세, 퐁피드와 같은 대형미술관에 비해 개인미술관으로 규모는 작지만 관광객의 발길이 끊이지 않는다. 그곳에 클로델 상설전시장도 로댕전시실 못지않게 인기를 누린다.

오보에 소리가 은은히 울려 퍼지는 듯한 고즈넉한 미술관 분위기 속에 따사로운 겨울 햇살 한 자락이 그녀의 작품을 얼비치고 있다. 근육질의 남성상 작품이 대부분인 로댕에 비해 그녀의 작품들은 섬세하고 유연성이 돋보인다. 특히 손과 발의 정교한 부분들이 백미로 꼽힌다.

로댕과 연인 관계일 때 제작한 「사쿤달라」(Sakuntala). 지친 육신을 남자에게 의지한 모습은 로댕에게 기대고 싶은 그녀의 염원이 담긴 듯했다. 무엇보다 발길을 붙잡은 작품은 「왈츠」(The waltz)였다.

누드로 춤을 추는 남녀의 격정적인 모습과 쓰러질 듯 춤을 추는 무아지경의 모습에 긴장감이 넘친다. 흘러내릴 듯한 드레스의 주름진 옷 부분의 묘사와 오른팔의 유연한 동작은 지극히 섬세하다. 살포시 포개진 남녀의 손에서 에로틱한 분위기가 느껴진다. 로댕과 늘 춤을 추듯 살고 싶던 그녀에게 연민이 느껴지며 우릿한 슬픔마저 느껴지는 건 나만의 착각일까.

슬픔을 안고 추는 춤은 어떤 빛깔일까. 24세의 나이 차이를 극복하고 스승과 제자 사이에서 연인이 된 그들의 사랑. 로댕의 그늘에 가려 그녀의 재능은 빛을 보지 못했다. 오히려 로댕은 그녀 작품이 표절 의혹을 살 정도로 유사한 점이 많다는 평을 듣게 되자 그녀의 작품을 출품하지 못하게 하여 그들의 관계는 악화되었다. 숱한 여성편력과 우유부단한 태도, 피해의식 등으로 클로델은 심한 강박증에 시달리고 고통가운데 제작한 많은 작품들을 남겨둔 채 비운의 생을 마감한다.

작업에 대한 뜨거운 열정과 예술혼을 지녔던 카미유 클로델. 대형 초상화 앞에서 만난 그녀는 살아있는 것 같다. 지난번 보다 몸살을 앓고 난 듯 훨씬 수척한 모습이다. 우수에 잠긴 서늘한 눈매와 오뚝한 콧날 등 미모의 뒷자락에는 잿빛 같은 음영이 짙게 드리워 있다. 작업에 몰두하는 열정적인 모습이 담긴 사진 속에서 그녀의 망치소리가 힘차게 들리는 것만 같다.

클로델은 로댕의 작품에 번득이는 영감과 예술혼을 심어 주었다. 섬세한 사랑의 모습들을 형상화 할 수 있도록 작업의 동반자로 조수 겸 모델로 로댕의 곁을 지켰다. 회리바람처럼 지나간 사랑 뒤에 남는 것은 무엇일까. 실연의 아픔을 이기지 못한 채 정신병원에서 외롭게 생을 마감한 그녀. 아무도 찾지 않는 몽드베르그 수용소에 감금되어 비참한 생을 마친 그녀의 아픔이 애잔하게 와 닿는다.

이번 전시회에서 뜻밖에 만난 「회복」이라는 작품. 로댕의 작품이다. 엎드린 채 반쯤 고개를 들고 있는 모습이 몽환적인 느낌을 준다. 하얀 대리석으로 된 투박한 돌 위에 가지런히 손을 모으고 있는 우울한 표정은 분명 클로델의 모습이다. 공허한 모습으로 앞을 응시하는 지칠 대로 지친 모습이다. 누군가의 손길을 구하는 쇠잔함이 가슴을 뭉클하게 한다.

사랑이나 열정도 지나치면 열패감만 남는 것일까. 애증과 갈등 앞에서 병든 클로델을 그리워하며 작업했을 로댕의 모습이 시나브로 다가온다. 로댕은 이 작품을 통해 그녀와의 회복을 꿈꾸었는지도 모른다. 그의 머릿속에는 젊고 아름다운 그녀의 모습이 자리 잡고 있던 것은 아닐까. 「신의 손」 작품에 조각된 아담과 이브처럼 사랑의 회복을 그리워 한 것은 아닐까. 이루어지지 않는 사랑은 그리움으로만 남아있는 것은 아닐는지.

사랑의 순수함을 사랑하지 못한 로댕. 그리움으로 남아있는 사랑의 그림자를 쫓아 조각한 이 작품을 로댕은 살아있을 때까지 공개하지 않았다고 한다. 라이너 마리아 릴케가 쓴 로댕론이 눈에 들어온다. "명성을 얻기 전 로댕은 고독했다. 명성을 얻은 후 그는 더 더욱 고독해졌다."

그녀를 만나고 나오는 미술관을 배경으로 비 갠 오후의 하늘은 예사롭지 않게 푸르고 푸르렀다. 🌸

(2010. 08)

웃기떡

추석이 다가왔다. 베란다에 내려앉은 낭랑한 햇살이 햇솜을 넣어 만든 이불처럼 뽀송뽀송하다. 송편으로 대목을 맞은 떡집은 가을 햇살만큼이나 풍성하다. 기계로 찍어낸 송편은 성형미인처럼 쪽 고르고 윤기가 자르르 흘러 지나가는 발걸음을 멈추게 한다.

추석이면 으레 송편을 빚었다. 추석이 가까워지면 어머니는 솔잎 손질부터 쌀가루 준비에 바빴다. 송편 익반죽은 손힘이 센 오빠가 도맡았고 조카들과 함께 송편을 빚었다.

빙 둘러앉아 송편을 빚다보면 모양은 제각각이지만 마음만큼은 보름달처럼 두둥실 환하다. 어머니는 시집살이 얘기며 지난날 추억들을 송편 속에 담아 빚으면서 예쁘게 빚어야 고운 딸을 낳는다는 말에 졸음이 와도 참고 빚던 기억이 새롭다.

요즘도 추석이 되면 송편을 빚는다. 유난히 송편을 좋아하던 어머니를 생각하며 차례에 올릴 송편을 정성껏 준비한다. 솔잎을 깨끗이 씻어 채반에 널어 말리고 송편 속을 마련한다. 고소한 깨소나 녹두, 밤을 으깨어 소를 넣은 송편은 이것저것 골라 먹는 재미가 쏠쏠하다.

단호박 으깬 것으로 반죽을 하면 노란색 송편이, 자색고구마로 반죽을 하면 환상적인 보랏빛 송편이 된다. 쑥이나 모시 잎으로 만든 송편도 향과 색이 곱다. 색동저고리처럼 빚은 송편 위에 꽃 장식을 하면 웃기떡으로 손색이 없다. 외씨버선 뒷볼처럼 빚어야 예쁜 송편이 된다는 어머니는 친척들이나 형제간에 화목과 우애의 웃기를 얹어주는 웃기떡이었다.

먹을 것이 귀했던 시절, 떡은 허기진 배를 채워주는 간식이었다. 새 색시가 시집올 때 얼마나 많은 떡을 해 오는가에 따라 집안 형편을 가늠하기도 했다. 떡의 종류나 모양보다 양을 중요시 했는데, 지금은 양보다는 개성 있고 맛있는 떡을 하느냐에 따라 떡의 명성이 좌우되다보니 웃기떡의 역할이 커졌다. 성장을 한 뒤 모자 하나로 패션이 좌우되듯 웃기떡이 모자의 역할을 하는 셈이다.

웃기떡은 접시나 합에 떡을 담은 다음, 장식을 위해 얹는 떡이다. 주악, 색절편, 산병 등 혼례상이나 회갑상 같은 큰 상차림의 장식용으로 쓰인다. 웃기떡 종류에 오입쟁이떡이 있다. 찹쌀 부꾸미를 네모나게 부쳐서 그 위에 대추채, 밤채, 석이채를 얹어 네모지게 썬 다음 설탕과 계피가루를 뿌려서 잰 떡으로 건달떡이라고도 하는데 오입쟁이처럼 번드르르한 모양새에서 유래된 듯하다.

몇 년 전, 전국 떡 경진대회에서 떡케이크로 입상을 했다. 출품할 작품을 구상하던 중 매생이를 이용한 떡케이크가 대박을 냈다. 청정지역에서 겨울에 잠깐 나오는 매생이는 우주식량으로 지정될 만큼 5대 영양소가 골고루 들어있는 고단백 식품이며 참살이 식품이다.

제철이 아니라 어렵사리 구한 매생이를 잘 말려 고운 가루를 낸 다음 쌀가루에 버무려 김을 올리니 집안 가득 바다향이 번진다. 그러나 그 위에 웃기로 장식할 것이 막막했다. 고심 끝에 무를 이용해 카네이션꽃을 만들기로 했다.

분홍 물과 녹색 물을 들인 무를 잘 손질해 말린 다음 정과를 만들어 카네이션꽃을 만들었다. 떡케이크를 만들고 고물을 뿌린 다음 무정과로 만든 카네이션꽃으로 장식을 하니 성장을 한 여인처럼 완전 변신을 했다. 웃기로 장식한 카네이션꽃이 톡톡히 한 몫을 했다.

웃기는 음식의 모양과 색감을 빛나게 하고 입맛을 돋운다. 웃기떡처럼 맛깔나게 분위기를 빛내는 사람, B씨가 생각난다. 내가 그녀를 만난 것은 회사면접 때였다. 아르바이트 광고를 보고 찾아온 그녀는 수줍음 많은 사춘기 여학생처럼 보였다. 나이가 조금 많지만 열심히 하겠다는 그녀의 표정은 진지해 보였고 한 직장에서 얼굴을 맞대며 지낸지 몇 년이 지나도록 한결같다.

추운 겨울에도 늘 스커트 차림인 그녀는 천생 여자였다. 가끔 손수 짠 수세미 솔을 주었다. 그녀는 일부러 동대문시장까지 가서 실을 사다가 솔을 만들었다. 꽃이나 딸기 모양, 원피스 모양 등 정성스레 만든 솔은 쓰기에 아까울 정도로 앙증맞다.

그녀가 준 딸기 모양의 수세미 솔에서 주방 가득 딸기향이 번져난다. 틈틈이 수세미 솔을 만들어 두었다가 동창회 모임이나 가까운 지인들에게 나누어 주는 그녀의 마음은 늘 화창한 봄날이다.

측은지심이 많은 그녀는 새로 입사하는 사람들이 잘 적응할 수 있도록 보살핀다. 외국인 근로자들에게도 세심한 배려를 하며 회사에서 구심점 역할을 한다. 외국인들이 언어와 문화가 다른 이곳에서 직장생활 한다는 것이 어디 쉬운 일인가. 상냥한 언니처럼 살갑게 대해주며 그들의 고충을 함께 나누는 모습은 외롭고 힘든 그들에게 많은 힘이 되리라. 언제나 잔잔한 미소로 바쁘게 뛰어다니며 일하는 그녀는 직장의 웃기떡이다.

선물할 일이 생기거나 가족들 생일이면 떡케이크를 만들어 선사하곤 한다. 떡케이크의 성패는 물주기에 달려있다. 수분이 많으면 식감이 단단해지고 부족하면 떡이 갈라진다. 밀가루에 비해 쌀가루는 노화가 빨리 진행되므로 가루의 상태도 중요하다.

빵처럼 정확한 계량으로 한다 하더라도 쌀가루의 상태에 따라 달라지므로 물주기를 한 다음 손에 떡가루를 쥐었을 때, 손에 닿는 '감'으로 만들다 보니 여간 까다로운 게 아니다. 떡이 완성되면 웃기는 절편을 이용해 만든다. 내가 좋아하는 장미나 카라꽃, 견과류를 이용한 열매 등 다양하게 웃기를 만든다.

다른 떡에 비해 장식으로 분위기가 달라지는 떡케이크는 웃기가 떡의 얼굴이다. 멋진 웃기가 되려면 튼실한 내공을 쌓아야 된다. 속 빈 강정처럼 허우대만 멀쩡한 오입쟁이 같은 웃기는 웃기로써 가치가 없다. 튼실한 내공이 어찌 하루아침에 이루어질까. 떡가루를 준비하며 떡이 완성된 다음 웃기까지 만드는 과정에서 삶의 지혜를 터득한다.

매생이 케이크처럼 튼실한 내공 위에 금상첨화로 멋진 웃기 하나 얹고 있는 웃기떡이 되면 어떨까. 떡케이크 위에 장미꽃이 만발했다. 웃기로서의 소임을 다한 장미꽃은 가을 햇살 아래 참으로 곱다. 🦋

(2012. 10)

꽃은 알고 있다

베란다와 거실은 온통 꽃밭이다. 성에로 두툼한 옷을 갈아입은 유리창너머 맹추위도 아랑곳없이 꽃 잔치를 벌였다. 작년 봄인가, 딸아이가 모종을 사다가 심은 임파첸스는 몇 배로 자라 삭막한 겨울철 때 아닌 호사를 누린다. 자고 나면 꽃망울을 터뜨리는 꽃들은 아침부터 부산하다.

임파첸스는 아프리카 봉선화로 불리기도 하고 뉴기니아 봉선화로 불리는 귀화식물이다. 먼 아프리카가 원산지로 색도 다양하고 꽃모양도 수십 가지다. '참을 수 없다.'는 꽃말 때문인지 손을 대면 톡하고 터지는 씨앗이 울밑에 선 봉선화를 닮았다.

추위에 약해 바람이 잘 통하는 곳에 두고 손으로 겉흙을 만졌을 때 상태를 보며 물을 준다. 물 조절을 잘 하지 않으면 축 늘어지는 것이 예민한 아이 같다. 주기적으로 영양제도 주고 배양토를 담은 토분에 심었더니 윤기가 자르르한 잎사귀 사이로 수십 송이 꽃을 피웠다.

난을 키울 때 조용한 음악을 들려준 잎사귀는 곧게 자라고 요란한 음악을 듣고 자란 잎은 구불구불 휘었다는 말이 생각난다. 음악으로 사람의 병과 마음도 치유하지만 식물도 마찬가지다. 꽃은 키우는 사람의 정성과 손길에 따라 좌우될 만큼 솔직하다.

꽃꽂이를 본 것은 소공동 근처에 있는 사진관이었다. 사진을 배경으로 백자 항아리에 꽃꽂이를 했는데 나뭇가지의 선을 살려 멋들어지게 장식한 꽃꽂이가 발길을 사로잡았다. 일주일 간격으로 꽃꽂이가 바뀌곤 했는데 꽃을 보려고 일부러 사진관에 들르곤 했다.

70년대 초만 해도 꽃꽂이라는 말은 생소했다. 지금은 기념일이나 특별한 날 꽃 선물을 할 정도로 생활화되었지만 먹고 살기 급급했던 그 시대에 꽃을 꽂는 것은 어쩌면 사치일 수도 있었다. 사진관주인은 꽃의 아름다움을 작품으로 만들어 내게 꽃꽂이를 배우고 싶은 마음을 심어주었다.

우연한 기회에 꽃꽂이를 배우게 되었다. 사진관에서 보았던 꽃들을 상상하면서 배우기 시작한 동양꽃꽂이다. 나뭇가지에 흐르는 유연한 선을 최대한 살려 그 사이에 몇 송이 꽃만 꽂아도 수반 속의 꽃은 집안에 작은 꽃밭을 만든다. 항아리를 이용한 병 꽃꽂이를 하려면 몇 년이나 걸리니 사진관에 전시된 꽃들은 여간 숙련된 솜씨가 아니었다.

꽃꽂이를 배운 덕분에 교회봉사를 하게 되었다. 성전을 장식하는 꽃꽂이봉사였다. 아무도 없는 텅 빈 교회에서 일주일마다 꽃을 장식하는 날은 먼지처럼 쌓인 상념들을 씻는 시간이었다. 고해성사를 드리는 마음으로 꽃을 장식하다보면 몇 시간이 훌쩍 지나도 피곤한 줄 몰랐다.

내가 섬기던 교회는 지방이라 특이한 꽃 소재가 많지 않았다. 서울 강남터미널이나 양재동에 가야 원하는 꽃들을 마음껏 만날 수 있었다. 꽃 욕심이 많은 탓일까, 토요일 오전에 퇴근하자마자 고속버스를 타고 서울에 올라와 꽃을 사다 장식했다.

강남터미널까지 걸리는 두 시간 가량을 버스 안에서 작품을 구상했다. 어떤 화형에 무슨 소재의 꽃이 좋을지 스케치하며 궁리하다 보면 꽃 시장에 도착했다. 종류별대로 진열된 꽃시장에 오면 피로가 싹 가셨다. 꽃향기 속에 만발한 꽃들이 기다리고 있었다는 듯 반갑게 손짓했다.

매주 서울에 와서 꽃을 사는 일이 쉽지 않았다. 주말마다 올라오다 보니 단골가게가 생겼고, 원하는 꽃과 오브제를 전화만 주면 고속버스 편으로 보내 주었다. 시간도 절약되고 원하는 꽃도 구입하게 되니 여간 반가운 일이 아니었다. 은은히 들려오는 찬송가 속에 성전장식을 마치고 내려오면 평온함이 밀물처럼 밀려왔다.

몸살을 심하게 앓고 난 주말, 성전장식은 해야 되는데 몸이 아프다 보니 만사가 귀찮았다. 그날따라 옆에서 도와주는 사람도 없었다. 수북이 쌓인 꽃들이 짐스러웠다. 꽃을 꽂고 마무리까지 하려면 족히 몇 시간 걸릴 것을 생각하니 아픈 몸에 심성까지 꼬여 괜스레 짜증까지 났다. 웃는 꽃들이 예쁘기는커녕 억지춘향으로 장식을 마쳤다.

다음날 주일 예배 때, 예배를 마치고 목사님이 강단을 내려오자마 자 꽃이 앞으로 고꾸라졌다. 마치 끝나기를 기다리기라도 한 것처럼 '퍽' 하는 소리와 함께 꽃 덩어리가 피를 토하듯 쓰러진 것이다. 쓰러 진 꽃들을 살펴보니 수반에 오아시스가 잘 고정되지 않아 앞쪽으로 무게가 쏠리면서 엎어진 것이다.

성가대석에 있던 나는 쏜살같이 달려갔고 죽비가 후려치듯 등짝이 화끈거렸다. 꽃들이 반란이라도 일으킨 것은 아닐까, 몸이 아프다고 성의 없게 꽂은 것을 꽃들이 눈치 챈 것은 아닐까, 순간적으로 온몸에 전율이 일었다.

꽃은 알고 있었다. 꽃꽂이를 위해 잘려졌지만 생명은 남아있던 것이다. 그 생명을 소중하게 다루지 못한 손길을 알고 있는 것이 분명했다. 꽃들을 추스르며 별별 생각들이 머리를 스쳤다. 예배 도중에 쓰러졌다면 어떻게 되었을까, 사람들 시선이 쓰러진 꽃에게 쏠렸을 생각을 하니 아찔했다.

예배가 끝날 때까지 꽃들은 무게를 지탱하기 위해 얼마나 참고 기다렸을까. 그나마 꽃을 꽂은 사람의 체면을 세워주기 위해 기다려준 것은 아닐까. 더 이상 참을 수 없어 예배가 끝나자마자 쓰러졌다는 생각을 하니 꽃에게 미안한 마음이 들었다.

그 사건은 어쩌면 우연일지도 모른다. 아니면 실수로 가볍게 넘길 수도 있었다. 다행히 예배가 끝난 직후라 꽃이 쓰러진 것을 본 사람은 별로 없었다. 앞좌석과 성가대원들 뿐이지만 사람들의 시선이나 체면이 문제가 아니었다. 그것은 꽃이 내게 들려준 소리 없는 비명이었다.

쓰러지면서 들린 '퍽' 하던 소리는 오랫동안 환청처럼 남아있다. 남들에게는 아마 들리지 않았을지 모른다. 그러나 내게는 징소리처럼 남아 귓가에 맴돈다. 그 사건은 작은 것이라도 소중하게 다루라는 무언의 경고였다. 몸이 피곤하다는 핑계로 성의 없이 대충 넘어간 일에 대한 질책이었다.

살아가다보면 내 실수에 핑계를 대고 적당히 자신을 합리화시키며 넘어갈 때가 많다. 내 눈 속에 있는 들보는 보지 못하고 남의 눈의 들어있는 티만 바라보는 격이다. 남에게는 엄격하고 인색하면서 내게는 관대한 경솔함마저 눈여겨보게 했다. 그때의 기억들은 부메랑이 되어 좌우명처럼 여기고 있다.

활짝 핀 임파첸스 잎사귀를 젖히니 꽃봉오리가 수줍게 얼굴을 내민다. 혹한에 핀 꽃이기 때문일까, 화색이 유난히 곱다. 윤기가 흐르는 꽃잎으로 손톱에 물들이면 꽃물이 들까, 화사한 꽃들의 소중했던 젊은 날의 추억을 꽃물이 든 손끝에서 오랫동안 기억하지는 않을까. 🍃

(2013. 02)

국대접

알뜰시장이 섰다. 아파트단지를 돌면서 정기적으로 서는 장이라 과일과 야채 등 물건들이 튼실하다. 한 귀퉁이에 그릇들이 진열된 것이 보인다. 이천에서 만든 생활도자기 그릇들이 주부들의 발길을 붙잡는다. 별로 살 것도 없으면서 기웃거린다. 가마에서 구워낸 도자기들은 할머니 손처럼 두툼하면서도 질박해 보인다.

그릇 욕심이 많던 어머니, 주방에는 생전에 어머니가 쓰던 그릇들이 고운때가 묻은 채 자리하고 있다. 막내 여동생이 태어나던 해에 샀다는 접시 홈세트는 50여 년이란 긴 세월에도 건재하다. 보리이삭 무늬가 박힌 금테 두른 접시는 어머니가 쓰다가 며느리, 딸들에게 나눠주었다. 차례나 기제 때 그 접시를 보면 오래된 친구 만난 듯 반갑다.

어머니는 출장요리 강습에서 압력솥을 샀다. 30년 전만 해도 압력솥은 귀했다. 마술을 부리듯이 척척 요리를 하는 압력솥은 가격이 만만치 않았다. 우리 집에 온지 수십 년이 넘는 압력솥은 지금도 맹활약 중이다.

어릴 적에는 놋그릇을 많이 사용했다. 아른한 광택이 감돌고 부잣집 맏며느리처럼 후덕한 유기제품은 제기용으로 밀려났다. 놋그릇을 닦는 날은 집안의 큰 행사였다. 가마니를 펼쳐 놓고 짚을 엮어 재를 묻혀 닦으면 놋그릇의 은은한 광택이 사대부집 마나님 같다. 우아함과 고풍스러운 멋은 있지만 유기제품은 관리하기가 번거롭고 스테인리스 그릇이 나오면서 밀려났다.

주방 한구석에 이방인처럼 몇 개 안 남은 스테인리스 국대접. 어머니는 스테인리스 대접 한 죽을 샀을 때 감동을 두고두고 말했다. 세월이 지나면서 광택도 사라지고 거뭇거뭇한 자욱이 남아있는 국대접은 새 그릇에 밀려 뒷방 신세가 되었다. 낡고 볼품없는 그릇들을 버리자고 하면 아직도 너끈히 쓸 수 있다며 손사래를 치던 어머니. 그 그릇에 어머니의 젊은 날 꿈과 추억이 깃들어 있기 때문일까, 어머니에게는 여전히 요긴한 그릇이다.

식기장 안에 진열된 그릇들은 다양하다. 크리스털 유리그릇부터 금테 두른 화려한 접시들과 예쁜 무늬가 새겨진 그릇들. 어쩌다 손님이 올 때 한두 번씩 바람을 쐬는 그릇도 있고 몇 년이 지나도록 고운 먼지만 뒤집어쓰고 자리만 지키는 그릇도 있다. 비싸고 좋은 그릇은 장식장에 모셔두고 큰일을 치를 때만 외출할 뿐이다. 아무리 좋은 그릇이라도 자주 사용하지 않고 자리만 지키는 것은 그릇의 가치가 없다. 마치 이름만 내세우며 자리를 지키는 사람처럼.

어머니는 음식 만드는 것을 좋아했다. 돌아가시기 전까지 부모님 생신 때면 으레 집에서 생일상을 차렸다. 30명 남짓한 친척들이 모이다 보니 상 차리는 일이 쉬운 일이 아니었다. 힘들고 번거롭게 집에서 하느냐고 푸념도 했지만 어쩔 수 없다. 생일이 되어 모처럼 친척들이 모이는 것이 반갑고 무엇보다 밖에서 식사만 하고 헤어지는 것이 아쉬운 모양이다.

생일을 앞두고 어머니는 손수 식단을 짠다. 종이에 메뉴를 배치하고 몇 번을 고친 다음 며느리와 내가 할 요리를 분담한다. 잔손이 많이 가는 식재료는 미리미리 손질해 놓고 생신 상차림을 위해 온갖 정성을 기울인다. 식기장에서 잠자던 그릇들이 모처럼 바람 쐬는 날이다.

우연히 서랍정리를 하다가 어머니가 요리강습에서 배운 레시피를 발견했다. 가장자리가 누렇게 바랜 종이에 적힌 어머니 필체가 정겹다. 붉은색으로 밑줄을 그어가며 표시한 것을 보니 마음이 찡하다. 양장피, 유산슬 등 중국요리부터 피자 만드는 법까지 깨알 같은 글씨로 자세히 적혀 있다. 손자들 먹을 간식이며 밑반찬 등 가족들의 식단을 위해 고심한 흔적이 고스란히 남아있다. 철자법이 몇 개씩 틀린 요리법을 보니 집에서 생신상을 준비하려는 어머니 마음을 알 것 같다.

얼마 전에 식기장을 정리했다. 요즘은 집들이나 생일을 집에서 치르지 않고 외식 후 집에서 간단히 다과 정도 대접하는 것을 본다. 그러다보니 자리만 차지하는 그릇들은 할 일 없는 사람처럼 보인다.

해가 바뀌어도 쓰지 않는 그릇과 홈세트로 장만한 그릇들을 모아 봉사단체에 기부했다. 버리기엔 아깝지만 다른 곳에서 요긴하게 쓰일 그릇들을 차곡차곡 정리하고 나니 꽃을 분양한 것처럼 마음이 넉넉하다.

부둥켜안고 사는 것은 그릇만이 아니었다. 서랍장에 자리만 차지하는 옷들과 가방 등, 쓰지 않고 쟁여둔 물건들이 얼마나 많은가. 어디 그뿐인가, 버린다 하면서도 떨쳐내지 못한 반복된 습관들, 정리되지 못한 채 서성거리는 우유부단한 생각들. 돌아보면 모두 욕심에서 나온 것들이 자리 잡고 있다. 거기에 비하면 국대접은 그릇으로서 가치가 충분하다. 투박한 모습으로 모양은 볼품없지만 주인의 손길이 늘 닿아 있는 국대접은 자리만 지키는 그릇보다 자신의 역할을 충분히 감당하기 때문이다.

국대접에 거뭇거뭇 남아있는 반점은 어머니 얼굴에 핀 검버섯을 닮았다. 보기에 흉할지라도 지나온 세월의 연륜처럼 남아있는 거뭇한 반점들. 훈장처럼 남아있는 흔적은 닦아도 지워지질 않는다. 어머니 얼굴에 핀 검버섯을 만지듯 거뭇한 반점을 만져본다.

그릇은 무엇을 담느냐에 따라 이름이 붙는다. 김치를 담으면 김치 그릇, 국을 담으면 국그릇이 되듯 내용물이 이름표를 달아주는 셈이다. 나를 담고 있는 그릇은 어떤 것일까, 하릴없이 자리만 지키는 그릇일까 아니면 볼품없어도 사람들 손길이 닿아있는 그릇인지 알아볼 일이다.

어머니가 물려준 압력솥은 오랜 세월 속에 무늬가 지워져 희미하다. 부속품과 손잡이를 교체하면 새것처럼 쓸 수 있어 수십 년이 지나도록 함께 늙어간다. 오늘도 압력솥에 밥을 짓고 국대접에 나물을 무치며 어머니를 그려본다. 🦋

(2009. 03)

손수건과 얼레빗

화장대 거울 위에 종이꽃이 활짝 피어 있다. 봉오리 모양을 펼치면 겹겹이 피어나는 종이꽃 카드다. 생일이면 딸아이가 잊지 않고 보내준 꽃바구니 속에 꽂아있던 카드다.

장미향에 취해 내 나이만큼 꽂혀있는 장미를 들여다보니 줄기마다 다닥다닥 붙어있는 가시가 섬뜩하다. 가시 끝에 와 닿는 감촉은 딸아이의 힘들고 고된 유학생활을 보는 것 같아 안쓰러움이 느껴진다.

선물은 받을 때 마음에 흡족한 것도 있지만 묘한 여운을 남기는 것도 있어 준비할 때마다 마음이 쓰인다. 그래서 적합한 것을 마련했을 때 마음까지 전해질 것 같아 뿌듯하다.

오래전, 오스트리아 여행 중 벨베데레 궁전 미술관에서 분리파 화가인 구스타프 클림트(Gustav Klimt) 작품을 관람했다. 클림트는 청년시절 사랑하는 여인에게 선물대신 엽서를 보낸다. 궁금했던 무명작가 시절, 돈이 없는 그는 사랑하는 에밀리 플뢰게한테 꽃조차 선물할 수 없었다. 수많은 붉은색의 하트가 사과처럼 걸려있는 그림을 그리고 그 아래에 '꽃이 없어서 이것으로 대신합니다.'라는 글귀를 넣어 엽서를 보낸다. 생화는 아니지만 꽃보다 귀한 마음을 담아 보낸 엽서가 눈길을 끈다.

미술관의 하이라이트는 클림트의 「키스」라고 해도 과언이 아니다. 풀꽃이 만발한 꽃밭에서 열정적인 사랑을 나누는 황금빛 작품은 관람객들의 발을 묶어놓기에 충분하다. 모델이 에밀리 플뢰게라고 정평이 날 정도로 그 작품은 그녀에 대한 사랑의 표현이다.

평생 독신으로 살면서 임종 직전까지 그녀를 잊지 않았던 것처럼 그녀 또한 클림트의 마음이 각인된 엽서로 인해 오랫동안 사랑이 지속된 것은 아니었을까. 사소하지만 정성과 마음이 담긴 선물은 지갑 속 깊이 간직한 사진처럼 은밀히 꺼내보는 재미까지 선사한다.

내가 그를 만난 것은 헤어진 지 거의 30여 년 만이었다. 문학동호회를 계기로 다시 만났을 때, 젊은 플라타너스 나무처럼 건장하고 코발트빛 티셔츠가 잘 어울렸던 20대 청년은 중후한 50대 중년으로 변해 있었다. 트렌치코트 깃을 세우며 다가온 그 남자, 30여 년 가까운 공백의 시간을 넘나들며 앙금처럼 깔려있던 풋풋한 추억들을 끄집어 냈다.

덕수궁 돌담길을 오가며 나누었던 첫사랑은 이루어지지 않았고 헤어진 뒤 그는 미국으로 이민을 갔다. 먼 이국땅에서 가정을 꾸미며 건실하게 살아온 모습은 보기 좋았다. 여유로운 표정과 몸에 배인 친절은 그를 더욱 넉넉하게 했다.

미국으로 돌아가는 그에게 손수건을 선물했다. 손수건은 흔히 눈물과 이별을 상징하지만 딱히 무엇을 선물할까 망설이다 부담 없을 것 같아 준비했다. 정채봉님의 시구처럼 힘이 들 때 땀을 씻어주고, 슬플 때는 눈물을 닦아주는 의미도 곁들여서. 그는 내게 나무로 된 머리빗을 주었다. 종 모양의 동양매듭이 앙증맞게 매달린 얼레빗이었다.

얼레빗은 반달 모양의 월소月梳라고 하는 빗살 모양으로 된 성긴 빗이다. 긴 머리나 엉킨 머리를 대충 가지런히 빗질할 때 쓰이는 필수적인 빗이기도 하다.

어렸을 때 할머니는 거울 앞에서 아침마다 정성껏 빗질을 하셨다. 좁은 면경 앞에서 고개를 갸웃갸웃하며 두 손으로 어루만지듯 빗질하는 모습은 경건하기조차 했다. 얼레빗으로 먼저 가지런히 정돈한 다음 동백기름을 몇 방울 발라 참빗으로 머리 빗질을 한 후 쪽을 지며 비녀를 꽂는 모습은 마치 성대한 의식을 치르는 듯 범접할 수 없는 기운이 감돌곤 했다.

참빗은 촘촘하여 살이 단단한 대나무로 만들지만 얼레빗은 빗살이 부드러운 나뭇결로 만드는데 회양목을 최고품으로 친다. 삼국시대에는 머리에 꽂는 장신구로 거북 껍질, 상아, 뿔, 은으로 앙증맞게 얼레빗을 만들어 무늬를 넣거나 칠을 하여 장식하기도 했다. 또한 빗은 정절의 상징으로 여인들이 분신처럼 소중하게 다루다가 세상을 떠나면 부장하기도 했다.

예로부터 빗질은 건강을 상징하기도 했다. 빗살 하나하나를 사포질하여 만든 얼레빗은 플라스틱 빗에 비해 정전기가 없어 머릿결을 건강하게 지켜준다. 하루에 빗질을 100번 이상 하면 머릿결도 고와지고 눈도 밝아진다고 한다. 그러나 난 그 빗으로 머리를 빗어 보지 못했다. 아니 빗을 수가 없었다. 할머니처럼 쪽진 머리도 아닌 파마머리다 보니 빗질하기가 쉽지 않다. 선물을 받은 지 십여 년이 지나도록 고운 손때만 묻어 약간의 광택만 있을 뿐이다.

반달모양의 유려한 곡선미를 갖춘 얼레빗. 서랍장에 간직된 얼레빗은 장식용으로 자리를 차지할 뿐이다. 빗 끝부분에 달려있는 종 모양의 매듭장식에서는 바람결에 흔들리는 풍경소리가 마음속으로 은은하게 울려 퍼지는 듯하다.

반달모양이라 모난 마음까지도 둥그렇게 빗어 줄 것만 같다. 헝클어지고 흐트러진 마음이 들 때 빗질하듯 마음을 쓸어내리라고 준 것은 아니었을까. 물 앙금처럼 가라앉아 응어리진 가슴을 머리를 정돈하듯 가만가만 빗어내려 마음을 다스리라는 뜻은 아니었을까. 머리를 빗질하는 것은 거울 속에 비친 모습뿐 아니라 마음을 빗는 행동이라는 생각이 얼레빗을 볼 때마다 든다.

얼마 전, 잠시 한국에 들렀다는 그를 다시 만나게 되었다. 차를 마시던 그가 호주머니에서 꺼내 보이던 체크무늬 손수건. 내가 선물한 것이었다. 그에게 선물한지 십여 년이 지났다고 할 수 없을 정도로 각을 맞춰 단정하게 접혀진 손수건은 소중하게 다룬 흔적이 역력했다. 그가 준 얼레빗의 빗살이 혹여 부러질까봐 간직했던 것처럼, 그 역시 소중하게 사용한 것에 잔잔한 감동이 파문처럼 인다.

누구에겐가 선물을 할 때 상대방의 취향을 가늠해보며 준비하는 것은 쉬운 일이 아니다. 마음을 헤아린다는 게 어디 쉬운 일인가. 어떤 것이 좋을지, 혹여 마음에 들지 않으면 어쩌나 하는 생각들로 즐거운

고심을 한다. 작은 것이지만 마음이 깃든 선물은 백만 송이 장미보다
도 클림트 엽서처럼 마음과 마음을 오래 이어주지 않을까. 🌸

(2011. 02)

추억 상자

동생가족들과 함께 청계천 '루미나리에' 축제에 다녀왔다.

시청광장을 지나니 청계천까지 오색찬란한 불빛이 차디찬 겨울밤을 별처럼 수놓고 있다. 야경을 즐기는 사람들 표정은 추위와는 아랑곳없이 마냥 흥겹고 카메라 불빛은 사방에서 폭죽처럼 번득였다. 시청광장은 스케이트를 즐기는 인파로 북적거리고 환호와 열기로 차가운 겨울밤 공기를 녹이는 듯하다.

중학교 입학기념으로 아버지가 스케이트를 사주었다. 흰색의 피겨 스케이트인데, 그때만 해도 주변에 변변한 스케이트장이 없었다. 기껏해야 논밭에서 썰매 타는 것 외에 안양천이 얼면 간혹 스케이트 타는 모습을 볼 정도였다. 내가 처음 스케이트를 배운 곳은 아버지가 근무하던 회사 끝자락에 사원들을 위해 만든 스케이트장이었다. 지금은 주택단지가 들어서서 흔적조차 찾아 볼 수 없지만 그곳은 유년의 기억들을 고스라니 담고 있는 소중한 추억 상자다.

어린 시절 회사사택에서 살았다. 사택과 경계를 이룬 담 너머 회사는 성역처럼 보여 호기심을 불러일으키기에 충분했다. 선머슴처럼 개구쟁이 남자애들과 어울려 다니며 회사 안으로 몰래 들어가곤 했다. 경비원의 눈을 피해 담 밑을 파고 기어들어 가, 회사를 구경하는 재미는 여간 쏠쏠한 것이 아니었다.

회사 안은 어찌나 큰지 몇 군데만 다녀도 반나절은 족히 걸렸다. 중앙에는 큰 연못이 있었는데 나중에 알고 보니 방화용수로 쓰기 위해 만든 출입금지 구역이었다. 사방이 저수지처럼 경사진 그곳으로 내려가 보면 팔뚝만 한 물고기도 많았고 물 위를 유유히 떠다니는 소금쟁이, 물방개, 장구애비와 물장군도 볼 수 있었다.

시간 가는 줄 모르고 놀다가 적막감이 도는 고요함에 섬뜩한 생각이 들어 올라오면 이마엔 구슬땀이 맺히곤 했다. 한숨 돌리며 올려다본 파란하늘에는 짝지어 노니는 빨간 잠자리 떼와 이름 모를 풀꽃이 미소 짓고 있었다. 연못을 끼고 철로가 놓여 있었는데, 짐을 가득 실은 화차가 지나가곤 했다. 안양역과 연결된 철로로 회사에 오는 물건들을 실어나르는 요긴한 교통수단이었다.

개구쟁이 일행이 빠지지 않고 들르는 곳은 식당이었다. 천여 명 이상 수용하는 곳인데, 운 좋은 날이면 뻥과자 보다 더 큰 누룽지도 얻을 수 있었다. 그 식당에서 일 년에 몇 번씩 인기가수와 연예인을 초청해 잔치를 베풀었다. 가끔씩 영화도 상영하여 사원들과 가족들에게 문화적 혜택을 주었다.

식당 옆에는 사방이 유리로 된 큰 온실이 있었다. 어른 키 두 배나

되는 온실 안에는 처음 보는 화초들이 저마다 내뿜는 향기로 먼 나라에 온 것처럼 황홀하게 했다. 온실 관리하는 아저씨는 외우지도 못하는 외국 화초이름을 친절히 알려주기도 하고, 넓은 잎사귀에 높이 매달린 바나나도 보여 주었다.

회사 뒤쪽 끝자락, 한적한 곳에 회장님 저택이 있었다. 넓은 잔디밭을 배경으로 흰색 양옥이었는데 우리집과는 비교도 안될 만큼 멋진 곳이었다. 빈집을 지키는 관리인의 눈을 피해 우리는 목말을 하고 유리창 너머 집안의 낯선 풍경을 훔쳐보곤 했다.

거실 유리창 너머 처음으로 본 프랑스 인형, 사각으로 된 유리 상자 안에는 멋진 드레스 차림의 서양 인형들이 놀란 표정인 우리를 바라보며 웃고 있었다. 나중에 안 일이지만 회장 사모님은 인형수집광이었다. 덕분에 각 나라의 진귀한 인형을 볼 수 있는 호사도 누렸다.

회사 담 주변에는 안양의 명물인 포도를 많이 심었다. 포도알이 채 영글기도 전에 따먹다가 경비원에게 들켜 줄행랑을 친 기억들과, 사원들의 휴식을 위해 만든 미니 골프장 옆에 아름드리 나무에서 핀 벚꽃은 잊을 수가 없다. 잔디밭에 누워 꽃비처럼 내리는 꽃잎을 땀이 난 얼굴에 서로 붙여 주며 뒹굴던 추억들, 그때 그 친구들은 지금 어디서 무엇을 할까.

내가 살던 사택 주변을 양짓말이라고 불렀다. 담장을 따라 나서면 길가에 내 키보다 더 큰 접시꽃이 지천으로 피어 있었고, 창박골까지 수암천이 흐르고 있었다. 지금은 복개공사로 어딘지 알 수 없지만, 검정색 고무줄 팬티에 숯덩이처럼 까만 얼굴로 멱 감는 남자애들의 건강한 웃음소리가 들리는 것 같다.

시냇가에서 광목을 빨아 말리던 아낙네들의 모습도 눈에 보이는 것 같다. 자갈밭 위에 가래떡처럼 널어놓은 하얀 광목천이 바람에 펄럭이면 가슴은 왜 그리도 뛰었던지. 밤이면 여자애들끼리 키득거리며 목욕하러 가던 추억이며 수암천을 건너다 떠내려간 고무신 때문에 울던 일 등, 기억 속의 수암천은 지금도 흐르고 있다.

결혼 후, 외지에서 살다가 30여 년 만에 다시 안양에서 살게 되었다. 재개발이란 명분으로 옛날 모습은 찾기가 힘들다. 산을 깎아 빼곡히 들어선 연립주택과 욕망의 길이만큼 높아진 도심의 건물이나 아파트는 현기증이 날 정도다.

안양이란 명칭은 고려 태조 왕건에 의해 창건된 안양사安養寺에서 유래되었다. '안양'이란 불교에서 극락세계인 서방정토를 뜻하고 모든 것이 만족스럽고 괴로움이 없는 이상향이란 뜻이다.

주접동, 수푸루지, 장내동, 찬우물, 냉천동 등 옛 이름은 사라지고 동네이름이 안양 1동, 2동 등 획일적인 이름으로 바뀌었다. 다행히 지금도 남아있는 중앙시장과 안양초등학교 앞을 지나노라면 길모퉁이 어디선가 어릴 적 친구가 불쑥 나타날 것만 같다. 그 친구들과 함께 추억 상자를 열고 싶다. 🦋

(2007. 09)

간격

    계절이 교대식을 한다. 누르스름한 빛으로 변해가는 김제평야를 지나니 보기만 해도 배가 부르다. 여름 설거지를 마친 가을 햇살은 정한 수처럼 맑다. 양쪽에 펼쳐진 평야 사이로 달리는 고속도로가 논두렁처럼 느껴진다. 황금빛으로 넘어가는 김제평야는 김 오른 물솥에서 찌고 있는 호박설기처럼 무르익어 간다. 얼마 안 있어 논밭은 노을빛으로 일렁일 것이다.

    장성 축령산 편백림 '치유의 숲'으로 가을을 만나러 떠난다. 숲 속에 들어서니 허우대가 좋은 남자처럼 쭉쭉 뻗은 나무들이 보기만 해도 마음이 탁 트인다. 편백나무와 삼나무가 병풍처럼 둘러싸인 그곳은 치유 장소로 손꼽힌다. 편백나무에서 피톤치드가 많이 나온다고 알려져 유명세를 타고 있다.

    피톤치드는 식물이 병원균이나 해충, 곰팡이에 저항하기 위해 분비

되는 물질로 오전 10시경부터 오후 3시 사이에 많이 나온다. 그런 탓일까, 숲 속에 들어서니 숨 쉬는 것이 다르다. 공기가 순하고 달다. 도시보다 숲 속에서 숨쉬기가 수월한 것은 먼지를 걸러주고 산소를 주기 때문이다.

야트막한 축령산이 이렇듯 울창한 숲이 된 것은 한 사람의 의지 덕분이다. 춘원 임종국, 일제시대와 6·25전쟁을 거치며 황폐한 이곳에 평생을 바쳐 나무를 심었다. 산을 푸르게 하는 것이 나라를 살리는 길이라고 빚까지 지면서 250만여 그루의 편백나무를 심은 그의 신념은 대단하다. 숲길에 들어선지 얼마 안 되어 그의 기념비를 만났다.

장성 추암마을에서 시작하여 금곡 영화마을까지 가는 도중에 여러 모양의 숲길을 만난다. 건강 숲길, 산소 숲길, 숲내음 숲길, 하늘 숲길 등 표지판만 보아도 건강해질 것 같다. 바닥에 편백나무 조각을 깔아놓은 숲길을 걷다보니 편백 향이 온몸으로 스며든다. 이곳 편백나무에서 나오는 피톤치드는 아토피나 알레르기 예방과 면역력을 길러주어 숲 체험을 위한 환자들이 많이 온다고 한다.

숲 내음 숲길을 지나니 평상마다 누워서 산림욕을 하는 사람들이 눈에 띈다. 베개와 담요까지 준비한 것을 보니 환자들이다. 산림욕을 위해 숲 근처에 민박을 하는 환자들이 많다. 여유롭게 숲길을 산책하는 건강한 사람들과 평상에 누워 지나가는 사람들을 바라보는 그들 사이에 보이지 않는 간격이 교차된다. 아토피가 심한 환자나 암으로 고생하던 사람들이 이곳 치유의 숲에서 건강을 많이 회복한다고 하니, 분무기처럼 내뿜는 피토치드가 면역력을 길러 준 덕분이 아닐까. 침대 삼아 몇 시간씩 평상에 누워 있는 그들을 보니 어머니가 떠오른다.

어머니는 6개월을 병상에서 지냈다. 평소 빈혈수치가 떨어질 때 검사만 했어도 알 수 있던 병이었다. 수술이 잘 되어 안심하던 차에 균이 상처부위로 침입했다. 수술 후 면역력이 떨어진 상태에서 그 균은 척추에 장애를 일으키고 폐까지 자리 잡았다. 돌아가시기 얼마 전까지 폐에 물이 차 거의 앉아서, 탁자에 엎드린 채 설익은 잠을 뒤척이곤 했다. 몇 번의 중환자실을 드나들면서도 어머니는 늘 침착했다. 어깨는 어린아이처럼 작아졌고, 곱던 손은 마른 가지처럼 사위어갔다. 다리는 늘 팽팽하게 부어 있었다.

검사 차 병원에 가던 날 아침, 어머니는 꿈 이야기를 했다. 간밤에 돌아가신 할아버지가 도포 자락에 갓을 쓰고 아무 말도 없이 근심어린 표정으로 어머니를 바라보는데 옆에는 알지 못하는 사람이 몇 명 더 있더라고 했다. 그 이야기를 듣는 순간 불길한 예감과 함께 죽음의 그림자가 삶의 간격 속으로 스며드는 듯했다. 태연한 척, 꿈은 반대라고 대수롭지 않게 말했지만 그때 순간적으로 섬뜩했던 느낌이 예고라도 한 것일까, 내 곁에 더 계실 줄 알았던 어머니는 병상에서 서서히 세상과의 간격을 준비하고 있었다.

돌아가시던 날, 어머니는 예전과 별다른 조짐이 없었다. 며칠을 불편하게 병원 잠을 잔 것이 안쓰러웠는지 그날따라 집으로 가라고 재촉했다. 집에 도착하자마자 간병인의 연락을 받고 되돌아간 사이에 어머니는 먼 여행을 떠났다. 한마디 말도 없이 떠난 것이 야속했지만 어머니는 이미 나와의 간격을 넓히고 있었다.

간격이란 '그다지 멀리 떨어져 있지 않은 대상 사이의 거리', '어떠한 상황과 상황, 또는 일과 일 사이의 시간적인 거리'를 뜻한다. 일정한 간격을 두고 서 있는 편백나무를 바라보니 재잘거리는 연인처럼 다정해 보인다. 알맞은 간격들로 울창한 숲을 이루는 편백나무처럼 살아가는 일들도 간격이 필요한 것은 아닐까.

자동차가 일정한 간격을 두고 안전거리를 확보하듯 사람과 사람사이에도 간격이 필요하다. 그 사이에 여유를 만들어 주기 때문이다. 간격은 기다림 속에 여백을 갖는 일이다. 빽빽하게 채우려는 삶보다 간격을 유지하는 여유로운 눈빛이 그립다.

서산으로 넘어가는 일몰의 순간과 어둠이 교차되는 아름다운 간격을 본 적이 있는가. 오늘에서 내일로, 계절과 계절 사이로, 사람과 사람사이의 간격은 조급한 마음을 비우고 새롭게 다가올 일들을 기다림으로 바라보게 한다.

간격을 잘 조율할 수 있는 것은 순전히 나의 몫이다. 간격이 멀어지면 마음에도 틈이 생기게 마련이다. 일정한 간격으로 서 있는 편백나무처럼 모자람도 더함도 없이 알맞게 간격을 조절하는 지혜가 아쉽다.

여행지에서 돌아오는 길, 가을이 내려앉은 논밭과 아직 푸른빛이 가시지 않은 가로수 잎에도 계절의 간격이 교차된다. 청정한 빛이 아직 머물러 있는 숲은 얼마 안 있어 다른 계절의 옷으로 갈아입을 것이다. 계절이 넘어가는 시간, 염색물이 빠지기 시작하는 희끗한 머릿결처럼 여름은 가을 햇살 속에서 간격을 두고 서성대고 있다. 🍃

(2013. 10)

옷걸이

세탁소에서 막 나오는 길입니다. 꽁꽁 묶인 채 어두운 곳에서 칼잠을 자던 나는 교도소에서 출소하는 사람처럼 나오게 되었답니다. 깨끗이 세탁된 옷으로 갈아입고 투명한 비닐에 쌓여 어디론가 가고 있었어요. 바람결에 비닐지가 부딪칠 때마다 들리던 경쾌한 마찰음이 세상에 태어나 처음으로 접한 아름다운 화음이었지요.

엘리베이터가 한 층씩 올라갈 때마다 새로 만날 주인에 대한 기대감과 호기심으로 가슴은 터질 듯했습니다. 조용한 음악이 새어 나오는 현관에 들어섰을 때 흥분된 가슴을 쓸어내렸습니다. 비닐이 벗겨지고 장롱 속으로 안내되어 나보다 먼저 온 친구들과 눈인사를 나누며 밤새도록 이런저런 이야기를 주고받았답니다.

나는 가느다란 몸매에 비닐 옷만 걸친 볼품없는 옷걸이지만 여러 모양의 옷걸이가 있다는 것을 처음 알았지요. 사람들의 얼굴이 제각각인 것처럼 말이죠. 멋진 남자 가슴처럼 떡 벌어진 나무옷걸이를 보니 내 모습이 너무 초라해 보였답니다. 다른 옷장에는 철제나 플라스틱으로 된 옷걸이도 있고 귀족풍의 벨벳 옷으로 치장한 기품있는 친구들도 있다는 것을 알게 되었어요.

그런데 친구들은 외모에 어울리지 않게 어두운 얼굴을 하고 있었어요. 자신의 몸매 때문에 늘 무거운 무게에 눌려 지낸다고 불평이었지요. 게다가 몇 년째 세상 구경은 고사하고 바깥구경은 꿈도 꾸지 못한 채 살고 있다지 뭡니까. 처음에는 무슨 뜻인지 몰랐지만 그 말을 이해하기까지 오랜 시간이 걸리지 않았답니다.

백화점에서 스타처럼 화려한 조명을 받으며 호사스런 생활을 하던 나무옷걸이는 신세한탄을 하며 눈시울을 붉히곤 했어요. 명품판매장에서 한때 잘 나가던 벨벳옷걸이도 푸념을 늘어놓기는 매한가지였죠. 어쩌다가 주인을 잘못 만나 쪼그랑박 신세가 되었는지 모르겠다며 울먹이곤 했어요.

주인님은 가끔씩 햇살 좋은 베란다 건조대에 나를 걸어주곤 했답니다. 갓 구워낸 빵처럼 기분 좋은 비누향이 배인 옷들을 만나는 건 즐거운 일이었지요. 세탁기에서 방금 나온 엉키고 구겨진 옷들은 탁탁 털어 내게 걸쳐주기만 하면 언제 구겨졌는지 모르게 번듯해지는 모습에 보람을 느낀답니다.

가끔 낭창낭창한 가을볕에 버무려진 햇살을 보며 기지개를 켜다 보면 머리 위에 수줍게 걸려있는 새털구름 한 떼가 얼마나 아름다운지요. 세탁기 안에 빨래처럼 엉키고 구겨진 마음으로 살아가는 사람들의 마음도 한들한들 불어오는 바람결에 햇살 퍼지듯 시름이 덜어졌으면

합니다.

주말이 되면 바쁘게 돌아갑니다. 직장생활 하는 주인님 덕분에 쏟아져 나오는 빨랫감 때문이죠. 베란다 건조대에 옷을 걸치고 있노라면 너무 행복합니다. 비록 초라한 옷걸이지만 주인님의 손길이 가장 많이 닿기 때문이지요. 이름 모를 꽃향기가 배인 옷들은 구겨진 마음들을 활짝 펴고 햇살 속에 무르익어 갑니다.

끄느름한 날씨가 되면 건조대에 하릴없는 노숙자처럼 누드차림으로 사색에 잠기기도 한답니다. 베란다에서 내려다보는 세상 풍경은 늘 새롭습니다. 잰걸음으로 다니는 사람들의 발걸음 소리, 총알처럼 달리는 자동차들, 학교로 학원으로 바쁘게 다니는 아이들의 재잘거림 등, 보이지 않는 질서 속에 세상은 다람쥐 쳇바퀴 돌아가듯 잘도 돌아갑니다.

데친 시래기나물처럼 모듬살이에 지친 모습으로 돌아온 주인님은 땀내 나는 옷을 내게 맡겼지요. 하루 종일 종종거린 흔적이 배인 옷은 지치고 피곤해 보였습니다. 축 처진 어깨를 받아 걸면서 내일은 번듯한 모습으로 주인님 어깨에 힘을 실어주어야겠습니다. 아마 세상 살아가는 일들이 생각보다 녹록지만은 않은가 봅니다.

장롱 속에는 몇 년째 깊은 잠에 빠진 친구들이 여럿 되더군요. 유행이 지난 모직 원피스는 돌아가신 어머니가 즐겨 입던 옷입니다. 장승처럼 장롱을 지키고 있지만 주인님이 어머니 보듯 가끔씩 옷을 애만지는 모습에 마음이 찡합니다. 지난 여름휴가 때 입지 않는 옷들을 정리했지만 추억이 깃든 옷은 아쉬움이 남아 버릴 수가 없나 봅니다.

살림꾼인 주인님은 나와 내 친구들을 성냥갑 속에 들어있는 성냥개비처럼 차곡차곡 모아 두었다가 세탁소로 다시 보냈어요. 분리수거 때

버리지 않고 재활용을 위해 세탁소로 보내니 얼마나 다행한 일인지요.

어떤 친구는 변태 같은 주인을 만나 갑자기 몸이 분해되어 수챗구멍이나 하수도 뚫을 때 찔러대서 만신창이가 되었다지 뭡니까. 사람이나 옷걸이나 주인을 잘 만나고 볼 일입니다.

우여곡절 끝에 작업장 탈의실로 가게 되었어요. 낯설고 두렵지만 또 다른 세상에 대한 기대감으로 새로운 생활이 기다리는 그곳이 춥지만은 않았어요. 그곳은 40명 정도 되는 주부사원들이 일하는 작업장이었어요. 탈의실에는 나와 같은 친구들이 있어 외롭지 않았답니다.

어두컴컴한 탈의실에서 밤을 지내고 나면 활기찬 발걸음 소리가 들려온답니다. 출근 준비하랴, 남편과 아이들 뒷바라지하랴 1초가 아쉬운 주부사원들. 퇴근 후에도 기다리는 일들은 왜 그리 많은지요. 치우지 못한 집안정리며 밑반찬 등 갈무리 하다 보면 24시간이 모자랄 정도랍니다.

퇴근 후 컴컴한 탈의실에서 땀내 나는 작업복을 걸치고 있노라면 처음에는 짜증도 났지만 열심히 일하는 그들을 위해 꾹 참기로 했습니다. 남편 내조를 위해 아이들 학원비라도 벌려고 일선에 나선 분들이 대부분이고 외국 근로자도 눈에 띄네요. 먼 이국땅에서 말은 약간 어눌해도 그들의 패기 또한 만만치 않더군요. 한솥밥을 먹으며 함께 보듬어가는 그들의 삶에 아낌없는 박수를 보냅니다.

오늘도 잔업을 하나 봅니다. 늦은 시간까지 바쁘게 돌아가는 손길을 어루만지고 싶지만 내가 하는 일은 고작 그들이 입고 갈 옷들을 편안하게 매만져 주는 것입니다. 그러나 나는 내 일에 최선을 다합니다. 그들의 어깨가 쫙 펴지도록 최면을 걸어 '기'를 넣어 주는 일이지요.

미약하고 볼품없는 옷걸이지만 내게 얹히는 옷을 입는 사람들의 멋진 '옷거리'를 위해 휘어질지라도 이 한 몸 바치는 것이 제 꿈이랍니다.

(2010. 11)

붉은 화분

　겨울 끝자락, 먼발치에서 봄기운이 까치발 딛고 다가온다. 반나절이 지난 오후의 잔 볕은 풀기 빠진 홑청 같다. 미술관 가는 길, 야트막한 산자락을 굽이굽이 돌아가니 길게 드리워진 나목들의 그림자가 장승처럼 뒤를 쫓는다. 지난번 관람했던 작품에 대한 미련 때문에 발길을 재촉한다.

　2층에 올라서자 휴게실 공간에 가득 들어찬 작품이 눈길을 끈다. 과천 국립현대미술관에 설치된 「붉은 화분」 작품이다. 커피 자판기가 있는 야외 휴게실에 있다.

　커피 빼기에 여념이 없는 휴게실에서 명패가 없었다면 작품인지조차 알 수 없었을 것이다. 차를 마시면서 여유롭게 감상하라는 의도일까, 아니면 작품의 의미를 부각시키기 위해 야외에 있는 나무를 이용한 것일까.

이 작품은 '화분' 작업으로 유명한 장 피에르 레이노의 상징작이다. 관객보다 훨씬 키가 큰 작품은 겉면에 붉은색으로 칠해져 있고 화분 위에 시멘트로 가득 채워져 있다. 아트 마케팅을 이용한 금융상품 광고 때문인지 처음 보는 순간 눈에 익어 낯설지 않다.

주변에서 쉽게 볼 수 있는 화분을 소재로 한 것이 흥미롭다. PVC로 만들어진 작품은 표면을 매끈하게 처리하여 약간의 광택을 띄고 있다. 강렬한 붉은색은 바이올린 현처럼 팽팽한 긴장감을 느끼게 한다.

작가는 원예사 출신이다. 꽃을 다루는 기술은 배웠지만 식물이 죽어가는 것은 막을 수 없어 화분을 오브제로 삼았다고 한다. 작가는 어린 시절, 세계 2차 대전 중 부친을 잃고 암울했던 마음을 화분 위에 시멘트를 메우는 과정에서 치유할 수 있었다고 한다. 원예를 전공한 그에게 화분은 친숙한 소재였고 화분 작업을 통해 아버지를 잃은 전쟁의 슬픔과 분노를 치유할 수 있었다고 한다.

생명이 자라는 공간에 재생과 치유를 주제로 작업한 것이 흥미롭다. 시멘트를 채움으로 죽음을 염두에 둔 생명의 거부라고나 할까, 생명을 키우는 화분을 역설적으로 표현한 것은 아닐는지.

그러나 그의 작업은 죽음이라는 징검다리를 건너 '새로운 미지의 것'을 준비하려는 도구로 소재를 삼은 것 같다. 거대한 화분 속에는 생명과 죽음, 현재와 미래, 치유에 대한 의미들이 담겨있기 때문이다.

얼마 전 일본에 대지진이[*] 발생했다. 동북부 지역 센다이를 중심으로 일어난 강진은 혼돈 그 자체였다. 검은 악마처럼 달려 든 쓰나미는 수많은 희생자와 이재민을 남겼다. 가장 심한 피해를 본 미야기 현에서 벌어진 화면은 눈을 뜨고 볼 수가 없었다. 광란의 검은 파도에 밀려가는 장난감 같은 승용차와 집들, 종이배처럼 구겨진 선박들은 재난 영화를 보는 듯했다. 속수무책으로 다가온 대재앙 앞에 인간은 얼마나 나약한 존재인지 여실히 보여주는 장면이었다.

대피소에서 담요에 몸을 의지한 채 내남없이 추위를 견디고 있는 이재민들. 마치 화분에서 뿌리째 뽑혀 나동그라진 나약한 식물을 보는 듯했다. 그들의 사랑과 꿈을 담았던 삶의 화분은 넘실대는 검은 파도에 휩쓸려갔다.

사랑하는 딸과 아내의 손을 잡아주지 못했다고 통곡하는 모습은 가슴을 저미게 한다. 그들의 모든 것을 담아준 화분들은 쓰나미가 휩쓸고 간 자리에 쓰레기 더미처럼 널브러져 있다. 간신히 빠져나와 휘청이는 몸을 의지하고 있는 그들의 화분은 누가 찾아 줄 것인가.

예기치 않은 혼란 속에서도 차분하게 질서를 지키며 서로를 배려하는 모습은 많은 사람들의 마음을 움직였다. 약탈이나 소요, 사재기의 모습은 볼 수 없었다. 위기 속에서 선진 국민임을 유감없이 보여주었다. 섬뜩한 정도로 평정심을 잃지 않는 그들을 보며 일본에 대한 편협한 선입견을 돌아보게 했다.

일본여행에서 만난 그들은 매사에 조심스럽고 신중하다. 타인에게 폐를 끼치지 않으려는 배려가 몸에 배어 있다. 자연의 재앙 속에서도 그들이 보여준 침착함과 차분함은 환경에 대처하기 위해 길들여진 것은 아닐까하는 생각마저 든다.

꿈과 존재감을 심어준 레이노의 작품처럼 그들은 쓰나미의 흔적을 지우고 새로운 화분 속에 꿈을 심을 것이다. 엄청난 강진에 이어 계속되는 여진과 후쿠시마원전 수소폭발사건으로 방사선 유출은 주변나라까지 긴장시키고 있다. 일본 여행상품은 유례없이 저가상품으로 변했고 폐허나 다름없는 그곳이 복구되려면 많은 시간이 걸릴 것이다.

간결하면서도 강렬한 느낌을 주는 「붉은 화분」. 화분은 꽃씨에게 어머니의 자궁과 같은 존재이며 작은 우주다. 생명이 자라야 하는 공간에 시멘트를 채움으로 자신을 치유한 작가의 의도를 생각하니 눈앞에 보이는 거대한 화분은 꿈을 담는 그릇으로 보인다.

화분 속에 들어찬 꿈의 씨앗들. 꿈이 있다는 것은 얼마나 다행스러운가. 지금은 보잘것없는 봉오리지만 꽃을 피우듯이 꿈은 늘 설렘을 갖게 한다. 내 안에 아직도 타지 않고 남아있는 장작이 있다면 꿈의 씨앗으로 불씨를 붙여 훨훨 태우고 싶다. 꿈이 있기에 더께로 내려앉은 세월의 주름도 늘 청춘이다. 🍂

(2012. 02)

＊) 2011년 3월 11일 발생한 일본의 대지진과 쓰나미.

3부 담장과 담쟁이

봄꽃이 여문 자리를 아쉬워할 즈음,
아무도 시선을 두지 않는 틈새를 타고
삽시간에 뻗어난 담쟁이는
초여름의 싱그러움을 예고한다.
허물어져가는 돌담에, 폐가로 남아있는 담장에
초록색으로 페인트칠한
담쟁이덩굴만 바라보아도 마음이 넉넉해진다.
잿빛 하늘로 가라앉은
도심의 회색빛 벽을 감싸주는 담쟁이는
보는 사람에게 시원한 냉차 한잔 건네준다.

9년을 기다리는 빵

살뜰한 정성이 우선이다. 신선한 재료에 손맛도 중요하지만 애정과 마음이 깃든 음식은 최고의 성찬이다.

지난 가을, 아파트 베란다에 비껴든 햇살에 무말랭이와 고춧잎을 말렸다. 누르스름한 무말랭이 속에는 가을 햇살이 압축파일처럼 저장되어있다. 까실까실한 감촉은 갓 구워낸 김처럼 사각거린다.

어머니가 잘 만들던 간장에 버무린 무말랭이장아찌를 담글까, 아니면 꼬돌꼬돌 하면서도 매콤한 무침을 만들까 고심한다. 인터넷을 뒤져 솜씨를 자랑하는 사람들의 요리법도 훔쳐본다.

틀니 때문에 치아가 불편한 아버님을 위해서는 집간장 맛이 몰캉하게 배인 짭쪼름한 간장무침을, 매콤한 것을 좋아하는 딸아이를 위해서는 감칠맛이 도는 무말랭이 무침을 한다. 무말랭이를 물에 불리며 손질하다보니 얼마 전에 읽었던 책이 생각난다.

오븐에서 방금 구운 듯한 빵이 표지를 감싸고 있는 책, 우사미 후사코가 쓴 『행복을 나르는 천사의 빵』이다. 여기에 소개된 빵은 대형 공장에서 만든 것이 아니라 가정집 작은 공방에서 만든 빵이다. 방송 매체와 매스컴에 소개되면서 주문이 밀려 9년을 기다려야 한다.

　빵을 만드는 사람은 전직 경륜 선수였던 타이라 미즈키. 프로선수였던 그는 경기 도중 사고로 식물인간 진단을 받았지만 지금은 제빵사로써 '천사의 빵'이라 불리는 빵을 굽고 있다. 경륜밖에 모르는 그가 제빵사가 되기까지 그림자처럼 따라다니며 희망의 씨앗을 품게 한 그의 아내, 이 책의 저자인 우사미 후사코다.

　재활치료를 위한 점토반죽이 계기가 되어 빵을 만든 것이 그를 새로운 길로 안내한다. 인생의 목표였던 경륜을 포기하기까지 많은 우여곡절을 겪지만 그의 빵을 먹어본 사람들의 좋은 반응에 힘입어 미즈키는 빵을 만들기 시작한다.

　빵을 만드는 그의 원칙은 엄격하다. 그의 집에는 작업을 위한 작은 공방과 가정용 오븐이 있다. 새벽 3시에 일어나 에어컨을 켜고 온도와 습도를 조절한다. 반죽에 넣는 효모의 발효를 위해서다. 그리고 음악을 준비한다. 좋은 음악을 들려주면 맛있는 빵이 된다는 그의 철학 때문이다. 빵 맛을 좌우하는 반죽용 물은 롯코쿠센 산에서 솟아나는 명수明水를 매일 길어다 사용한다. 재료도 엄선된 것만을 선택한다. 유기농 밀가루에 잼도 집에서 직접 만든다.

　빵 한 개를 만드는데 무려 3시간이 걸린다. 하루 종일 구워도 네다섯 개 정도니 만 건이나 되는 주문 예약에 9년을 기다려야 한다. 빵에 필요한 도구나 재료구매 등, 인터넷을 통해 주문을 받는 것은 아내의 몫이다. 완성된 빵을 포장하고 정성껏 손편지를 쓰는 것 역시 그녀의 몫이다.

미즈키는 공방에서 빵을 만들 때 그것을 먹을 사람만을 생각하며 만든다고 한다. 그의 혼과 정성이 깃든 빵, 온종일 구워도 생활유지에 도움이 안되는 수량이지만 그는 열심히 오븐 곁에서 부풀어 오르는 빵을 지켜본다. 사고 후유증으로 아직도 불편한 몸이지만, 마음을 담아 정성으로 만들 때 가장 맛있는 빵이 된다는 그의 지론은 감동적이다.

선수로써 복귀가 불가능함에 대한 절망감과 두려움을 빵을 만들며 이겨냈다는 미즈키. 경륜이 아니면 삶의 의미가 없다던 그가 사람들의 주문에 마음이 움직여 희망을 품듯이, 그가 만든 빵을 먹고 행복해지기를 원하는 마음으로 오늘도 열심히 굽고 있다.

빵이라는 징검다리를 통해 희망의 메시지를 전하며 그것을 먹은 사람들을 통해 다시 희망을 갖는다는 상생의 원리를 생각하니 그 속에는 분명 '생명'이라는 재료가 살아있는 것은 아닐까. 지금 주문하면 9년이 걸리는 빵, 그래서 사람들은 그것을 천사가 전해주는 '천사의 빵'이라고 부른다.

무를 말리려면 김장철이 지난 월동무가 제격이다. 달짝지근한 무즙이 배어나오는 무는 아삭한 식감이 식후에 디저트로 먹어도 손색이 없다. 알맞은 크기로 썰어 건조기에 말린다.

아파트 베란다 볕이 충분하지 않아 일단 건조기에 말린 후, 며칠간 햇볕에 샤워를 하고나면 누르스름해진 무말랭이에서 구수한 풍미가 난다. 함께 넣을 고춧잎도 미리 말린 다음 봉지에 잘 갈무리한다.

베란다에는 10년쯤 숙성된 집간장이 햇볕 속에 무르익고 있다. 어머니가 생전에 만들어 둔 것인데 세월이 갈수록 양조간장처럼 진한 색을 보이고, 바닥에는 고운 모래처럼 앙금이 남아있다. 간을 보면 짠 맛 뒤에 느끼는 달큼한 단맛이 깔끔하다.

계절에 따라 늘 밑반찬을 준비하던 어머니, 마늘장아찌와 고추장아찌, 무장아찌, 더덕장아찌 등 싱싱한 계절식품으로 장만한 밑반찬만 있으면 갑자기 손님이 와도 문제없다.

알맞게 물에 불린 무말랭이를 씹어보니 무의 맛이 그윽하고 깊다. 여름날의 싱그러움과 가을볕 속에 무즙을 가득 품고 햇살에 잘 말린 탓일까, 색다른 맛이 난다. 무말랭이는 양념하기 전, 간장 물에 담가 두어 결 사이마다 간이 배도록 해야 양념이 겉돌지 않는다.

사람도 마찬가지다. 세월의 연륜이 간장처럼 심심하게 배어들어야 낮아지기 마련이다. 무말랭이 손질이 끝나면 양념장을 준비한다. 찹쌀 풀을 쑤고 황태와 다시마로 육수도 만들어 고춧가루 등 여러 가지 양념에 버무려 며칠간 숙성시킨다.

여러 가지 재료가 섞인 양념장이 깊은 맛을 지니려면 숙성과정이 필수다. 매운 고춧가루도 양념 속에 섞여 숙성이 되면 매콤하면서도 뒤끝에 단맛이 느껴진다. 청양고추처럼 톡 쏘는 아집도 양념장 속에 넣어 숙성시키면 어떨까, 함께 어우러지면 쓸데없는 아집에서도 단맛이 날까.

며칠간 간장 물에 촉촉이 적셔진 무말랭이와 고춧잎을 꺼낸다. 숙성된 양념장에 무말랭이와 고춧잎을 넣어 조물조물 무치니 밥도둑이 따로 없다. 어우러진다는 것, 아무리 신선한 재료라도 혼자서는 맛을 낼 수 없듯이 숙성된 양념장에서 삶의 비법을 배운다.

빵을 주문한 사람들의 사연을 생각하며 마음을 담아 빵을 굽는다는 미즈키. 빵을 먹는 사람들은 그의 마음이 전해진 탓일까, 맛은 물론 마음이 온화해지고 따뜻해짐을 느낀다고 말한다. 긴 시간이지만 그의 빵을 기다리는 사람들은 가족들을 위해, 어떤 사람들은 병상에서 빵이 배달되는 행복한 순간을 느끼기 위해 즐거운 마음으로 순서를 기다린다.

　3시간이 걸려 만든 빵은 어떤 맛일까, 마술을 부리듯 전혀 다른 것으로 될 리는 만무하다. 그 속에는 '정성'이라는 신개발효모가 발효되어 오븐 속에서 맛있게 부풀어 오를 것이다. 부푼 기대감으로 그의 빵을 기다리는 사람들의 마음을 따뜻하게 할 것은 분명하다. 🦋

(2013. 01)

벚꽃 편지

봄꽃은 아스피린이다. 구겨진 생각들을 조리질하듯 걸러주는 명약이다. 주말에 연일 비가 온다는 일기예보에 서둘러 벚꽃구경을 나섰다.

마성 IC를 빠져나와 호암미술관까지 활짝 핀 꽃들은 대관식에 사열한 호위병 같다. 봄을 알리는 개나리가 흐드러지게 피고 나면 기다렸다는 듯 진달래가 발그스름한 얼굴을 내밀고 연이어 목련, 벚꽃이 핀다. 올해는 갑작스런 기상변화로 한꺼번에 화색을 드러낸 꽃들은 대관식에 입장한 하객들처럼 보인다.

미술관 앞 호수를 배경으로 병풍처럼 둘러싼 야산은 솜사탕을 꽂아놓은 것 같다. 멀리서 보니 산벚꽃이 폭죽처럼 피어난다. 호숫가에 낮게 드리워진 수양벚꽃의 고고한 자태가 여인의 목덜미처럼 애잔하다.

가까이 다가가 얼굴을 들여다보니 봄바람 한 자락에 꽃술이 파르르 진저리를 친다. 얇은 한지처럼 투명한 꽃잎 위에 그녀의 얼굴이 포개진다.

결혼 후 첫 직장은 기숙사 근무였다. 6개월 남짓 근무했는데, 현진
건의 『B사감과 러브레터』에 나오는 괴팍한 사감의 모습이 떠올라 망
설임 없이 사회생활에 첫발을 내디뎠다. 1000명 남짓한 기숙사는 3교
대 근무로 주야가 없었다.

훌훌 벗어놓은 옷처럼 분주히 빠져나간 호실에는 떨쳐내지 못한 선
잠이 고여 있었다. 졸린 눈으로 야근 들어가는 기숙사생들의 어깨는
수양버들처럼 늘어져 보인다. 새벽부터 야근까지 챙기고 난 후, 순시
를 마치고 돌아올 때면 긴 복도에 우줄우줄 따라오는 빈 그림자가 친
구가 되어 주었다.

중학교를 졸업한 어린 나이에 직업전선에 뛰어든 그들은 부모님 생
활비와 동생들 학비를 보내는 기특한 사원들이 많았다. 퇴근하면서 환
한 얼굴로 재잘대며 기숙사에 들어서는 패기만만한 모습은 사회초년
생인 내게 도전의 계기가 되었다.

월급 때가 되면 도난사건이 종종 일어났다. 복병처럼 생기는 도난
사건은 속수무책으로 반복되었고 밤늦게 도난신고가 또 들어왔다. 입
사한 지 얼마 안 되는 훈련생의 씀씀이가 의심스럽다는 실장의 신고
였다. 늦은 밤이라 다시 면담하기로 하고 돌려보냈다.

다음날 새벽, 기숙사 3층 비상계단에서 투신사건이 벌어졌다. 도난
사고 주범으로 몰린 훈련생 그녀였다. 늦가을 추적거리는 가랑비 속에
낙엽과 범벅이 된 채 너부러져 있는 그녀의 모습은 알아보기 힘들었
다. 간밤에 실장이 도난신고한 사실을 알고 자신의 결백을 위해 자살
을 시도한 것이다.

떨어진 충격으로 척추에 이상이 생겼다. 시골에 있는 부모가 올 때까지 기다릴 상황이 아니었다. 할 수 없이 보호자자격으로 서명을 한 뒤 수술을 했다. 척추뼈가 찌그러지면서 신경이 눌린 대수술이었다. 병실에서 회복을 기다리는 동안 그녀는 마취상태에서 손사래를 치며 큰소리로 찬송가를 불러 주변 사람이 무색할 정도였다.

파고波高처럼 이어지는 긴 투병생활이 시작되었다. 자율신경의 이상으로 대소변을 가리지 못했고 점점 피폐해져가는 그녀는 결백을 주장하며 진범을 밝혀 달라고 다그쳤지만 송곳 같은 마음을 다독이는 것이 우선이었다. 범인이 밝혀지지 않은 상태에서 불편한 몸으로 퇴원을 했다.

스멀스멀 한기가 느껴지는 초겨울, 그녀가 살고 있는 시골집을 찾았다. 시들머들 맞아주는 그녀의 얼굴은 충혈된 눈으로 독기가 가득했고, 한쪽 다리는 엉덩이가 실룩거릴 정도로 심하게 절고 있었다. 집에서도 애물단지였다. 내가 건네는 위로의 말조차 귓등으로 흘리는 무심함을 등진 채 돌아서는 발걸음은 무거웠다.

한동안 그녀를 잊고 지냈다. 제비꽃이 소복소복 얼굴을 내미는 봄날 편지가 왔다. 그녀가 보낸 편지였다. 눈물 자국으로 얼룩진 편지는 도난사건 범인이 자신이라는 것과 지난날에 대한 회한이 고스라니 담겨 있었다. 갑자기 앞이 아득해지며 등이 서늘했다.

놀라운 일은 그녀가 신앙생활을 하게 된 것이었다. 병실에서 비몽사몽간에 부르던 찬송가가 생각났다. 교회에 다니지 않는 그녀가 어떻게 3절이나 되는 찬송가를 불렀는지 뜻밖이었다.

그녀는 귓속에 맴도는 교회 종소리에 이끌려 새벽예배에 다니게 되었고 신앙으로 병을 이길 수 있었다고 했다. 도난사건의 진범이 밝혀졌다는 사실보다 그동안 치른 대가를 생각하니 가슴이 저며 왔다.

벚꽃이 화우花雨처럼 흩날리던 오월, 그녀가 찾아왔다. 박꽃처럼 희고 맑은 얼굴은 보조개와 함께 함박 피어나고 있었다. 자율신경이 회복된 그녀는 건강해 보였다. 목회자의 길로 접어든 그녀는 장대높이 선수처럼 높은 곳을 향해 훌쩍 뛰어넘고 있었다.

어두워야 더 잘 보인다는 것처럼 긴 터널을 빠져나온 그녀. 빙벽처럼 굳어진 마음을 풀어 헤친 그녀의 얼굴은 활짝 핀 벚꽃처럼 화사하다.

그녀는 지금 어떤 모습으로 살아가고 있을까. 어두움의 통로를 빠져나온 그녀는 어디선가 그늘진 곳을 비추고 있을 것이다. 밤하늘의 별빛처럼 아낌없는 빛을 드러내고 있을 것이다.

꽃그늘 밑에서 벚꽃을 쳐다보니 다닥다닥 붙어있는 꽃들이 꿀통에 붙어있는 벌처럼 잉잉거린다. 꽃잎에서 꿀이 흘러내릴 것만 같다. 어디선가 불어오는 명지바람결에 달콤한 향이 코끝을 녹인다. 🌸

(2012. 05)

화석

구내염이란다. 얼마 전부터 입안이 불편하더니 구내염이란 처방이 떨어졌다. 치료하면 일주일, 그대로 놔두면 7일 걸린다고 한다. 면역이 떨어진 것이니 편히 쉬면된다는 의사의 재치있는 처방이다. 갑자기 면역이 떨어질 정도로 피곤한 일이 무엇일까 곰곰 생각해보니, 몇 달 전부터 시작한 운동은 아닐 테고 연거푸 다녀온 주말여행이 주범이다.

쳇바퀴 돌 듯 반복된 일상에서의 일탈이 단조롭던 몸의 리듬을 거스른 셈이다. 지난 주말여행은 모처럼 형제들 간의 모임이었다. 여행 길에 나서니 무더위가 비껴간 해맑은 햇살은 성급한 초가을 선들바람까지 선사한다. 위풍당당한 폭염 속에 작두날 같던 햇볕이 눌러앉을 기세였지만 절기의 흐름 앞에 어쩔 도리가 없다.

리조트에서의 1박 2일 여행. 집집마다 준비한 밑반찬으로 먹는 식사는 진수성찬이 따로 없다. 집 떠나면 어설픈 것이 한두 가지가 아니지만 낯선 환경에서의 생소함과 약간의 불편함도 여행이 주는 기쁨이다.

소화도 시킬 겸 저녁 산책을 나선다. 어디선가 들려오는 음악선율이 부산했던 휴양지의 밤공기를 가라앉힌다. 알맞게 식혀진 밤공기가 살갑다. 산책로 주변에 배롱나무가 눈에 띈다. 붉은 족두리를 머리에 얹고 꽃을 피운 배롱나무의 휘어진 가지가 농염하다. 가로등 불빛 속에서 휘어진 가지는 나신裸身처럼 보인다.

중앙광장을 무대로 작은 음악회가 열렸다. 클래식 소품 위주의 생음악은 슬리퍼에 반바지 차림을 한 관람객들에게 여유로운 쉼까지 덤으로 얹어준다. 베르디의 오페라 리골레토 중 '여자의 마음'을 열창한다. 음악선율에 빠져있는 관중들 틈에 오빠의 모습이 보인다. 오빠는 두리번거리며 관중들 틈에 앉아 스마트폰만 눌러댄다.

청각장애인인 오빠, 6·25사변 직 후 뇌막염 후유증으로 치료시기를 놓친 오빠는 청각을 잃었다. 그로 인한 부모님의 상심은 너무나 컸고 오빠에 대한 어머니의 집착은 교육열로 이어졌다.

어릴 적부터 오빠에게 모든 것을 양보해야 했다. 초등학교 시절, 아버지가 사다준 48색 크레파스나 고무달린 노랑 연필도 말랑말랑한 지우개도 오빠가 우선이었다. 오빠가 쓰던 학용품이나 옷은 내차지었고 내 밑에 남동생은 새것을 사주다 보니 나는 늘 불만이었다. 농아학교 졸업 후, 오빠는 미술특기생으로 대학에 진학했고 나도 미대에 가고 싶었지만 어려서부터 길들여진 양보 때문인지 쉽게 포기했다.

지금은 수화가 많이 보급되고 매스컴을 통해 자막방송 등, 청각장애인을 위한 배려를 쉽게 볼 수 있지만 예전에는 수화를 배우는 것이 여의치 않았다. 자연 어려서부터 오빠와의 의사전달은 정식수화가 아닝, 몸짓 아니면 문자로 주고받는 것이 고작이었다. 가족 모두가 수화를 잘 할 수 있다면 웬만한 대화는 나눌 수 있을 텐데, 수화를 능란하게 구사하지 못해 겪는 아픔이다.

급한 일이 있을 때는 팩스로 주고받았다. 핸드폰이 나오면서 오빠와의 연락을 이어주는 문자전송은 임 만난 듯 반갑고 고마웠다. 이제는 화상통화로 주고받는 모습을 볼 때 마음이 넉넉하다. 수화로 친구들과 대화하는 오빠의 표정은 가을 햇살처럼 투명하다. 멀리 호주에 사는 딸들과 카카오톡으로 문자와 사진을 주고받으니 스마트폰 덕을 톡톡히 보는 셈이다.

화석처럼 굳어진 오빠의 청각, 비록 들리지는 않지만 마음은 새순처럼 여리고 어린아이처럼 맑다. 굳어진 청각대신 보이는 것에 예민한 오빠는 사물을 바라보는 눈이 예리하다. 오빠와 대화를 나누다보면 때묻지 않은 영혼의 소리를 만나기도 한다.

세상 물정에 어눌한 듯해도 필요없는 소리에 물들지 않은 오빠의 영혼은 샘물처럼 맑고 그윽하다. 소리로 인한 공해와 말 때문에 받는 상처가 어디 한 둘인가. 듣고 싶은 소리만 귀담아 들을 수 없는 소리의 단절로부터 피하고 싶을 때가 한두 번이 아니다.

오래전에 이탈리아 여행 중 폼페이에 들린 적이 있다. 2000년 전 베수비오 화산의 폭발로 화산재에 뒤덮여 사라진 도시 폼페이(Pompeii). 17C부터 시작된 발굴로 현재 ⅔가 제 모습을 드러내어 관광객들의 발길이 끊이지 않는 명소가 되었다.

발굴의 유적 중에는 기도하는 모습으로, 잠자는 모습으로 또는 아기에게 젖을 먹이는 모녀의 모습 그대로 화석이 된 채 유리관 속에서 깊은 잠에 빠져있는 화석들이 눈길을 끈다. 화석인 채로 발견된 그들은 화산재로 뒤덮기 전 모습 그대로다. 건드리면 살아 꿈틀거릴 것 같다. 긴 잠에서 깨어나 부스스 일어날 것만 같다. 2000년 전 살아 움직이던 모습으로 걸어 나올 것만 같다.

청각을 잃은 오빠는 세 살 때까지 갖은 재롱을 부렸다고 한다. 순식간에 화석으로 변해버린 모녀처럼 오빠의 청각도 화석처럼 굳어진 채 유리관에 전시된 것 같다.

청중들 사이에 불편하게 앉아있는 오빠를 보며 무르익어가는 음악회 분위기를 털고 일어선다. 산책이나 하자고 권하자 반색을 하며 일어선다. 들리지 않는 음악을 눈으로 보고 있자니 얼마나 갑갑하고 무료했을까. 나의 무심함을 나무라며 음악선율에 버무려진 밤공기 속에 숙소까지 배웅한다.

여행지에서 돌아오면서 가까이 있는 가족에게조차 소외되는 소소한 일들을 되짚어본다. 청각은 굳어졌지만 마음마저 소외되지 않도록 잘 챙겨주지 못한 일들이 앙금처럼 남아 문자를 보낸다.

'아니 괜찮아, 걱정 안 해도 돼!' 오빠의 답장이 아랫목처럼 따뜻하다.

(2012. 09)

은행잎 합창

노란 종이비행기가 유성처럼 쏟아진다. 갑자기 회리바람이 불자 땅 위에 뒹굴던 은행잎이 원을 그리며 하늘로 비상한다.

며칠 전까지 황금비늘처럼 빛을 발하던 나무들의 안부가 궁금해 산에 올랐다. 건조한 메마름이 수북이 쌓인 낙엽 속에 고여 있다. 무심한 오후의 잔 볕은 무표정한 아파트 위를 감싸고 해는 얼마 안 있어 꽁무니를 빼고 서산으로 넘어갈 기세다.

간밤에 불어 닥친 바람으로 나무들은 화들짝 옷을 벗었다. 얼마 남지 않은 잎들도 바람결에 진저리를 치며 하나 둘씩 가벼운 몸짓으로 떨어진다. 상수리 잎사귀 하나가 갈지자로 내려오다가 어깨 위에 툭 떨어진다. 별 하나가 떨어진 듯 가슴속에 쿵 소리가 울린다. 청정했던 잎사귀는 푸른 잔재들을 발밑에 내려놓고 투명한 모습으로 서 있다.

지난여름 강풍에 뿌리째 뽑혀 뒹굴던 나무들. 등산로 곳곳에 너부러진 나무들의 신음소리가 들려오는 듯하다. 등산로 한가운데 통행을 막고 가로로 턱하니 누운 나무는 노조 시위하듯 며칠을 버티다가 긴 통나무 의자로 변신했다.

톱질로 허옇게 드러난 속살은 막 면도를 마친 남자의 얼굴처럼 파릇하다. 둥글둥글 선을 두르며 드러난 나이테, 손끝을 통해 느껴지는 나뭇결은 아직도 숨을 쉬고 있는 듯하다.

나무는 위로만 생장하는 것이 아니라 부피도 넓어지며 자란다. 나무의 나이테는 춘재와 추재로 구분되는데 봄, 여름에 걸쳐 생성되는 춘재는 물이 충분히 공급되어 부피생장이 활발히 일어나 색상이 연한 빛을 띤다.

반면에 추재는 가을, 겨울에 걸쳐 부피생장이 더딘 시기에 생성된다. 색이 짙고 조직이 치밀하며 세포 크기가 작아 세포벽이 두껍다고 하는데 춘재와 추재가 어우러지며 나이테를 이룬다.

나이테를 거듭하면서 거수巨樹가 되는 나무들. 살아서 천 년, 죽어서 천 년이라는 주목나무는 장수목의 상징으로 해발 1000m 이상 되는 고지에서 군락을 이룬다.

주목은 껍질뿐만 아니라 속재도 붉은색을 띠며 잘 썩지 않고 결이 단단해 관으로 많이 사용한다. 노루 꼬리만 한 우리네 인생을 탓하듯 오랜 세월을 견디며 위세 좋게 자라는 나무의 모습은 듬직한 남자처럼 바라만 보아도 든든하다.

거제도 산방산 비원 가는 길에서 만난 노거수 팽나무. 수백 년 세월 둔덕골 마을을 품에 안고 지켜온 노거수는 위풍당당한 모습으로 청마기념관을 찾는 이들에게 시원한 쉼터를 마련해주고 있다. 팽나무 밑에 앉아 땀을 식히다 보니 여고시절 교목인 은행나무가 떠오른다.

한 아름 손을 벌려 안을 정도로 우람한 은행나무 주변 벤치는 여고시절 꿈과 재잘거림이 늘 고여 있었다. 수북이 쌓인 은행잎은 엽서가 되기도 하고 책갈피로 쓰였다. 노랗게 물든 은행잎에 이름이나 짤막한 명언, 시 등을 적어 책갈피에 넣어주던 친구들은 지금 어디에서 무엇을 할까.

교정에 들어서면 세종 때 별궁으로 왕실의 혼례를 거행하던 안동별궁이 운치를 더했다. 작약과 장미가 만발한 정원 옆, 고풍스러운 그곳에서 꿈을 키웠다. 별궁은 음악실과 미술실로 쓰였는데 음악시간에 울려 퍼지던 하모니가 바람결에 실려 오는 듯하다. 청소시간에 열심히 초를 문질러가며 복도 마루에 광을 내던 미술실은 입학한지 몇 년 후 다른 곳으로 옮겼다.

학교에서는 연례행사로 '은행잎 합창'이란 시집을 발간했다. 은행잎이 그려진 예쁜 시집이었다. 시집에 작품이 실리는 것이 여고생들에게 선망의 대상이었다. 작문 시간에 쓴 시가 시집에 실렸을 때, 여드름이 성성한 작문 선생님 얼굴이 꽃미남으로 보였다.

몇 년 전, 딸과 함께 인사동 간 김에 모교에 들렀다. 다른 학교들은 거의 강남으로 이전을 했지만 아직도 그 자리를 지키고 있는 학교를 보니 친정집에 온 듯 반가웠다.

기차통학을 하던 학창시절, 서울역에서 내려 몇 번을 갈아타고 내리면서 만원버스에 시달리던 피곤함도 멀리서 교문이 보이면 봄눈처럼 사라지곤 했다.

주변에 큰 빌딩이 우후죽순처럼 들어선 탓일까, 40여 년이 훨씬 지난 학교는 왜소한 여인의 어깨처럼 작아보였다. 불볕 같은 햇빛아래 마스게임 연습하던 운동장과 보라색 등꽃이 주마등처럼 아름답던 등나무 의자들. 선생님들만 출입하던 중앙현관을 지나, 건물 뒤쪽 테니스장도 손바닥만큼 좁아 보였고 전교생을 품어주던 우람한 은행나무는 뒷방노인처럼 움츠러진 모습이다.

칼바람이 불던 겨울이면 조개탄을 나누어주던 지하창고는 녹슨 자물쇠만이 외롭게 채워져 있다. 복도를 지나니 청소시간마다 열심히 닦던 유리창에 여고시절 내 모습이 얼비치고 있었다.

성장은 더디지만 조촘조촘 치밀한 간격을 유지하며 자신의 선명한 색을 드러내는 추재처럼, 나의 색깔을 지니기 위한 좌정의 시간을 가질 때가 되었다.

허겁지겁 달려온 생을 반추해보며 곁을 돌아볼 느긋한 마음의 여유도 없이 지나온 생활의 수레바퀴에서 이제는 나만의 사유를 펼칠 때가 아니던가.

한차례 바람이 분다. 화려한 옷을 벗고 서 있는 은행나무는 또 다시 생명을 품기 위해 잎을 내려놓는다. 남아있는 은행잎들은 저마다의 몸짓으로 합창하며 떨어진다. 샛노란 화음들이 널리 퍼져나간다. 🦋

(2009. 11)

골무

선달그믐이다. 쌓아두기만 한 묵은 것들을 해가 가기 전에 정리한다. 장롱 안에는 잘 갈무리 해 넣어 둔 베갯잇과 이불 홑청이 축 처진 모습으로 누워있다.

밀가루 풀을 알맞게 쑨 다음 풀을 먹여 꾸덕꾸덕 마른 것들을 손 다듬질 한 다음 어머니가 했던 대로 보자기에 싸서 꾹꾹 밟아본다. 체중에 눌려 잘 펴진 홑청은 다림질이 필요없이 반반해졌다.

이불 홑청을 손질할 때면 어머니 생각이 간절하다. 어머니와 마주앉아 깃을 잘 맞춰 늘어지지 않게 마무리한 다음 다듬이질 하던 일이 떠오른다. 이제는 퇴물이 되어 집안 구석에 장신구로 바뀌었지만 낭랑하게 울려 퍼지던 다듬이질 소리가 환청처럼 들리는 듯하다.

홑청을 시치기 위해 거실 마루를 깨끗이 닦고 이불을 편다. 반짇고리 속에 어머니가 쓰던 골무가 눈에 띤다. 주인 없는 골무는 생경한 얼굴로 빤히 쳐다본다. 어머니 체취가 배어 있는 골무를 살짝 끼워보지만 낯선 손님처럼 어색하기만 하다.

「규중칠우쟁론기閨中七友爭論記」에 감토할미로 묘사한 골무는 바느질할 때 바늘을 눌러 밀기 위해 손가락 끝에 끼우는 바느질 도구다. 골무의 기본모양은 반달형으로 가죽 조각이나 헝겊을 여러 겹 배접하여 만들었다.

골무에 새나 나비문양, 태극무늬, 길상문자와 모란꽃 등 앙증맞은 문양의 수를 놓아 여인들의 섬세함과 예술감각을 표현했다. 골무는 혼인을 앞둔 신부의 필수품이었고 부녀자의 침선 필수품이다. 골무는 장수와 부, 다산의 의미를 지니고 있어 백 개의 골무를 만들어 골무상자에 담아 두어 간직했다고 한다.

한 땀 한 땀 이불을 시치다보니 가실가실한 홑청의 풀기가 뒤척일 때마다 갓 구워낸 김처럼 사그락거린다. 생전에 어머니는 홑청을 시칠 때마다 골무를 끼고 애잔하게 노래를 흥얼거렸다. 옆에서 훔쳐본 어머니 얼굴이 슬픈 것 같아 무슨 노래인지 물어 보면 웃기만 했다.

어린 시절, 골무를 끼고 할머니 버선을 매만지던 어머니 모습이 떠오른다. 할머니와 한방을 쓰던 나는 할머니 잔심부름을 도맡아 했다. 어머니는 며칠을 두고 버선 앞볼과 뒷볼에 덧천을 대어 정성껏 버선을 만들었다. 버선이 해지는 것을 미리 방지하기 위해서다. 덧천을 댄 버선을 한 아름 안고 할머니께 갖다 드리면 정다운 임 만난 듯 좋아하셨다.

우리 곁을 떠난 지 몇 년 지났지만 옷장 서랍에는 아직도 어머니가 즐겨 입던 한복과 속옷 등이 그대로 들어있다. 돌아가신 후 웬만한 옷들은 가까운 친척들에게 주었다. 들춰보니 어머니가 즐겨 입던 속바지가 보인다.

융으로 만든 속바지는 어머니 손때가 묻어 버리지 않고 서랍 속에 넣어 두었다. 꽃무늬마저 희미해진 융바지를 다른 속옷보다 좋아하셨고 명절 때 사다 드린 속옷들은 아끼느라고 상표가 붙은 그대로 상자 안에 잠들어있다.

서랍장 안에는 빳빳하게 풀 먹인 이불 홑청과 삼베로 만든 베갯잇이 수의처럼 누워 있다. 언제라도 꺼내어 쓸 수 있도록 켜켜로 넣어둔 것들이다. 반들반들 윤이 나게 다림질하여 장만한 여러 종류의 홑청을 보니 어머니 손길이 닿은 것 같아 눈물이 솟는다.

어머니 손때 묻은 잔재들은 아직도 집안 구석구석 남아있다. 앞 베란다에 몇 년은 족히 먹을 수 있는 간장이 햇볕 속에 무르익고 있다. 고운 때가 묻어있는 전화번호부에는 동네정육점부터 철물점에 이르기까지 꼼꼼히 적힌 전화번호가 앨범 속 사진처럼 담겨있다.

어디 그뿐인가, 냉동실엔 도토리묵 가루와 청포묵 가루가 까만 봉지 속에 겹겹이 쌓여 있고, 어머니의 정겨운 필체로 적힌 양념 봉지들이 아직도 자리를 지키고 있다.

생전의 어머니는 낮잠 자는 모습을 거의 보지 못할 정도로 부지런했다. 어리굴젓 무침 속에 씹히는 생강 채처럼 상큼한 기치로 집안의 대소사를 이끌어갔고 동네에서도 소문난 효부였다.

홍시가 나는 계절이면 떨어질 때까지 할머니가 드시던 홍시 바구니가 빈 적이 없었다. 홍시가 떨어지는 것을 확인하는 것은 내 몫이었다. 중풍으로 몇 달을 누워 지낼 때 아무 의식도 없는 할머니께 옆 사람과 대화하듯이 집안일을 의논하며 극진히 간호하던 모습은 지금도 눈에 선하다.

초등학교 때 서울로 전학하여 이모님 댁에서 중학시절을 보냈다. 학교에서 종로 쪽으로 내려오면 화신백화점 뒤편에 한일관이 있었다. 한 달에 한 번씩 서울에 올라올 때면 어머니는 그곳에서 불고기를 사 주었다.

어머니가 오는 날이면 불고기를 먹을 수 있어 손꼽아 기다리기도 했다. 양은 철판에 지글지글 구워진 불고기를 나보다 더 맛있게 드시던 모습, 시부모를 모신 어머니가 나를 만나러 오는 구실로 행해진 화려한 외출을 철없던 그때는 이해하지 못했다.

골무를 끼지 않고 바느질하면 손끝 상한다는 말씀을 기억하며 불편하긴 해도 골무를 살짝 끼워 본다. 여린 손끝을 보호하는 작은 방패처럼 보인다. 골무에는 어머니가 살아온 세월의 흔적이 남아있다.

골무 얼굴에 꽃처럼 피어난 수많은 바늘 자국처럼 어머니 가슴을 아프게 한 상처가 시나브로 다가온다. 바늘 끝처럼 예리하게 만나는 상처가 어디 한 둘이었을까. 상처가 나지 않게 감싸주는 골무가 자식에 대한 사랑인 것을 그때는 왜 몰랐을까.

이불을 다 시치고 나면 그 위에 두 팔 벌려 벌렁 누워 뒹굴던 어린 시절, 몸에 와 닿는 사각거리던 홑청의 감촉이 손끝에 되살아난다. 요즘은 묵직한 목화솜 이불보다 훨씬 가벼운 화학솜이나 극세사 이불이 많다. 이불을 그대로 세탁하다보니 홑청이 필요 없게 되었다. 홑청을 씌운다 해도 순면보다 보들보들한 천으로 하지만, 알맞게 풀기 머금은 가실가실한 순면 홑청에 비할 수 있을까.

먼 곳 여행을 마치고 불쑥 들어 설 것만 같은 어머니. 풀 먹여 개켜 놓은 이불 홑청과 어머니가 즐겨 입던 빛바랜 융바지를 쓰다듬다 보니 불현듯 어머니가 그립다.

어머니가 입던 헐렁한 융바지를 입어 본다. 흘러내릴 것만 같은 융바지는 아직도 온기로 남아 몸을 감싸준다. 이불을 시치며 흥얼거리던 어머니의 애잔한 노랫소리가 환청처럼 들려온다. ✄

(2010. 01)

함께라면

오월의 산이 기지개를 켠다. 홰치며 우는 닭 울음소리가 새벽을 가른다. 간간히 들려오는 뻐꾸기 소리가 산행의 운치를 더한다. 퍼지지 않은 햇살을 머리에 이고 오르다보니 어느새 올라온 아침 해가 벙실거린다.

수채화처럼 번지던 연녹색의 잎사귀는 성인이 다 된 조카들처럼 싱그럽다. 간밤에 다녀간 봄비 덕분에 잎사귀마다 빗방울이 이슬처럼 송글송글 맺혀 있다. 흙먼지를 풀풀 날리던 푸석한 땅도 촉촉이 적셔준 흙냄새로 상큼하고 걷는 감촉이 스펀지처럼 폭신하다.

산을 오르다 보면 군데군데 샛길을 만난다. 처음 산행 때는 늘 가던 길만 갔는데 여유가 생겼는지 샛길이 눈에 들어온다. 샛길은 정식 등산로가 아닌 지름길이다. 혼잡함을 피하거나 빨리 산에 오르기 위해 만들어진 길이다. 북한산에는 정규 탐방로가 아닌 샛길로 몸살을 앓고 있다. 동식물의 서식처와 숲의 생태계가 샛길로 인해 파괴된다는 말이 생각나 샛길로 접어들려다 발걸음을 옮긴다.

어디선가 이름 모를 꽃향기에 마음이 급해진다. 조금 오르다보니 하얀 찔레꽃이 군락을 이루고 있다. 와! 이런 곳이 있었다니. 푸르도록 흰 무명 행주치마를 입고 서 있는 여인처럼 하얀 찔레꽃은 눈이 시리도록 눈부시다. 은밀한 속을 한 자락 내 보이는 듯 노란 꽃술이 언뜻 불어오는 골바람 결에 파르르 몸을 떨고, 달보드레한 향기는 흰 나비가 되어 날아오르는 것 같다.

산기슭 길옆에 퍼즐처럼 조각난 햇살을 벗 삼아 수줍게 피어있는 찔레꽃. 인적이 드문 이른 새벽, 서럽도록 지천으로 깔려있는 찔레꽃의 눈부신 자태에 호사를 누리며 설도의 「춘망사春望詞」 시구를 떠올린다.

(1)
花開不同賞(화개부동상) : 꽃이 피어도 함께 즐길 이 없고
花落不同悲(화락부동비) : 꽃이 져도 함께 슬퍼할 이 없네
欲問相思處(욕문상사처) : 묻노니 그대는 어디에 계신고
花開花落時(화개화락시) : 때맞춰 꽃들만 피고 지네

(2)
攬草結同心(람초결동심) : 풀을 따 한 마음으로 매듭을 지어
將以遺知音(장이유지음) : 임에게 보내려 마음먹다가
春愁正斷絶(춘수정단절) : 봄 시름에 그저 끊어 버렸거늘
春鳥復哀吟(춘조부애음) : 봄새는 하염없이 애달피 우짖네

(3)

風花日將老(풍화일장로) : 바람에 꽃잎은 날로 시들고

佳期猶渺渺(가기유묘묘) : 아름다운 기약 오히려 아득한데

不結同心人(불결동심인) : 한 마음 그대와 맺지 못하고

空結同心草(공결동심초) : 헛되이 풀잎만 맺고 있네

(4)

那堪花滿枝(나감화만지) : 어찌 견딜까 가지 가득 핀 저 꽃

煩作兩相思(번작양상사) : 돌이키면 또 다시 그대 그리는 마음

玉著垂朝鏡(옥저수조경) : 옥 같은 눈물 아침 거울에 주르르

春風知不知(춘풍지부지) : 봄바람은 아는지 모르는지

당나라 명기인 설도는 중국을 대표하는 여류시인이다. 어려서부터 시문학에 재능이 뛰어났고 붉은 종이에 글을 써서 설도전薛濤箋이란 유명한 종이 이름을 남겼다. 춘망사 4수 중 셋째 수는 김소월의 스승인 김억이 우리말로 옮겨 '동심초'라는 노래로 알려졌다.

떠나가는 봄을 바라보며 지은 춘망사 중, 첫째와 넷째 수는 꽃이 피고 져도 함께 할 수 없는 아쉬움과 임을 그리는 애절함을 노래하고 있다. 당시의 뛰어난 문재文才인 원진과 이루어질 수 없는 사랑이 고스라니 남아있는 춘망사. 부치지도 못하는 편지에 그리움과 안타까움이 서려있다.

함께할 수 있는 임과 벗이 있다면 축복이다. '함께'라는 말은 얼마나 든든하고 힘이 되는 말인가. 무엇을 하던 어디를 가든 늘 함께한다는 것. 기쁨은 함께 나누면 배가 되고 슬픔은 함께 나누면 반으로 줄어든다지 않는가. 속절없이 피고 지는 꽃을 바라보며 함께하지 못한 애절함

을 노래한 설도의 마음이 하얗게 웃음 짓는 찔레꽃 향기에 녹아 있다.

찔레꽃에는 함께하지 못한 애달픈 전설이 전해 온다. 고려 때, 찔레와 달래라는 자매가 있었는데 당시 몽고에 조공으로 처녀를 바치는 제도가 있었다. 두 자매는 병든 아버지 약값을 구하기 위해 관리들의 눈을 피해 약초를 캐다가 붙잡히고 만다. 병환 중인 아버지를 위해 한 사람만 데려가기를 애원하며 찔레가 동생 대신 몽고로 끌려간다.

찔레는 착한 주인을 만나 풍족한 생활을 하지만 고향에 두고 온 가족들에 대한 그리움으로 시름시름 병이 든다. 보다 못한 주인이 찔레를 고향으로 보내지만 아버지는 찔레가 팔려갔다는 소식에 목을 매고, 달래는 넋이 나가 행방을 감춘 뒤였다.

눈이 쌓인 겨울, 찔레는 아버지와 달래를 그리며 피를 토하고 죽는데 눈물을 흘린 곳에서는 하얀 찔레꽃이, 피를 토한 곳에는 붉은 찔레꽃이 피었다고 한다.

길을 가다가 우연히 스쳐 지나갈 정도로 예쁘지도 화려하지도 않은 민초 같은 찔레꽃. 비껴드는 햇살을 벗 삼아 지켜봐 주는 사람도 없건만 끈질긴 생명력으로 군락을 이룬다. 가시덤불 가지에서 해맑은 꽃을 피우며 산기슭이나 해안 바위틈 같은 척박한 곳에서도 줄기찬 모습으로 뻗어나는 찔레꽃은 우리네 삶의 모습이다.

찔레꽃 향기에 흠뻑 취해 내려오는 길. 오늘도 함께 걸어갈 일들이, 함께해야 할 일들이 찔레향기처럼 피어난다. 텃밭에 심은 감자꽃마저 보석처럼 빛나는 오월의 아침, 파문처럼 잔잔히 퍼져가는 아침햇살이 앞서거니 뒤서거니 따라온다. 🌸

(2009. 06)

담장과 담쟁이

담장에 피어난 꽃, 담쟁이덩굴은 비단 보자기다.

바람에 흔들리는 담쟁이 잎사귀들이 비단보처럼 출렁인다. 충현박물관인 오리梧里 이원익 종택, 주택가에 자리한 그곳은 잠시 쉬어가는 원두막처럼 도심 속 고향집이다.

그곳에 들어서니 유적과 유물이 후손들에 의해 잘 보존 전시되어 있다. 오리 선생은 조선 중기 청백리로 무려 여섯 차례나 영의정을 지낸 분이다. 유물을 통해 선생의 자취와 체취를 고스란히 느낄 수 있다.

관감당 툇마루에 앉아 내려다보니, 마당 앞 측백나무에서 내뿜는 은은한 향기가 400여 년이 지난 지금도 선생의 넋 인양 담장을 넘나든다. 관감당은 관직에서 물러나 변변한 집 한 칸 없는 선생에게 인조가 하사했다고 한다. 거문고를 탔다는 탄금암에서는 선생의 연주하는 소리가 환청처럼 들려오는 듯하다.

관감당 뒤편, 영정을 모셔놓은 사당인 영우당으로 발길을 향한다. 모란이 지고 난 헛헛한 자리를 메우려는 듯 기와 담장은 담쟁이로 떠들썩하다. 봄빛을 가득 담고 콜드크림으로 마사지한 듯 반짝거리는 담쟁이 잎은 영우당의 적막함을 연녹색으로 감싸준다.

지금地錦이라 불리는 담쟁이, 녹색 비단을 휘감은 채 담장을 타고 오르는 잎사귀를 젖히고 들여다본다. 연약한 뿌리로 힘차게 올라가는 모습은 장대높이 선수처럼 보인다. 봄꽃이 여문 자리를 아쉬워할 즈음, 아무도 시선을 두지 않는 틈새를 타고 삽시간에 뻗어난 담쟁이는 초여름의 싱그러움을 예고한다.

허물어져가는 돌담에, 폐가로 남아있는 담장에 초록색으로 페인트칠한 담쟁이덩굴만 바라보아도 마음이 넉넉해진다. 잿빛 하늘로 가라앉은 도심의 회색빛 벽을 감싸주는 담쟁이는 보는 사람에게 시원한 냉차 한잔 건네준다.

담쟁이는 포도과에 속한 낙엽 덩굴식물이다. 줄기마다 달라붙는 흡착근이 있어 돌담이나 바위, 나무줄기에 붙어서 자란다. 줄기와 열매, 뿌리는 약재로 쓰인다고 한다.

설탕이 없던 시절, 담쟁이덩굴을 진하게 달여서 감미료로 쓰이기도 했다. 뜨겁던 태양 볕이 사그라지면 담쟁이는 주홍빛으로 물들어 고즈넉한 가을의 정취를 더해준다. 담황색의 옷을 다 떨어뜨리고 나면 건포도 같은 열매를 달고 겨울을 준비한다.

겨울을 나는 담쟁이덩굴의 모습은 내년을 기약할 수 없을 만큼 처절하다. 사막처럼 메마르고 황량한 벌판에서 싹을 틔울지 의심스러울 정도다. 누구에겐가 붙어서 자랄 수밖에 없는 담쟁이는 기생식물이다.

덩굴성식물의 특성이지만 나무나 담장에 기대지 않으면 뻗어 나갈 수 없다. 담장너머로 연한 순을 뻗어가는 잎사귀에 딸아이의 예쁜 손이 포개져 온다.

고개를 가눌 수 있을 때 쯤, 아이를 업고 포대기를 두르면 기분이 좋았다. 엄마가 되었다는 느낌 때문일까, 등 뒤로 전해지는 아이의 체온과 심장소리를 들으면 하나가 된 것 같았다. 집 안팎을 서성거리면 이내 고개를 떨어뜨리고 쌔근쌔근 들리는 숨소리가 가슴을 뛰게 했다.

작은 새 한마리가 내 품에 안긴 느낌이랄까, 등에 와 닿던 생명의 박동소리와 바람결에 스치는 젖 내음은 세상의 그 어떤 향기보다 감미롭다. 나는 아이에게 담장이 되었고 아이는 거리낌 없이 뻗어나가는 담쟁이 순이 되어 무성한 담쟁이로 피어났다.

결혼 후 막상 엄마가 되었지만 나 역시 어른이면서 아이였다. 누구에겐가 의지가 되어줄 만큼 실팍한 담장이 되기에는 여러모로 미흡했다. 부족함에도 아랑곳없이 담장을 의지하고 뻗어가는 담쟁이. 여린 순을 뻗어가며 담장에 착 달라붙던 잎사귀는 해가 갈수록 무성해지고 뿌리를 내린 채 담장에서 단단한 줄기를 만들며 송골송골 열매를 맺기 시작했다.

사람들은 끊임없는 관계 속에서 살아간다. 인간관계라는 관계 속에서 수없이 연결된 고리들. 부부간의 연을 맺기도 하고, 친구나 직장에서 동료 간에 담장과 담쟁이로 만나 고리를 이어간다. 부모와 자식 간 고리야말로 서로 기대고 의지하며 보듬고 살아가는 가장 원초적 관계가 아닐까. 부모가 된다는 것이 쉬운 일은 아니었다. 아이가 자라면서 기쁘고 즐거운 일도 많았지만 힘들 때도 많았다. 때로는 무성해지는 담쟁이가 버거울 때도 있었다.

석벽을 딛고 기어오르는 담쟁이. 담장은 쭉쭉 뻗어가는 담쟁이를 거부할 수가 없다. 고사리손 같은 담쟁이 잎들은 얼기설기 뻗어나가 담장 위에 튼실한 고목을 만들었다. 담장 위에 짝 달라붙어 고목이 된 덩굴을 들여다보니 그 속에 담장이 옹골차게 들어차 있다. 나에게 기대어 자라던 담쟁이덩굴은 든든한 보호자처럼 담장을 껴안고 있다.

세찬 바람이 몰아치고 눈이 쌓여도 담쟁이덩굴은 버팀목이 되어 담장을 감싸고 있다. 담장이 포대기속의 아기가 되었고, 담쟁이덩굴은 아기를 두른 포대기가 된 셈이다.

세월의 더께가 내려앉아 쇠락하는 담장 위에 새로운 싹을 틔우고 열매를 맺으며 아름답게 자신의 몸을 물들이는 담쟁이. 넓고 높은 곳을 향하여 꿈을 가꾸는 연녹색 담쟁이 잎사귀가 더욱 푸르다.

비단보처럼 넘실대는 푸른 담쟁이는 곧 가을을 맞을 것이다. 고색창연한 빛으로 계절의 백미를 더해주는 담쟁이는 자신을 불사르며 한 잎, 두 잎 떨어질 것이다.

이원익 선생이 걸어온 발자취를 더듬으며 내려오는 산책로에 작약이 고운 자태를 뽐내고 있다. 한 점 부끄럼 없이 소탈하게 살다간 선생의 넋이 사당의 기와 담장을 넘나들며 담장을 붉게 물들일 것이다.

(2012. 07)

가시 없는 장미

유월 장미원은 신부들로 가득하다. 과천 장미원에 활짝 핀 장미꽃 향기가 발길을 유혹한다. 장미 속에 파묻힌 사람들의 표정도 신부처럼 화사하다.

꽃 중에 꽃이라는 장미는 종류도 많다. 표정이나 향기도 꽃마다 달라 사람들 얼굴만큼이나 다양하다. 사랑을 표현할 때 장미로 사랑을 대신한다.

장미에는 '게라니올'과 '모노테르펜'이란 물질이 들어있어 상대방의 감성을 자극하여 호감을 느끼게 한다고 한다. 쓰임새도 다양하여 향수나 화장품, 식품 등 두루 쓰이며 재생의 의미도 지니고 있어 고대 로마인들은 화환과 무덤을 장미로 장식하기도 했다.

비로드 천을 두른 듯 도도하게 핀 흑장미가 요염하다. 잎사귀 사이사이로 다닥다닥 붙어있는 가시는 창을 들고 사열한 병사처럼 붙어있다. 발톱을 곤두세운 고양이처럼 섬뜩하다. 장미처럼 줄기가 진화되어 가시가 된 식물은 초식동물이나 해충의 피해로부터 생존을 위한 보호 수단이다.

장미하면 떠오르는 라이너 마리아 릴케. 가시에 찔린 것이 화근이 되어 세상을 떠난 그는 장미를 가꾸고, 장미를 찬미하며 작품 속에 수없이 장미를 표현했다. 묘비에도 장미를 예찬했다. 장미에 가시가 없었다면 죽음까지 가지는 않았으리라.

오래전, 이탈리아 움부리아 지방을 여행했다. 「평화의 기도」로 유명한 성프란치스코의 고향인 아씨시에 들린 적이 있다. 그곳에 가시 없는 장미정원이 있다.

성프란치스코는 부유한 상인의 아들로 태어나 젊은 시절을 방탕하게 보냈다. 그는 자신의 방탕함을 회개하며 가시가 많은 장미밭에서 알몸으로 뒹굴며 하나님께 용서를 구했다고 한다.

불쌍히 여긴 하나님이 몸을 다치지 않게 하려고 장미에 가시를 없앴다고 전해진다. 지금도 성프란치스코 대성당 뒤뜰에는 가시 없는 장미가 자라고 있어 관광객의 발길이 끊이질 않는다.

대성당 정원에 있는 가시 없는 장미를 다른 곳으로 옮기면 가시가 돋아나고, 가시가 붙어 있는 장미를 대성당 정원으로 옮기면 가시가 없어진다고 하니 아직도 그 정원에는 성프란치스코의 신성이 깃들어 있는 것은 아닐까.

몇 년 전 대마도 여행을 다녀왔다. 대마도는 일본 본토보다 부산에서 더 가깝다. 대마도에 사는 일본인 자녀들이 부산으로 유학을 올 정도다. 관광객 거의가 한국인으로 낚시꾼들이 많았다.

이츠하라 유명산 아래 '이 왕조 종가 결혼봉축기념비'가 있다. 덕혜옹주와 대마도 도주의 후예인 종무쇼다케시 백작과의 결혼기념으로 대마도에 살던 한국인들이 건립한 기념비다.

대한제국의 마지막 황녀인 덕혜옹주. 고종황제는 회갑에 얻은 덕혜옹주를 지극히 사랑했다. 그러나 시대를 잘못 태어난 그녀에게 황녀라는 신분은 어려서부터 그녀를 괴롭히는 운명의 가시였다.

고종황제는 덕혜옹주를 일본에 빼앗기지 않으려고 8세 때 약혼까지 시켰지만 강제로 일본에 볼모가 된 옹주는 언제 독살될지 모를 불안감과 두려움, 정신적 고통에 시달렸다.

고종황제의 갑작스런 죽음과 늘 감시 속에 살아야 하는 일본에서의 생활, 생모인 양귀인의 죽음 등 크고 작은 가시들은 그녀를 수없이 괴롭혔을 것이다.

종무쇼다케시 백작과의 정략결혼도 순탄치 않았다. 심한 우울증에 시달렸던 옹주는 정신질환 악화로 결국 이혼을 하게 된다. 게다가 딸 마사에(정혜)마저 자살하는 거듭된 시련을 겪게 된다.

만신창이가 된 옹주는 정치적인 문제로 그리운 고국 땅을 밟을 수도 없었다. 38년 만에 고국에 돌아온 옹주는 창덕궁 낙선재에서 외로운 노년을 보냈다.

정신질환 병세가 악화되고 치매 합병증까지 겹쳐 비운의 일생을 보낸 덕혜옹주. 뽑아 버릴 수 없는 가시는 방패막이 되지 못한 채 고통만 주는 것일까. 황녀라는 신분은 그녀에게 뽑아버릴 수 없는 가시였다. '가시'같은 신분 때문에 자신의 의지대로 살 수 없던 그녀의 생이 애처롭다.

내 몸에도 언제부턴가 하나 둘 붙기 시작한 크고 작은 가시들이 보인다. 나를 지키려고 돋아난 가시들이다. 장미가시 같은 아슴푸레한 기억들이 머리를 든다. 가시로 찔린 시린 기억들이 세월을 넘나든다. 무엇 때문에 가시를 방패처럼 삼고 살아온 것일까. 그 가시에 찔려 피를 흘리기도 하고 상대방에게 상처도 주었을 수많은 가시들. 가시 중에는 형형한 눈빛으로 날이 시퍼렇게 선 가시들이 대부분이다.

가시 중에는 신선한 자극제가 되어 나를 돌아보게 하는 가시도 있었다. 상처를 주는 가시도 있었지만 그 가시가 때로는 날개를 달아주기도 했다. 그러나 머문 듯 가는 것이 세월이라고 연륜 속에 가시들은 뾰족한 부분이 어느새 뭉툭하게 닳아 있다.

넘나든 세월 속에 가시들은 대성당의 장미처럼 허물을 벗고 있다. 가시 없는 장미 정원에 향기로 날아오른다. 🍃

(2009. 08)

진주 목걸이

가을이 익어간다. 채반에 널어놓은 호박과 무말랭이가 얼마 남지 않은 늦가을 햇살에 버무려져 누런빛을 띠고 있다.

건조대에 마른 북어처럼 널려있던 옷들도 가을 햇살이 스며들어 가실가실한 감촉이 여간 좋은 게 아니다. 옷을 넣어둔 서랍장에는 스산한 계절이 교차한다.

정리하던 옷 갈피 사이로 손에 잡히는 것이 있다. 색동으로 된 패물 주머니다. 주머니 안에는 비취, 다이아몬드, 자수정 반지와 브로치, 팔찌 등 어머니 손때가 묻은 보석들이 들어있다. 하나하나 들춰보니 어머니의 숨결까지 더하여 영롱한 빛을 내고 있다. 보석들 중에 어머니가 즐겨하던 진주 목걸이가 눈에 들어온다.

진주는 6월의 탄생석이다. 진주에는 '얼어붙은 눈물(frozen tears)'이란 뜻이 담겨 있다. 눈물이 얼면 진주처럼 보이기 때문일까. 가장 귀하고 아름다운 진주는 아비큘리데(aviculidae)라는 특별한 조개 속에서 키운다. 부드러운 조갯살 속에 깔깔한 모래알이 들어가면 조개는 상처를 위해 '나카'라는 생명의 즙을 분비한다.

나카는 몸속에 들어온 모래알을 덮고 감싸며 진주층을 만들어 진주를 만든다. 나카로 작은 진주는 몇 개월, 큰 것은 몇 년에 걸쳐 만들어진다고 하니 인고의 과정에서 얻어지는 진주야말로 가장 값진 것이다. 서양에서는 딸이 결혼할 때 진주 목걸이를 준다고 한다. 힘든 일이 있을 때 진주를 보며 시련을 이겨내라는 뜻이리라.

살아계실 때 어머니는 진주 목걸이를 즐겨 했다. 곱게 차려입고 목걸이를 한 어머니 모습은 언제보아도 보기 좋았다. 어머니가 걸던 목걸이를 보니 고운 때가 살포시 묻어 있다. 한 알 한 알 촘촘히 매달린 진주를 만져보니 어머니의 눈물이 얼어붙은 채 대롱대롱 매달려 있다.

어머니는 한이 많았다. 청각을 잃은 오빠 때문이다. 6·25전쟁 직후에 뇌막염 후유증으로 약을 제대로 쓰지 못한 것이 부모의 탓이라고 여긴 어머니는 해보지 않은 것이 없었다. 좋다는 명약도 써보고 신앙에도 매달렸지만 청각은 돌아오지 않았다.

어린 시절, 오빠를 편애하는 어머니를 이해할 수 없었지만 의사소통이 불편한 오빠가 괴성을 지를 때마다 어머니는 얼마나 쓰리고 아팠을까. 자식의 장애가 온전히 자신의 것인 양 오빠에게 지극정성을 다했다.

천성이 온순한 오빠는 공부를 잘했다. 미술에도 재능이 있어 미대를 졸업하고 건강한 사회인이 되기까지 어머니의 헌신이 뒷받침했다.

오빠가 정상인 못지않게 될 수 있었던 것은 나카같은 어머니의 눈물 때문이리라.

어머니가 하던 목걸이를 걸어본다. 거울에 비친 내 모습은 생경스럽다. 목걸이를 찬찬이 들여다보니 진주알 속에는 큰 올케의 얼굴도 들어있다. 30여 년 가깝게 오빠 곁을 지켜준 큰 올케를 생각하면 마음이 애잔해진다.

언니를 처음 보았을 때 장애가 있는 오빠와 결혼하는 것이 뜻밖이었다. 직장동료 소개로 오빠와 만났는데 결혼을 결정하기까지 갈등이 많았을 것이다. 정상인인 올케가 친정의 반대를 무릅쓰고 결혼하기까지 쉽지는 않았으리라.

교제하면서 수화도 배우고 결혼한 지 수십 년이 지나도록 오빠와 함께 살아온 세월 속에 답답하고 허허로운 마음인들 오죽 많았을까. 수화로 대화를 나누지만 세밀한 감정표현은 부족함이 많았을 것이다.

다정다감한 부부간의 정담인들 얼마나 많으련만 마음에 쌓인 답답함이 아마 나카처럼 쌓이고 또 쌓였으리라. 생전의 어머니는 당신이 안고 갈 십자가를 며느리에게 짊어지게 한 것 같다며 늘 안쓰러워했다.

집안일에 대한 대소사나 자질구레한 일들을 고부간에 자분자분 담소를 나누는 모습은 보기 좋았다. 흔들리는 바람에도 꼿꼿하게 꽃대를 세우며 오빠 곁을 지켜준 며느리에 대한 연민과 애틋함은 고부간이 아닌 그 이상의 것이리라.

어머니가 돌아가시던 날 목 놓아 울던 올케언니의 모습이 눈에 선하다. 시어머니에 대한 그리움도 있겠지만 살아오면서 굽이굽이 맺힌 한이 어디 한 둘이었을까.

내 손에 있는 어머니의 진주 목걸이는 '얼어붙은 눈물'이 아닌 '사랑의 눈물'이다. 쓰라린 고통과 아픔을 견디며 고난과 시련을 이기는 진주처럼, 나카라는 진액으로 응고된 진주 목걸이에 자식과 남편에 대한 두 얼굴이 교차되고 있다.

어머니가 남긴 패물 중에서 쓸 만한 것이 있으면 하라고 아버지는 패물 주머니를 내게 주었다. 구식으로 세팅이 된 반지들과 브로치는 볼품없지만, 어머니 손때가 묻어있는 보석들을 애만져본다. 어머니 얼굴을 보듯 가끔씩 꺼내어 본다.

상처를 보듬어주는 나카처럼, 어머니의 눈물이 맺혀있는 진주는 색동주머니 안에서 은은한 빛을 내고 있다. 화사했던 어머니의 얼굴을 그리며 진주 목걸이를 다시 한 번 걸어본다. 🦋

(2009. 01)

눈 속의 출근길

연일 계속되는 기습한파로 도시가 얼음장이다. 아파트에서 내려다보이는 거리와 산은 온통 이불 홑청을 펼친 것 같다. 백 년 만에 찾아온 폭설로 새해 들어 첫날, 시민들의 출근길을 꽁꽁 묶어 놓았다.

밤새 내린 눈은 눈 폭탄이란 말이 실감날 정도였다. 항공기가 모두 결항하는 등 뉴스마다 날씨 이야기로 가득했다. 기상청의 예보도 없었다고 투덜댔지만 기상이변으로 생긴 일을 어쩌랴. 기록적인 대폭설은 북반구 전체에 몰아친 기상이변으로 지구 온난화와 엘니뇨가 만나 빚어낸 기상현상이었다. 사상 최대의 폭설 기록을 낸 거리는 출근을 앞둔 시민들의 발을 밧줄로 묶어 놓았다.

폭설에 한파까지 겹친 출근길은 막막했다. 대중교통을 이용하려는 사람들로 버스와 전철은 북새통이고, 전철 문은 결빙으로 문이 닫히지 않는 등 아수라장이었다.

이미 지각은 맡아 놓은 터, 책장에 빼곡히 꽂힌 책들처럼 꼼짝달싹도 할 수 없는 만원 버스에 몸을 맡긴 채, 칼잠을 자는 듯한 자세로 서 있자니 학창시절 통학버스가 생각난다. 빳빳하게 세운 교복 칼라가 일그러지고 풀 먹인 교복차림은 엉망이 되던 통학버스. 서 있는 것조차 불편해도 느릿느릿 달리는 버스에 몸을 맡기고 눈 덮인 창밖을 내다본다.

희뿌연 겨울하늘에 목화송이 같은 눈꽃을 피우는 가로수들이 뒤늦은 출근길을 배웅한다. 사람들도 자동차도 모두가 불편한 도로로 미끄러질세라 거북이 걸음이다. 도로가 온통 주차장으로 바뀌었다.

목적지까지 가는 길은 아직도 캄캄한데 가벼운 무게로 떨어지며 쌓이는 눈송이의 위력은 새삼 놀랍다. 갑자기 쌓인 눈으로 창밖 거리 풍경은 생경하지만 딴 세상처럼 눈이 부실 정도로 아름답다.

이탈리아 중북부 산촌마을인 그레베 인 키안티(Greve in Chiantti). 슬로시티의 효시가 된 곳이다. 그곳에서는 느림과 비움의 미학을 배울 수 있다. 환경, 자연, 시간, 계절과 자신을 존중하며 느긋하게 살면서 속도경쟁의 디지털 시대에서 여유로운 아날로그적 삶을 추구하는 곳이다.

슬로시티는 '불편함이 아닌 자연에 대한 인간의 기다림'이란 주제로 급하고 빠르게 사는 것보다 자연과 인간의 삶을 조화롭게 추구하며 사는 것이 행복한 것임을 보여준다. 자연환경과 전통을 지키며 자신들의 삶을 지켜나가는 그들은 느림과 여유로움을 만끽한다.

그곳 마을시장의 적극적인 추진과 주민들의 호응으로 산촌마을은 이제 관광명소로 되어 그 지역의 문화를 공유하기 위해 많은 사람들이 찾아온다고 한다.

우리나라도 청산도와 신안, 장흥, 담양 등 여러 곳에 슬로시티를 지정했다. 공해 없는 자연 속에 그 지역에서 생산되는 음식과 문화를 공유하며 느림의 삶을 추구하는 운동이 벌어지고 있다. 과거와 현재의 조화를 통해 느리지만 행복한 삶을 위해, 그 지역의 고유음식과 전통문화를 지켜나가는 운동이다.

인디언들은 말을 타고 달리다가 잠시 쉬면서 지나온 길을 뒤돌아본다고 한다. 자신의 영혼이 따라오지 못할까봐 시간을 주기 위함이다. 정신없이 바쁘게 살아가는 나의 모습과 비교해본다.

불편하지만 전통방식을 고수하고 느림의 가치를 보듬으며 살아가는 그들의 행복지수는 우리보다 더 높지 않을까. 빨리빨리를 강요받으며 속도의 경쟁에서 치열하게 살아가는 것보다 훨씬 더 가치 있는 삶은 아닐까.

「생로병사의 비밀」이란 TV프로를 즐겨본다. 신년기획으로 행복한 삶을 위한 선택이란 주제로 비움에 대한 내용이었다. 몸과 마음을 비우기 위해 명상과 소식小食을 권하는데 명상은 면역력 강화와 질병치료에 효과가 있다고 한다.

걱정과 고민, 잡념을 없애는 마음 비우기, 명상과 몸을 비우는 소식하는 방법을 보여준다. 진정한 비움은 모든 것을 다 비우는 것이 아니라 원하지 않는 것을 비움으로써 원하는 것을 얻는다는 것이다. 명상할 때 천천히 시간을 두고 몰입 단계에 들어가는 슬로싱킹 방법이 마음에 와 닿았다.

슬로싱킹(slow thinking). 마음의 산책길에서 만나는 크고 작은 일들을 조급함을 버리고 차를 음미하듯 천천히, 여유로움과 느긋함을 갖고 생각하는 것이다. 힘들고 어려운 일을 만나더라도 당황하거나 두려워하지 말고 안락의자에 몸을 누이듯 생각을 풀어나가야 되지 않을까.

모든 것을 덮어주는 눈雪을 바라보니 알프스 융프라우요흐에서 만난 만년설이 떠오른다. 스핑크스 전망대에서 바라본 찬연한 순백의 세계는 말이 필요 없었다. 더할 것도 모자람도 없이 모든 것을 포용하고 있는 만년설로 뒤덮인 자연 앞에 서서, 작은 일에조차 마음을 비우지 못하고 속 끓으며 지낸 부질없던 시간들을 질책했다. 변화가 두려워 갈팡질팡했던 미련의 끈을 얼음처럼 차가운 만년설 밑에 내려놓고 올려다 본 하늘은 얼마나 푸르렀는가.

경인년 새해를 맞는 감회가 새롭다. 경인생庚寅生이니 육십갑자 원년으로 돌아가 다시 태어난 느낌이다. 마라톤선수처럼 호흡을 가다듬고 다시 시작해 볼일이다. 첫 걸음마를 떼는 마음으로 만년설이 덮인 눈밭을 다시 한 번 걷고 싶다.

만원버스에 시달린 사람들의 표정은 데친 나물처럼 후줄근하다. 지루할 정도로 느릿느릿 온 버스 덕분에 많은 것을 생각할 수 있었던 출근길, 버스에서 내려 아무도 밟지 않은 눈 위를 밟는 소리가 꽈리부는 소리처럼 뽀드득 뽀드득 경쾌하다. 🍂

(2010. 01)

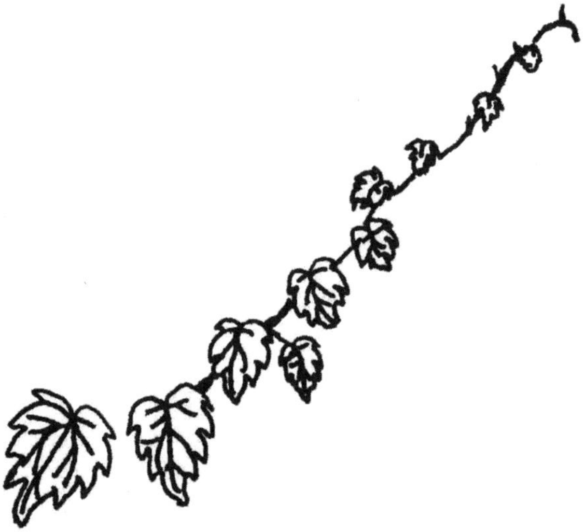

4부 꿈꾸는 발레리나

누리달, 온 누리에 생명의 소리가
가득 차 넘친다는 유월이다.
산 중턱에 오르니,
풀기 빠진 식혜 밥처럼 널려있던
아카시 꽃잎은 사라지고
꽃빛이 여문 자리에
나뭇잎은 점점 갈맷빛으로 번져간다.
짙어져가는 녹음을 헤치며 정상에 오르니
초록 양산을 쓴 나무들마다
녹차물이 뚝뚝 떨어질 것만 같다.

퇴행성관절염

무릎이 말썽이다. 얼마 전부터 무릎이 시큰하더니 우두둑 소리까지 난다. 계단을 오르내릴 때 불편한 것이 아무래도 심상치 않다. 병원에 가서 X-ray를 찍어보니 MRI 촬영까지 하란다. 의사는 퇴행성관절염 초기라며 수술을 권한다.

퇴행성관절염이라니, 주변에 무릎 때문에 고생하는 사람들을 볼 때 나와는 거리가 멀다고 생각했는데 벌써 나이가 들어 이렇게 되었단 말인가, 순간 머리가 멍해졌다. 하긴 60년 넘게 끌고 다녔으니 무리 도 아니건만 마음 한구석이 편치 않다.

심한 운동을 피하고 평지를 걷는 것이 좋다는 의사의 처방에 아침 마다 안양천을 걷기로 했다. 집을 나서니 뒷산에서 내려온 아카시향이 잠에서 덜 깬 아파트를 넘나든다. 연기처럼 스며든 아카시향은 오월의 새벽을 깨우고 가벼운 복장으로 산에 오르는 사람들을 손짓한다. 지금쯤 아파트 뒷산에는 물오른 나무들이 나를 기다릴 텐데 마음뿐이다. 작년 이맘때 새벽마다 산에 오르던 지난 일들이 아득하게 스쳐간다.

　하루가 다르게 옷을 갈아입는 뒷산의 모습이 궁금하다. 등산로 입구 꽃밭에는 원추리가 연한 잎을 곧게 올렸을 테고 왕벚나무는 제법 넓은 잎사귀로 그늘을 만들고 있으리라. 산비탈에 심어놓은 텃밭에도 상추, 쑥갓들과 배추들이 하루가 다르게 자라고 있겠지. 눈이 시리도록 피어나던 찔레꽃 향기가 코끝에 와 닿는다. 새벽마다 만나는 사람들과 주고받던 눈인사도 그리워지고 빨간 바지 할머니 안부도 궁금해진다.

　약수터를 지나 비봉산 망해암 가는 길, 넙적 바위에 올라 멀리 보이는 삼성산 자락에 구름처럼 걸려있는 새벽의 물안개를 내려다보면 날마다 신선이 된 기분이었다. 보석처럼 빛나는 아침 햇살을 받으며 산은 서서히 깨어나고 물이 오를 때로 오른 오월의 연녹색 잎사귀는 하루 종일 바라보아도 지치지 않는 연인의 얼굴이다. 넓은 바위에 걸터앉아 산 밑을 바라보면 부질없는 세상만사 모든 시름도 내려놓을 수 있었다.

　새벽운동을 나온 사람들 틈에 끼어 안양천변을 따라 걷는다. 은은한 이팝나무의 꽃향기가 바람을 타고 마중 나와 코끝에 와 닿는다. 습지로 조성된 물가에는 부들, 갯버들과 내 키만 한 노랑 꽃창포가 공작처럼 고고한 자태를 자랑한다. 실개천이 흐르는 습지에서 간헐적으로 들리는 개구리울음이 새벽종을 울린다.

　어렸을 때 겨울이 되면 안양천에서 스케이트를 타곤 했다. 안양천은 의왕 청계산에서 시작하여 군포와 안양을 거쳐 광명, 서울을 지나

한강까지 흐른다. 80년 대만 해도 오염수치가 가장 높은 안양천이 몰라보게 달라졌다. 1급수에서만 볼 수 있는 버들치와 참게, 잉어들이 꼬리쳐 다니며 물총새도 돌아오고 두루미의 멋진 날갯짓도 볼 수 있는 살아있는 하천으로 변했다.

멀리서 보니 메밀꽃처럼 흰색의 물결이 끝없이 펼쳐진다. 토끼풀이다. 어렸을 때 팔찌도 만들고 꽃반지, 목걸이를 만들던 토끼풀이 지천으로 깔려있다. 클로버라고도 부르는 토끼풀은 논두렁이나 들판에서 흔하게 보는 꽃이다. 안양천을 배경으로 무리지어 핀 새벽의 토끼풀은 동글동글한 꽃모양이 왕사탕을 뿌려 놓은 것 같다. 수더분한 여인네 웃음처럼 피어있는 토끼풀 잎사귀를 뒤적이노라면 구수한 할머니 옛날이야기가 도란도란 들려올 것만 같다.

네 잎 클로버에는 재미있는 일화가 있다. 나폴레옹이 전쟁 중에 말을 타고 가다가 네 잎 클로버를 발견하고 신기해서 고개를 숙이는 순간 총알이 머리를 스쳐갔다는 것이다. 그래서 행운의 풀로 불린다.

어린 시절, 네 잎 클로버를 찾으려고 쪼그리고 앉아 잎사귀를 뒤졌지만 남들 눈에 잘 띄는 네 잎 클로버가 내게는 잘 보이지 않았다. 어쩌다가 눈에 띄면 보물을 찾은 것처럼 환호성을 지르던 모습이 토끼풀에 아롱진다.

세월이 지나가는 다리라는 뜻일까, 세월교를 지나 유유히 흘러가는 안양천을 바라보니 팔뚝만한 잉어떼의 힘찬 몸짓이 물 위에 넉넉한 파문을 만든다. 여유롭게 걷다보면 소소하게 만나는 것들이 많다. 비탈진 둔덕에 가녀린 몸매를 자랑하며 이슬 머금고 피어있는 노랑 금잔화에게 다가가 안부를 전하기도 하고, 초여름을 알리는 망초꽃에게 올여름은 얼마나 더울지 묻기도 한다. 경쾌한 자전거 페달의 소음 속에 스쳐가는 사람들의 표정을 살피는 것도 작은 재미 중 하나다.

산을 오를 때면 올라가기에 급급하고 내려올 때는 미끄러질까 봐 조심스러워 앞만 살피기에 바빴다. 평지를 걷는 즐거움이랄까, 걸으면서 자연을 통해 만나는 새로운 것들과 마음을 주고받으며 걷다보니 머리까지 맑아진다. 오르내리기에 바빴던 시간들, 이제는 천천히 걸으면서 주변을 관조할 때가 되지 않았는가. 마음을 가다듬으며 걷다보니 미처 생각하지 못했던 것들이 실타래 풀리듯 물꼬를 튼다.

다리에 이상이 생겨 운동 삼아 걷게 되었지만 퇴행성관절염이란 진단은 내게 경고의 메시지를 보낸 셈이다. 천천히 걸으면서 숨을 고르고 건강을 살피며 나를 돌아보라는 빨간 신호등이 켜진 것이다.

마음만 청춘이지 몸은 예전 같지 않다. 다리뿐 아니라 기억력도 점점 희미해져 잘 외우던 전화번호나 이름들이 가물가물할 때 황당함을 넘어 허탈할 때가 한두 번이 아니다. 자연의 순리처럼 내 몸도 이제 오래된 집을 수리하듯 손 볼 때가 된 것이리라.

나그네처럼 한강까지 먼 길을 떠나는 안양천, 참선에 든 고승처럼 오늘도 말없이 유유자적 흘러가고 있다. 꽃도 만나고 바람소리도 벗하면서 생명을 보듬고 흘러가는 안양천은 서두르지 말고 천천히, 거스르지 말고 순리대로 가라고 손짓하고 있다.

에둘러 힘든 일을 만나도 물 흐르듯이 천천히 보내라고 속삭인다.

(2013. 05)

덕천마을 벚꽃

꽃눈이 내린다. 아파트 입구에 사열하듯 피어있는 벚꽃이 꽃샘바람에 눈처럼 흩날린다. 머리 위에도 신발에도 내려앉은 꽃눈은 녹지 않고 요지부동 붙어있다. 흐드러지게 핀 벚나무 밑에서 올려다보니 몸도 마음도 두둥실 구름처럼 피어난다. 꽃잎을 떨어지지 않게 서로의 얼굴에 붙여주며 까르르 웃던 유년의 기억도, 안개 자욱한 벚꽃 길을 끝없이 걷던 첫사랑의 기억들도 꽃송이마다 매달려 아롱진다.

꽃샘추위를 마주하며 안양천변을 걷다보니 치자 물로 물들인 개나리와 어울려 벚꽃이 한창이다. 다리를 지나며 내려다보니 팔뚝만 한 잉어떼와 한가롭게 노니는 오리가족의 봄나들이가 정겹다. 안양천 건너편에 폐가처럼 길게 늘어서 있는 덕천마을 주변에도 벚꽃이 만발했다.

마을 입구에 들어서면 덕천마을이란 표석이 정겹게 맞아준다. 덕천마을의 원래 이름은 벌터 坪村였는데 안양천 범람으로 많은 수재민이 발생하자 수재민촌으로 불렸다. 이후에 주민들의 반대로 개명하여 샘처럼 덕을 쌓으라는 의미로 덕천德泉마을이라 부르게 되었다.

　사방에 우후죽순처럼 솟는 고층아파트에도 아랑곳없이 단독주택과 연립주택 등 오래된 상가들이 밀집된 이곳은 안양중심에 있다는 것이 놀라울 정도다. 풍물시장을 비롯해 세월의 때가 묻은 골목에 들어서면 오래된 얼굴들이 옹기종기 모여앉아 도담도담 정을 나누던 동네였다.

　덕천마을은 안양도심에 있으면서 가장 노후된 지역으로 재개발로 선정된 지 몇 년이 지났지만 아직도 타결되지 않은 복잡한 난제들로 몸살을 앓고 있다. 이주가 시작되었지만 원주민과의 갈등으로 완전철거가 엉거주춤한 상태다보니 빈집이 늘어나며 병풍처럼 둘러싼 고층아파트 속에 고립된 섬처럼 보인다.

　대로변에는 개발을 반대하는 목소리를 대변이라도 하듯 단결, 투쟁을 앞세운 현수막이 꽃샘추위에 몸부림치고 아직도 떠나지 못한 주민들이 을씨년스러운 마을을 지키고 있다. 몸만 빠져나간 상가 주변과 주택가에는 치우지 못한 가구들과 깨진 유리조각이 뒹굴고 벽과 천장에서 뽑혀 나온 전선줄은 엿가락처럼 늘어져 있다.

　우중충한 마을 주변에도 어김없이 벚꽃이 만발했다. 등나무가 얹혀 있는 그늘막 벤치 주변에 벚꽃 잎이 흩날리며 아직 남아있는 주민들에게 봄을 알린다. 나무 그늘 밑에 삼삼오오 모여 장기도 두고 담소를 나누던 곳에는 화사한 봄빛이 고여 있지만 적막감만 감돌고 벤치에 내려앉은 꽃잎은 몸 둘 바를 모른다.

　몇 년 전만 해도 붐볐던 상가와 평상이 놓인 다세대주택 앞 한쪽 마당 밭에는 임자 없는 시금치, 파가 자라고 아파트 앞에 버리고 간

화분에서는 이름 모를 화초가 봄볕 속에 싹을 틔우고 있다. 아파트 앞을 지키고 서 있는 라일락나무는 얼마 안 있어 꽃봉오리를 열 준비로 부산하다. 인적이 끊어진 이곳은 순찰대와 타는 이도 내리는 이도 없는 시내버스만이 마을 한복판을 기웃거리며 다닐 뿐이다.

일 년 전부터인가, 이주가 시작되었지만 보상협의가 늦어지자 빈집이 늘어나며 우범지역으로 전락되었다. 재개발을 반대하며 빈집을 홀로 지키던 주민이 백골시신으로 발견되는가 하면 추위를 피해 잠을 자던 노숙자가 죽은 것을 한참 후에 발견될 만큼 인적이 드문 덕천마을은 유령이라도 나올 것 같다.

안양천을 따라 걷다보니 석수동 근처 충훈부에서 벚꽃축제가 열렸다. 벚꽃만큼이나 사람들의 표정도 화사하다. 축제장은 통통하게 물오른 꽃봉오리가 터지는 소리로 와자지껄하다. 똑같은 벚꽃이건만 덕천마을에 핀 벚꽃은 미혼모처럼 외롭게 피었다가 쓸쓸히 사라진다. 그러나 축제장의 벚꽃들은 축복 속에 태어난 새 생명을 축하하듯 환호성으로 가득하다.

재개발이라는 명분 아래 떠날 수도 머물 수도 없게 된 원주민들, 생각보다 적게 책정된 건축물 감정평가액에 추가분담금까지 감당하게 된 그들은 떠날 수밖에 없을 것이다. 그들인들 왜 새 아파트를 분양받고 싶지 않을까마는 추가분담금을 낼 수 없는 처지로 정든 집을 떠날 수밖에 없다. 허름한 집일망정 재개발이 아니면 평생을 몸담고 살 수 있던 곳이 아닌가. 내 집을 지키려는 그들의 안간힘이 혈서처럼 쓰인 현수막에 걸려 힘없이 나부낀다.

사람들은 떠나도 마을을 지키고 있는 벚꽃은 자연의 순리대로 꽃을 피운다. 떠날 수밖에 없는 사람들의 사정도, 남아있는 사람들의 형편도 모두 알고 있다는 듯 꽃봉오리를 열고 우중충한 마을을 가로등처럼 환한 미소로 비춘다. 찬 기운이 감도는 벤치에 앉아 쓰레기 더미로 가득한 마을을 훔쳐본다. 아직도 떠나지 못하는 주민들의 마음을 헤아리기라도 하는 것일까, 이곳에 부는 꽃샘바람은 칼바람처럼 매섭기만 하다.

얼마 안 있으면 이곳에 대단지아파트가 들어설 것이다. 안양천과 연결되는 친환경 수경시설이 조성되는 등 안양 최대 규모의 아파트단지가 들어선다니 몇 년 후면 덕천마을은 잊혀질 것이다. 사람들 기억 속에서나마 초고층으로 들어서는 아파트의 높이만큼 덕이 샘솟는 덕천마을로 탈바꿈 할 수 있을까.

노후된 덕천마을이 개발되는 것이 시대의 흐름인지도 모른다. 그러나 재개발한다는 명분으로 폐허 속에서 뜬눈으로 밤을 지새는 주민들의 멍든 가슴은 누가 쓸어 줄 것인가. 어쩔 수 없이 이곳을 떠나야 할 그들의 눈물과 한을 무심히 흐르는 안양천은 기억이나 할까.

숨 돌릴 사이도 없이 사라져 버리는 벚꽃처럼 사람들의 기억 속에서 멀어질 덕천마을의 모습이 눈앞에 아롱거린다. 얼마 안 있어 철거될 마을을 굽어보는 교회 철탑이 기도하는 모습으로 서 있다. 한 자락 불어오는 봄바람 속에 그들의 눈물처럼 벚꽃잎이 쓰레기 더미에 소복이 내려앉고 있다. 🌸

(2013. 04)

빨간 바지

새벽 산행에 더 없이 좋은 오월이다. 거미줄처럼 엉겼던 어둠이 물러나자 연녹색 잎사귀가 하나 둘 깨어난다. 며칠 전 만났던 상수리 나뭇잎은 어느새 어른 손만큼 피어났다. 메마른 일상처럼 풀풀 먼지를 일으켰던 오솔길도 봄비 덕분에 밟는 느낌이 자분자분 살갑다. 얼마 안 있으면 달보드레한 아카시 향기에 이어 밤꽃의 농익은 향이 건조한 아파트를 휘감을 것이다. 초하의 짙은 녹음은 성장한 여인처럼 푸르름으로 온산을 물들일 것이다.

늘솔길을 지나 오르다보면 풀숲 사이로 도담도담 피어있는 들꽃들. 해마다 맞는 오월이고 같은 장소로 오르는 산행이건만 마음에 와 닿는 느낌은 샘솟는 약수처럼 늘 새롭다. 기분 좋게 숨차 오름을 가다듬으며 나무 등걸에 몸을 기대어본다. 눈을 감고 심호흡을 해본다.

숲 속은 새벽을 여는 약간의 부산함 속에 걸으면서 듣지 못했던 미미한 소리들을 들려준다. 새들이 서로 화답하며 포롱거리는 날갯짓 소리, 뿌리로부터 부지런히 초록 물을 길어 올려 우듬지로 오르는 힘찬 소리가 들린다.

밤새 내린 봄비 덕분에 잎사귀에서 뚝뚝 물이 듣는 소리는 얼마나 달콤한가. 얼마 안 있어 새순들은 푸른빛으로 물들어갈 것이다.

땀을 식히는 산들바람이 한차례 불고 간 뒤 나무 사이로 붉은색이 어른거린다. 일정한 속도로 움직이는 붉은빛의 정체를 따라 다급하게 걸음을 옮긴다. 두 번째 약수터까지 다니는 할머니. 몇 년 전부터 우연히 만나게 되었는데, 가벼운 등산화 차림에 늘 빨간 바지 차림이다.

80세 정도로 보이는 할머니는 거의 빠짐없이 산을 오르는데 약수터에서 만나는 등산객들이 '빨간 바지 할머니'라고 부르고 있었다. 할머니는 가벼운 스트레칭과 간단한 운동기구로 몸을 풀곤 했다. 날씨 얘기를 시작으로 사람들의 안부를 묻고 그곳에서 하루를 시작했다.

거의 같은 새벽 시간에 앞서거니 뒤서거니 하면서 할머니를 만나다 보니 간단한 대화까지 주고받게 되었다. 합죽 웃는 할머니 모습이 틀니를 뺀 어머니와 비슷했다. 돌아가신 어머니도 빨간 바지를 즐겨 입었다.

여행 갈 때면 늘 챙기던 어머니의 빨간 바지. 여행에서 찍은 사진 속에 아버님 옆에 선 어머니는 붉은색이 주는 생동감 때문일까, 수학여행 떠나는 사춘기 소녀처럼 들떠 보인다. 빨간 바지는 여행에 대한 동경처럼 보였고, 여행을 나서는 어머니는 부적처럼 자신의 보호색으로 즐겨 입던 것은 아닐까.

정상에 오르기 전 중간쯤에 큰 바위를 만난다. 잠깐 쉬어가라고 손짓한다. 넓은 바위에 앉아 숨을 고르니 머리 위에 산벗나무가 우산처럼 펼쳐있다. 의좋은 삼형제처럼 세 그루가 바위틈에 뿌리를 내리며 해마다 꽃을 피웠다. 강풍으로 쓰러진 두 그루는 다행히 옆으로 쓰러져 바위에 몸을 의지한 채 왕성한 꽃을 피웠지만 나머지 한 그루는 뿌리 밑동이 부러진 채 꽃을 피웠다. 지나가는 길목에 길게 누운 채 연분홍빛 꽃을 피운 벗나무는 마치 피를 토하듯 애처롭게 꽃술을 내밀고 있다.

얼마 안 있으면 영면에 들 산벗나무. 지난여름 곤바스* 강풍으로 아카시나무가 많은 피해를 당했다. 뿌리 채 뽑혀 여기저기 널브러진 나무들 가운데 밑동이 부러진 벗나무는 무슨 생각으로 저렇듯 꽃을 피웠을까. 마지막 남은 생을 부여잡고 꽃을 피우리라는 일념 하나로 힘든 시간을 버텨온 흔적이 역력하다. 처연할 정도로 애잔한 미소를 띠고 있는 산벗꽃에서 어머니 얼굴이 겹쳐진다.

돌아가시기 전, 수술결과가 좋아 한시름 놓았는데 면역이 떨어진 몸에 들어온 균은 오랜 시간을 병상에 머물게 했다. 척추로 들어온 균은 다시 폐에 물이 차게 했고 눕는 것이 점점 힘들어 거의 앉아서 밤을 지새우기 일쑤였다. 중환자실을 몇 번씩 드나들면서도 어린아이처럼 작아진 어머니의 야윈 어깨너머 의연히 버텨온 힘은 어디서 온 것일까. 영면에 들기 전 벗나무처럼 평온한 얼굴로 우리 곁을 떠난 어머니 얼굴이 벗꽃 위로 포개져 온다.

빨간 바지 할머니는 한동안 만나지 못했다. 눈에 띄게 수척한 할머니를 오랜만에 만날 수 있었다. 얼굴이 반쪽이 된 할머니는 여전히 빨간 바지를 입고 힘겹게 산을 내려오고 있다. 많이 아팠다면서 산이 눈에 어른거려 나왔다는 할머니는 숨을 몰아쉬고 있다. 예전의 합죽웃음을 남기며 내려가는 뒷모습에 빨간 바지가 연등처럼 어른거린다.

어둠을 헤치며 오르는 초겨울 새벽 산행은 사람 만나는 것이 섬뜩할 때가 있다. 어둠속에서 만나는 할머니는 손전등보다 더 든든했다. 할머니 뒤를 따라 오르다보면 어느새 아침이 밝아온다. 숨 가쁨 없이 일정한 보폭으로 산에 오르는 할머니를 손전등처럼 비쳐 주는 것은 빨간 바지 때문이 아니었을까.

나이가 들면 붉은 빛을 찾게 되고 붉은 색이 좋아지면 나이가 들었다는 징조다. 중국에서는 붉은색이 경사의 의미로 전통혼례에 많이 사용하고, 사악한 기운을 쫓아낸다고 믿어 궁전과 사당의 벽을 붉은색으로 장식했다고 한다.

여행을 떠날 때면 빨간 바지를 챙기던 어머니와 빨간 바지 할머니. 붉은 색을 통해 퇴색해가는 젊음을 되찾고 싶은 마음일까, 아니면 붉은색이 수호신처럼 지켜 주리라는 생각 때문일까.

투명한 햇살을 머리에 이고 내려오는 오월의 산은 온통 비췻빛이다. 나비잠을 자고난 아이처럼 잔잔하면서도 생동감 넘치는 오월은 흘러가고 있다. 연한 새순들은 빨간 바지처럼 붉은 태양의 기를 받아 얼마 안 있으면 푸른 깃발로 나부낄 것이다. 🦋

(2011. 05)

*) 2010년 제 7호 태풍.

꿈꾸는 발레리나

누리달, 온 누리에 생명의 소리가 가득 차 넘친다는 유월이다.

산 중턱에 오르니 풀기 빠진 식혜 밥처럼 널려있던 아카시 꽃잎은 사라지고 꽃빛이 여문 자리에 나뭇잎은 점점 갈맷빛으로 번져간다. 짙어져가는 녹음을 헤치며 정상에 오르니 초록 양산을 쓴 나무들마다 녹차물이 뚝뚝 떨어질 것만 같다.

유월이 되면 보리가 꼭꼭 여물어가고 밭고랑 사이에는 연한 색을 띤 열무가 웃자라 자리를 지키고 있다. 통통히 살이 오른 열무로 담근 열무김치는 여름철에만 맛 볼 수 있는 별미다. 열무는 '어린 무'를 뜻하는 '여린 무'에서 유래된 것으로 입맛 잃기 쉬운 여름철 우리네 밥상에 흔하게 오르는 식재료다.

열무김치는 뭐니 뭐니 해도 보리밥이 제격이다. 입안에서 오돌오돌 씹히는 보리밥을 양푼에 넣고 알맞게 익은 열무에 고추장을 웃기삼아 쓱쓱 비벼 강된장과 먹는 맛은 고향의 맛이요 추억의 맛이다. 살얼음 띤 물김치로 국수에 말아 먹는 열무김치 국수 또한 여름철에만 맛 볼 수 있는 별미가 아닌가. 열무김치 담글 때면 임 생각이 절로 난다는 옛노래가 있지만, 밥을 갈아 국물을 넉넉하게 열무김치를 담그던 어머니의 손맛이 그립다.

유월의 마지막 날 딸아이가 태어났다. 오월 말이 출산예정일이라 친정에 미리 와 있었는데, 예정일이 가까워도 아무런 징후가 보이질 않았다.

일주일이 가고 열흘이 지나도 감감소식, 출산의 기미가 보이지 않아 병원에서는 태아가 커질 것을 염려하여 몸을 많이 움직이라고 했지만 몸보다 마음이 초조하고 고달팠다. 친정에 가고 싶어서 출산예정일을 잘못 계산한 것이 아닌가 하는 시댁의 눈치를 살피는 것도 심란한 마음을 부채질했다.

흐드러지게 핀 넝쿨장미의 붉은 빛이 사그라들 때, 예정일로부터 한 달이나 늦게 태어났다. 늦게 태어난 것을 증명이라도 하듯 딸아이의 피부는 여느 신생아보다 두껍고 거칠었다. 목욕을 시키는 간호사들이 신생아 피부 같지 않다고 할 정도로.

세상에 대한 두려움 때문일까, 한 달을 더 자궁에 머물던 딸아이는 건강하고 순했다. 출산의 진통보다 더한 기다림 끝에 얻은 생명의 탄생은 꽃다발을 안겨다 주었다. 화폭 안에 꿈을 담고 피어나는 딸아이는 신록의 싱그러움과 함께 늘 유월 속에 머물러 있다.

유월은 꿈꾸는 계절이다. 물오른 나무처럼 신록을 바라보면 나이 들어도 늘 푸른 청춘이다. 꿈이 있을 때 존재감을 느낄 수 있듯이 사람은 나이와 더불어 늙어가는 것이 아니라 꿈이 없을 때 늙어 간다. 꿈을 꾸는 사람만이 나를 변화시키고 세상을 바꾸는 것이 아닐까. 꿈을 향한 열정이 내 삶의 그물망에 포착될 때 나이 들어도 늘 청년이다. 꿈은 우리를 춤추게 하고 세상이 정한 인습에 얽매이지 않고 자신 있게 살아가라고 손짓한다.

얼마 전 김주원 발레리나에 대한 신문기사가 마음에 와 닿았다. 러시아 볼쇼이 발레학교를 우등 졸업한 후 국립 발레단에서 활약하는 그녀는 한국 무용계를 이끌어가는 발레리나다. 손짓하나에, 눈빛 하나에 철학이 깃든 춤을 보여 주고 싶다는 그녀의 야심찬 모습이 감동적이다.

수많은 무용수들의 꿈을 포기하게 만드는 발뒤꿈치 통증증후군이라는 족저근막염을 이기고 정상에 우뚝 선 그녀의 모습은 수면을 비상하는 백조처럼 보인다. 지금도 그 고통에서 벗어나지 않았지만 토슈즈를 벗을 때까지 진심이 담긴 춤을 추고 싶다는 그녀. 몸으로 언어를 표현하는 무용수로서 모든 색깔을 흡수하는 한지처럼 완벽한 춤을 추는 순간 무대에서 내려온다는 그녀는 언제나 꿈꾸는 발레리나다.

산을 오를 때 오르막길을 만나면 잠시 발길을 멈춘다. 숨이 찰 때 바위에 걸터앉아 한숨 돌리고 나면 지나가는 구름과 바람에 흔들리며 나무가 건네주는 이야기를 듣는다. 남루한 생각이 뱀처럼 똬리를 틀 때 벗어놓은 옷처럼 생각을 내려놓으면 오르막길이 힘든 것만은 아니다.

우리네 삶도 언제나 숨 가쁘고 힘든 오르막길만 있는 것은 아닐 것이다. 심호흡을 한 다음 조심스레 발을 옮긴다. 내려오는 내리막길도 만만치는 않다. 자칫 마음을 놓으면 미끄러져 오르막길보다 더 힘든 것이 내리막길이다.

　이제는 나도 조심스레 발을 내딛는 내리막길에 와 있는 것은 아닐까. 백일몽처럼 꾸었던 꿈들, 꿈만 꾸고 매듭지지 못한 것들은 없는지 되돌아본다. 산에서 내려오는 길가, 산비탈에 심어놓은 감자밭이 푸른 물결을 이루고 있다. 노란 꽃술을 내민 감자꽃들이 수줍게 얼굴을 들고 있다.

　무리지어 피어있는 꽃들은 언뜻 불어오는 바람결에 수더분한 아낙네들의 순박한 미소처럼 한들거린다. 감자꽃은 종자를 만들지 못해 잘라 주어야 한다. 감자는 씨감자로 종자를 하기 때문에 구근으로 갈 양분이 뺏기는 것을 막기 위함이다. 튼실한 구근을 위해 꽃으로의 생을 조용히 마무리 할 수밖에 없는 감자꽃을 보니 애처롭다.

　탱글탱글 여물어가는 꿈을 키우기 위해 자신을 버리는 감자꽃, 더 큰 꿈을 향해 머리를 숙이는 감자꽃은 꿈꾸는 발레리나다. 🍂

(2012. 06)

향기로 기억되는 이름

염소 뿔도 녹는다는 대서다. 한차례 뿌리고 간 소나기 덕분에 무더
위가 한 풀 꺾였지만, 김 오른 물솥처럼 후덥지근하다.

오랜만에 시내버스를 탔다. 더위 탓인지 사람들은 별로 없고 에어컨
바람이 서늘하게 온몸을 식혀준다. 피서의 한 방법으로 볼 일이 없어
도 시원한 버스를 이용하거나 큰 상점에 들어가 잠깐 더위를 식히는
것도 좋을듯싶다.

머리 위에 쭈뼛할 정도로 에어컨 바람이 시원하게 내뿜어댄다. 학
창시절 콩나물시루 같던 통학버스가 생각난다. 창문을 다 열어 놓고
달려도 후덥지근한 바람과 만원버스에 시달리다보면 쥐어짠 행주처럼
후줄근한 모습으로 내리던 기억들이 새롭다. 버스 차창 너머 매지구름
한 떼가 흘러가고 필름처럼 스쳐가는 거리의 간판들은 연병장에 줄지
어선 입대병같다.

상점을 나타내는 간판의 종류도 다양하다. LED간판, 정면간판, 네온관을 이용한 네온사인과 선간판, 스티커간판, 현수막 등으로 설치한 간판은 상점의 얼굴이다. 간판은 상점의 특성을 살려 판매의욕을 돋군다.

그러나 사방을 간판으로 도배한 건물 벽은 덕지덕지 껴입은 노숙자처럼 볼품없다. 한 건물 안에 여러 상가가 모여 있는 곳은 간판 자리 다툼이 치열하다. 눈에 잘 띄는 곳에 자신을 내보이려는 욕심이 그대로 노출되는 현장이다. 상점을 위해 설치한 간판은 벽에도 모자라 창호에서부터 선간판까지 그야말로 간판 전성시대다.

색채조화나 도시경관을 무시한 채, 시각적 광고 효과를 내기 위해 건물이 지닌 여백의 미는 찾아보기 힘들다. 그뿐인가, 아파트마다 연기처럼 스며든 스티커간판은 속수무책이다. 아파트 벽이나 문에 붙어있는 스티커는 스토커처럼 떠날 줄 모른다.

24시간 영업으로 불야성을 이룬 도심의 밤은 불빛으로 밤낮이 없다. 밤새도록 현란한 불빛으로 사람들의 발길을 사로잡고 있는 간판의 모습은 잠 못 이루며 뒤척이는 불면증 환자처럼 피곤해 보인다.

간판은 도시의 얼굴이며 거리의 표정이다. 건물의 특징을 잘 살려 걸려있는 간판은 작품이다. 얼마 전부터 많이 정비되어 예전보다 많이 좋아졌지만 무분별한 간판의 모습은 큰소리부터 내는 입만 무성한 사람을 보는듯하여 씁쓸하다.

아름다운 간판으로 유명한 오스트리아 게트라이데 거리. 거리마다 끊이지 않는 선율 속에 모차르트 생가가 있는 잘츠부르크의 게트라이데 거리는 철 세공간판으로 유명하다. 중세의 흔적이 남아있는 도시의 창가에는 형형색색의 제라늄 꽃이 늘어져 간판들과 색다른 조화를 이룬다.

상점마다 독특한 문양으로 걸어놓은 철 세공간판은 200여 년이 넘는 것도 있어 그 자체가 예술작품이다. 장인의 솜씨로 만들어지며 판매하는 상품의 모양을 문양으로 내걸어 글자를 모르는 문맹인도 알아볼 수 있도록 만든다고 한다.

바로크양식과 고딕양식의 건축물이 절묘한 조화를 이루며 개성이 넘치는 간판은 건물을 한층 돋보이게 해준다. 미로처럼 좁은 골목 사이에는 꽃집과 보석가게, 카페들이 예쁜 간판을 내걸고 관광객의 발길을 상점 안으로 끌어들인다. 간판 하나에도 장인정신과 남을 배려하는 마음이 깃든 것을 보며 간판 자체가 인격이란 생각까지 든다.

간판이 상점을 나타내는 이름표라면 우리가 지닌 이름은 나를 나타내는 간판이 되는 셈이다. 이름은 자신의 존재를 알려준다. 호랑이는 죽어서 가죽을 남기고 사람은 죽어서 이름을 남긴다고 하지 않는가.

역사를 빛내는 이름이 있는가 하면 오명을 남기는 이름도 있다. 생각만 해도 가슴 설레는 그리운 이름이 있는가 하면 기억에서 지우고 싶은 것도 있을 것이다.

변절자의 아이콘으로 알려진 신숙주. 숙주나물을 볼 때마다 그의 이름이 생각난다. 세종대왕 때 집현전 학자로 훈민정음 창제에 기여한 덕망 높은 그는 성삼문과 더불어 왕의 총애를 받았다.

세종은 몸이 허약한 문종을 걱정하여 두 신하에게 손자인 단종을 잘 보살펴 줄 것을 당부했다. 그러나 신숙주는 수양대군을 도와 단종 복위사건으로 변절자의 오명을 남겼다. 절개를 지킨 성삼문은 사육신의 한사람으로 역사에 길이 남는 인물이 되었고 신숙주는 숙주나물처럼 잘 변하는 변절자의 오명을 남기지 않았는가.

백령도에 위령탑이 세워졌다. 천안함 사건으로 잠든 46용사를 기리는 위령탑이 그들의 이름과 함께 세워졌다. 동판에 새겨진 아들의 이름과 얼굴 부조상을 쓰다듬으며 멍든 가슴을 쓸어내리고 오열하는 유족들의 모습은 푸른 바다 빛보다 더 진하다. 부모들의 가슴에 영원히 지워지지 않는 모습으로 위령탑에 이름을 남기고 바다에 젊음을 묻은 그들은 호국의 상징으로 기억될 것이다.

이름은 자신을 내보이는 명함이다. 내게 붙여진 이름의 의미보다 향기로 기억되는 이름을 지니고 싶다. 내 이름을 기억하는 사람들에게 들꽃 같은 향기를 남길 수 있는 이름이 되고 싶다. 죽은 사람보다 불쌍한 사람은 잊혀진 사람이라고 한다. 빛나는 이름보다는 잊혀지지 않는 이름이 되어야 하지 않을까.

밤을 새워 우는 벌레는 부끄러운 이름을 슬퍼하는 까닭이라고 말한 윤동주의 시구처럼, 남의 눈에 잘 보이려는 대형간판보다 소박한 향기로 기억되는 이름을 지니면 어떨까. 🦋

(2010. 07)

영주의 가을

철마다 떠나는 답사여행은 박카스다. 봄에는 왕벚꽃이 흐드러진 서산 개심사에서 흘러가는 봄을 붙잡고, 여름에는 부여 무량사 느티나무 그늘에서 더위를 삼키고 이번 가을에는 영주 부석사로 향한다. 가을을 닮아가는 나이 탓일까, 이맘때면 계절병을 앓는다. 낙엽처럼 흔들리는 마음을 다독이며 길을 나선다.

영주 부석사 가는 길, 황금꽃 비가 내리는 은행잎 가로수 길을 상상만 해도 즐거웠다. 간간히 비쳐드는 가을 햇살에 처연할 정도로 붉은 빛을 발하는 단풍을 만날 생각만 해도 마음이 설렜다. 무량수전 배흘림기둥에 기대서서 소백산 능선에 울려 퍼지는 일몰의 종소리는 상상만 해도 가슴 벅찼다.

영주 가는 길, 가을걷이가 끝난 들녘에는 나른한 햇살이 한 줌 내려와 썰물처럼 밀려간 들판을 비쳐준다. 스쳐가는 차창너머 아직 거두지 못한 사과들이 꽃처럼 매달려 사과의 고장인 영주에 왔음을 알린다. 깊어가는 가을볕을 더 받아서일까, 새색시 볼처럼 발그레한 사과빛이 곱다.

선비문화의 산실인 선비촌에 들러 점심을 먹고 산책에 나선다. 가을빛이 곱게 내려앉은 담장을 따라 선비들이 살던 고택을 둘러보니 어디선가 낭랑하게 글 읽는 소리가 들려올 것 같다. 죽계천을 따라 소수서원 가는 길, 융단처럼 짙게 깔려있는 만추의 늦은 볕이 마중 나온 친구처럼 어서 오라고 손짓한다.

죽계천 주변 울창한 노송 숲은 붉은 단풍과 어우러져 갈수록 점입가경이다. 죽계천을 마당 삼아 소나무에 둘러싸인 고풍스런 정자, 취한대翠寒臺가 고즈넉한 모습을 드러낸다. '취한'이란 푸른 연화산의 기운과 맑은 죽계의 시원한 물빛에 취하여 시를 짓고 풍류를 즐긴다는 뜻이다. 퇴계 이황이 손수 터를 닦고 소나무와 잣나무, 대나무를 심었다는 이곳에 죽계천을 굽어보며 정자에 앉아 시를 짓고 학문을 논하며 풍류를 즐겼던 선생의 모습이 절로 떠오른다.

죽계천을 가로지르는 징검다리를 지나니 소수서원 가기 전 울창한 소나무 숲 사이로 두 개의 돌기둥이 건장한 남자처럼 마주보고 서 있다. 숙수사지 당간지주, 통일신라시대에 세워졌다는 숙수사는 간데없고 당간지주만이 홀로 남아 있다. 그 흔한 석탑이나 부도도 한 점 없이 절터임을 알려주는 당간지주 앞에 서니 시공을 넘나드는 시간의 흔적 앞에 가슴이 먹먹해진다.

숙수사는 조선 세조 때 단종 복위 거사 역모의 장소가 된 연유로 폐찰 되었다. 정축지변 당시 소실된 것으로 소수서원 내에 잔해가 남아있으며, 주초석의 크기로 볼 때 경주의 황룡사와 크기가 같았으리라고 추정될 뿐이다.

당간은 절에서 법회나 의식이 있을 때 깃발을 달아두는 기둥으로 당간을 달기 위해 두 개의 지주를 세운다. 당간지주는 흔히 화강암으로 만드는데 당간지주를 세움으로 그 주변이 사찰임을 표시하는 일종의 불교건축물이다. 보물 59호로 지정된 숙수사지 당간지주는 높이가 3.65m로 기단부가 거의 파손되어 지주만이 홀로 천년의 세월을 묵묵히 지키고 있다.

장승처럼 홀로 서 있는 당간지주는 붉은 주단에 금빛으로 수놓은 부처님 말씀을 전하기도 하고, 행사가 있을 때에는 그 깃발을 힘차게 휘날리기도 했으리라. 사람들은 깃발을 쳐다보며 절을 드나들고, 길 가던 나그네는 목마른 목을 축였으리라. 당간을 받치고 있던 지대석조차 볼 수 없는 당간지주는 하 많은 세월 속에 죽계천을 핏빛으로 붉게 물들였던 순흥의 역사도 기억하고 있으리라.

우리나라 최초의 사립대학이라고 볼 수 있는 소수서원, 원래 주세봉이 백운동서원을 세웠는데 나중에 이름이 바뀐 것이라 한다. 소수서원 안에는 명륜당을 비롯하여 직방재와 일신재, 유생들이 기거하며 공부하는 학구재와 지락재 등 강학을 위한 공간과 제향을 위한 공간들로 배치되어 있다. 강학당을 돌아 나올 때 호연지기를 키우던 유생들의 기운이 아직도 맴도는 듯하다.

노송들 사이에 보호수로 지정된 은행나무가 장관이다. 둘레의 넉넉함만으로도 노거수임을 한 눈에 알 수 있다. 유실수 중에서 가장 오래 산다는 은행나무, 500년 수령을 자랑하듯 가지가 휘어질 정도로 은행을 매달고 있는 나무 옆에 경렴정景濂亭이란 정자가 보인다. 서원정자로는 가장 오래된 곳이라고 한다. 그곳에서 유생들은 글을 읽다가 머리를 식힐 겸 죽계천을 내려다보며 휴식을 취했으리라. 정자 옆에 서서 바라보니 죽계천 건너 오색 단풍에 얼룩진 취한대의 가을은 농익은 여인처럼 냇물을 짙게 물들이고 있다.

부석사 저녁예불 소리를 듣기 위해 발걸음을 재촉한다. 일주문을 지나니 사찰 주변에 흔히 볼 수 있는 낙락장송 대신 지천으로 깔린 은행나무 가로수가 뒤늦은 오후의 잔 볕을 부여잡고 있다. 금박으로 수놓은 은행잎을 밟는 감촉이 살갑다. 예불소리를 듣기 위해 경내로 들어서니 한적한 오후의 부석사는 넉넉한 여인의 치마폭처럼 맞아준다.

천왕문을 지나자 부석사 전경이 한 눈에 들어온다. 양쪽에 단아한 모습으로 서 있는 3층 석탑과 저 멀리 안양루 너머 부석사의 극락인 무량수전이 모습을 드러낸다. 숨을 몰아가며 가파른 계단을 오르니 무량수전의 우아한 모습이 후광처럼 빛난다.

우직한 사내처럼 우뚝 서 있는 배흘림기둥과 빛바랜 단청이며 문창살들, 문지방 하나에도 천 년의 신비가 살아 숨 쉰다는 무량수전은 참선에 든 노승처럼 묵묵히 좌정하고 있다. 경내에는 무량수전을 비롯한 조사당벽화와 석등 등 국보급 보물과 문화재들이 수두룩하다.

붉은 노을의 여운과 함께 안양루에서 내려다보이는 소백연봉의 풍광은 가히 일품이다. 넋을 놓고 겹겹이 펼쳐진 능선을 바라보고 있자니 저녁예불을 알리는 스님이 내려온다. 부석사는 법고루와 범종각을 따로 두었는데 법고루에는 법고와 목어, 운판이 걸려있다.

법고를 두드리는 스님의 북채는 소백산맥을 가르듯, 허공을 넘나들며 깊어가는 산사의 어둠을 가른다. 추임새를 넣어 북채를 두드리는 법고소리가 저 멀리 소백산맥 능선에 닿았다가 되돌아와 다듬이질 하듯 마음을 두드린다.

녹말 앙금처럼 남아있는 응어리진 마음조차 비울 것 같은 저 소리, 법고에 이어 운판을 두드리고 목어를 두드리는 소리는 하늘에서부터 바다 속 깊이 퍼져 나간다.

산사의 밤은 점점 깊어가고 종소리의 여운을 뒤로한 채 내려오는 길, 갑자기 눈앞에 숙수사지 당간지주가 떠오른다. 천 년을 하루같이 묵묵히 서 있던 당간지주, 유한의 삶을 살 수밖에 없는 우리에게 천 년이란 시간은 어림짐작이 안된다.

긴 세월을 지켜온 당간지주처럼 나를 지켜준 지주는 무엇일까. 든든한 버팀목으로 내가 가는 길을 지켜주는 지주는 어떤 것인가. 이런 저런 상념 속에 지금껏 흔들리지 않게 이끌어준 지주가 눈앞에 어른 거린다. 지척을 구분하기 힘든 어둠 속에서 두 개의 돌기둥이 우뚝 서서 나를 바라보는 것 같다.

눈앞에 떠오르는 당간지주를 따라 도둑처럼 짙어가는 어둠을 헤치며 산사를 내려온다. 차가운 밤공기 속에 다 비워낸 뱃속처럼 홀가분해진 이 기분, 그것은 착각일까. 🍃

(2012. 12)

하필이면

수능이 얼마 남지 않았다. 입시철만 되면 수험생과 부모들의 긴장 지수는 바이올린 현처럼 팽팽하다.

얼마 전, 교통체증으로 지각 할 뻔 한 수험생이 경찰 사이드카 옆에 보조로 된 오토바이를 타고 정문에 무사히 도착하는 모습을 보았다. 길옆에 있던 사람들은 박수를 보내며 응원하는 광경을 보니, 입시철이면 아련하게 떠오르는 기억 저편에 내 모습이 떠오른다.

교통편이 불편하고 멀어 대학 입시 전날 큰댁에서 지냈다. 큰어머니는 편히 쉬라지만 잠이 오질 않았다. 심란한 마음을 가라앉히고 잠을 자려는데 별안간 산불 난 것처럼 밖이 환해졌다.

북악산 밑 부암동 산 중턱에 있는 큰집에서는 청와대가 멀리 보였다. 내려다보이는 청와대 뒷산은 야간경기장처럼 환했다. 하늘도 아닌 산에서 불꽃놀이는 아닐 테고, 무슨 일이 벌어졌는지 섬뜩한 생각이 스쳤지만 별다른 뉴스속보도 없어 뒤치락거리며 잠을 청했다. 나중에 안 일이지만 청와대 뒷산에 조명탄을 터트린 것이었다.

입시 전날인 1968년 1월 21일, 북한 무장공비 침투사건이 벌어졌다. 휴전선을 넘어 특수훈련을 받은 무장특공대가 청와대 근처까지 침투한 것이다. 대통령을 암살하기 위해 침투된 그들은 민간인과 경찰에게 온갖 만행을 저질렀다. 29명은 사살되었고 한 명만 생포되었는데 그가 바로 김신조였다.

입시 날, 그런 사실도 모른 채 큰어머니와 오빠랑 일찍 집을 나섰다. 비탈진 길을 내려와 큰 길에 이르니, 전쟁영화에서나 본 듯한 완전무장한 군인들이 100m 간격으로 장승처럼 서 있는 것이 아닌가. 도대체 무슨 일이 벌어진 것일까. 전쟁이라도 난 것일까, 세상이 온통 바뀐 듯했다. 장총과 기관총을 어깨에 멘 그들은 소나무 잎이 꽂힌 철모에 키만 한 배낭을 짊어지고 앞길을 막았다.

가슴이 철렁했다. 얼굴에는 검은 칠과 복면을 하고 수험생을 제외한 모든 사람들의 통행을 막았다. 이유를 물어도 묵묵부답이었고 수험장까지 동행하려던 큰어머니는 할 수 없이 발길을 돌렸다. 택시는 물론, 버스 등 모든 교통수단은 완전 봉쇄되었다.

그런 와중에서도 시험 걱정이 우선이었다. 시험을 못 보면 어쩌나 하는 초조감만 앞섰다. 그들은 수험생들에게 중앙청까지 걸어가라고 했다. 그곳까지 가면 수험장까지 데려다 준다는 말이 전부였다. 부암동에서 중앙청까지 걸어가라니 앞이 캄캄했다.

그러나 시험을 봐야 한다는 일념으로 뛰기 시작했다. 달리는 것보다 멈추기를 더 하는 내게 수험생인 오빠가 힘이 되었다. 자하문 고개

를 넘을 때 입시추위를 실감했다. 뼛속까지 파고드는 추위는 견디기
힘들었다.

한참을 뛰다보니 비 오듯 땀이 흐르고 숨은 턱까지 차올랐다. 시험
시간은 얼마 남지 않고 두려움이 먹구름처럼 밀려왔다. 오늘을 위해
준비한 시간들이 얼만데, 시험도 못 볼 것만 같은 생각이 들자 온몸에
기운이 쭉 빠졌다.

쥐어짠 걸레처럼 후줄근한 모습으로 중앙청 앞에 도착하니 수십 대
의 경찰 사이드카가 대기하고 있었다. 땀으로 범벅이 되어 달려 온 수
험생들을 한 사람씩 태우고 총알같이 입시장으로 달렸다.

얼굴도 모르는 낯선 남자 등에 기대어 난생처음 달려 보는 사이드
카. 국빈을 호위할 때 본 흰색의 사이드카에 몸을 싣고 달리자 등줄기
에 흐르던 땀이 달리는 속도로 싸늘하게 식어 등이 오싹하고 얼굴은
덜덜 떨렸다.

학교 앞에 도착하자마자 문이 닫혔다. 그 사건으로 수험장마다 시
험 시간이 늦춰져 있었다. 시험은 시작되었지만 보이는 건 백지와 검
은 글씨 뿐, 문제가 눈에 들어오질 않았다. 시간이 지날수록 온몸은
물에 젖은 솜뭉치처럼 무거웠고, 깊은 늪 속으로 혼곤히 빠져들기만
했다.

예상은 했지만 낙방했다. 안정권으로 간 학교에 떨어졌다는 것이
도무지 믿기질 않았다. 담임선생님과 친구들이 던지는 뜻밖이라는 말
과 측은한 듯 바라보는 눈빛은 더욱 견디기 힘들었다. '학교 운'이 없
어서라고 쉽게 던지는 말도 위로가 되지 않았고 나 혼자만 외딴섬에
고립된 느낌이었다.

어깨가 휠 정도로 무거운 가방을 들고, 학교로 학원으로 동분서주하며 공부한 시간들이 주마등처럼 스쳐갔다. 숙어 단어장을 머리맡에 두지 않으면 불안할 정도로 매달린 시간들이 너무 허무했다. 얼굴에 버짐이 필 정도로 고생한 대가가 고작 몇 시간 동안 벌어진 일에 대한 결과라는 것이 용납되지 않았다. 하필이면 입시 전날 큰댁 근처에서 벌어진 사건이 야속했다.

대학에 들어가면 하고 싶은 꿈들이 많았다. 대학생활에 대한 청사진을 그리며 힘든 시간과 씨름했는데 낙방에 대한 자존심은 동창들과의 만남도 외면했다. 재수는 안된다고 고집하는 부모님 설득에 마지못해 2차 대학에 진학했다. 전공과목은 영양식품학과였다.

그 당시는 대학진학이 취업 위주가 아니다 보니, 신붓감으로 인기 높은 가정학을 전공했지만 문학에 대한 미련을 버릴 수가 없었다. 국문과와 영문과 학생들이 만든 시창작 동아리 활동을 하면서 대학생활에 차츰 흥미를 갖게 되고 마음 한 자락 자리 잡았던 먹구름도 서서히 물러갔다.

동아리반 회원들과 계절마다 떠나는 문학기행도 상처를 치유해 주었지만, 전공과목 중 가장 즐거운 것은 조리시간이었다. 1차 시험에 대한 낙방으로 별생각 없이 선택한 가정학이었지만 음식을 통해 전해지는 마음의 전달이 얼마나 소중한 것인가를 배웠다.

음식은 소통이다. 음식을 나누면서 조리법과 요리에 얽힌 대화를 나누다보면 음식을 만든 사람의 마음을 읽게 된다. 요리는 정확한 계량으로 만들어야 한결같은 맛을 낼 수 있다. 습관대로 대충 눈짐작으로 하다보면 일정한 맛을 유지하기 힘들다. 무엇보다 중요한 것은 정성이 깃든 음식이 최고의 요리비결이다. 음식을 만들면서 살아가는 양념을 배운 셈이다.

음식은 먹기 위한 수단만이 아니라 정을 나눈다. 요즘 흔히 쓰는 말 중에 '밥 한번 먹자'는 표현은 얼마나 정겨운가. 실패했다는 좌절감으로 혼자만의 성역을 지키던 나는 음식을 배우면서 다른 사람들과 차츰 소통하기 시작했다.

40여 년이 지난 지금도 입시철이 되면 복병처럼 도지는 기억들. 내 의지와 관계없이 벌어지는 뜻밖의 일들이 인생사라는 것을 알기까지 많은 시간이 흘렀다. 아스팔트처럼 순탄한 길이 있는가 하면 흙먼지 풀풀 나는 비포장도로도 있다는 것을 알기까지 많은 세월이 흘렀다.

대학에 떨어지지 않았다면 지금쯤 어떤 모습일까. 낙방으로 인한 가정과 선택은 교직을 통해 많은 제자들과 소통하게 했다. 가끔씩 연락을 주는 제자들은 조리 실습시간의 즐거운 추억들을 끄집어낸다.

이제는 입시철이 되어도 춥지 않다. 흉터처럼 남아있는 기억을 더듬으며 뒤늦게 붙잡은 문학의 끈과 내 삶에도 정성과 소통이라는 양념을 넣어본다. 🦋

(2013. 01)

Mr. Lee

설 연휴, 눈 내린 미술관 오르막길은 바늘 떨어지는 소리도 들릴 만큼 한적하다. 옹색한 시야를 벗어나니 눈이 덮인 숲 속 오솔길은 오롯이 내차지다. 과천 현대미술관 상설전시관의 '하이라이트 투어'는 평소 지나치던 작품들을 눈여겨볼 수 있는 여유를 주었다.

카페 발코니에서 차를 마시며 내려다보니 흰옷으로 갈아입은 소나무 숲은 소복한 여인 같다. 모처럼의 느긋함을 즐기며 마시는 커피 잔 속에 작품에 대한 해설사의 설명이 어른거린다. 연휴를 맞아 여유롭게 시작된 일정이니만큼 혼자 즐기는 맛도 되새길 겸 작품들을 다시 돌아본다.

전시실 중앙에 길게 전시된 철제조각작품. 「Mr. Lee」라는 명제가 붙은 작품이 눈에 들어온다. 멀리서 본 작품의 실루엣이 공룡 모습처럼 보이던 그 작품을 지나칠 뻔 했다. 샐러리맨 연작시리즈 중 하나로 샐러리맨의 힘든 모습을 긴박한 표정으로 표현하고 있다. 깡마른 남자가 놀란 표정으로 입을 벌린 채 앞을 향해 달리는 모습이 인상적이다.

일그러진 얼굴과 두 팔을 쭉 펴고 무언가를 움켜쥐려는 큰 손이 눈길을 끈다. 밑으로 쳐진 넥타이와 인체를 과장시켜 쭉 뻗은 팔과 다리 선 사이로 흐르는 공간의 여백에서 묘한 비애감마저 느낀다.

구두를 신은 발 하나를 높이 쳐들고 어디론가 달리는 모습은 무한 경쟁궤도에서 살아남기 위한 샐러리맨의 애환을 보여준다. 반복되는 평범한 삶의 순간순간이 늘 극점의 시작처럼.

조각가인 구본주는 서민들의 애환과 삶의 질곡을 예술로 승화시켰다. 이 작품은 쓰나미처럼 밀려든 세계화의 물결에 부유하는 우리들 모습을 들여다보게 한다.

직장에 출근하기 전, 새벽부터 외국어학원은 문전성시를 이룬다. 휴식시간이나 운전을 하면서도 이어폰을 낀 채 외국어를 배우는 것이 기본이 되었다. 외국어 구사의 능통함이 취업의 지름길이 된 현실을 외면하기 힘들고 어학연수는 보편화 된 현실이다. 취업조건으로 해외 연수자를 우선시 한다고 하니 예전에 비해 어학 연수하는 모습을 흔히 본다.

직장에서 도태되지 않으려는 필사의 노력은 어려서부터 길들여진 입시경쟁의 타성이 아닐까. 조기교육의 효능성을 증명이나 하듯, 한참 웃고 뛰놀 아이들은 걷기도 전에 비상할 날개 준비에 익숙해야 한다. 명문대가 출세의 지름길이라도 되듯, 함박 피어날 모란꽃 같은 사춘기 시절의 꽃봉오리는 생기 없는 얼굴로 피어난다. 초등학교부터 해외로 조기 유학하여 본의 아니게 이산가족이 된 기러기 아빠들 모습도 쉽게 본다.

결혼조건도 맞벌이가 당연하게 되었다. 여고 시절, 너나 할 것 없이 장래희망을 현모양처로 내세웠던 시절은 옛말이 되었다. 남편의 경제력에 부가가치를 높일 수 있는 배우자를 우선하는 것이 상식이 되었다. 며느리가 가장 선호하는 시부모 조건이 평생 연금을 받는 것이란다. 우스갯소리지만 연로한 부모에 대한 책임을 덜기 위한 약삭빠른 계산이 선택의 기준이라니 씁쓸하다.

작년에 비해 유난히 굽어진 아버지의 등을 바라본다. 뒷모습을 보여주는 등은 솔직하다. 등은 삶의 연륜마저 느끼게 한다. 떡 벌어진 어깨 사이로 기둥처럼 버티고 있는 젊은 날의 활기찬 등은 솟을대문처럼 믿음직스럽다.

자신감이 없어지고 의기소침할수록 움츠러드는 등의 간격이 나이 탓만은 아닐 것이다. 가족이란 굴레에 버거운 짐을 지고 경쟁하며 살아온 아버지 모습이 구부러진 등에 고스란히 남아있다.

올해는 유난히 한파가 심했다. 눈도 많이 오고 연일 계속되는 한파 특보는 몸과 마음까지 얼어붙게 한다. 입춘이 지나니 땅의 기운도 달라지고 먼발치에서 봄이 오는 발자국 소리가 자분자분 들린다. 어김없이 찾아드는 자연의 순리처럼 고단한 Mr. Lee 얼굴에도 봄은 찾아들 것이다.

월정사 숲길에서 만난 전나무처럼, 잎을 떨어뜨린 나목이 아름다운 눈꽃을 피우듯이 자유롭게 비상할 줄 아는 Mr. Lee 모습이 거리마다 넘칠 수는 없을까.

쉬지 않고 뛰는 장거리 마라톤 선수처럼 달리지 않으면 처지는 현

실을 외면하기는 어렵다. 그러나 작은 새의 푸릇푸릇한 날갯짓과 새순
이 돋아나는 미미한 소리, 꽃잎이 벌어지는 떨림의 순간들을 눈여겨보
았으면 좋겠다. 그들의 어깨 위에 머문 봄빛의 가벼움과 생동하는 그
빛이 얼마나 가슴 두근거리게 하는지 느꼈으면 좋겠다.

  철제작품의 「Mr. Lee」처럼 앞만 보며 죽어라 하고 달리는 모습보
다는 옆과 뒤도 돌아볼 줄 알고, 여유롭고 습습한 모습을 한 Mr. Lee
를 봄이 오는 길목에서 만날 수는 없을까. 🌸

(2011. 02)

아프리칸 바이올렛

　먼발치에 봄기운이 완연하다. 오랜만에 양재동 꽃시장에 들르니 꽃샘추위에도 저마다 화색을 드러낸 봄꽃들이 눈길을 사로잡는다. 가랑코에, 랜디, 애기별꽃과 베고니아 등 봄꽃이 한창이다. 아기 얼굴처럼 솜털이 보송송한 잎사귀 사이로 꽃망울을 터뜨리고 있는 바이올렛이 봄빛처럼 화사하다.

　아프리카 열대지방이 원산지인 바이올렛은 홑겹을 비롯해 반 겹꽃, 겹꽃 등 다양한 화형으로 화색 또한 흰색, 핑크색, 자줏빛, 청자색 등 수십 가지다. 바이올렛을 처음 본 것은 친구 집이었다. 베란다 가득 폭죽처럼 만발한 꽃들은 반상회가 한창이다. 다양한 화색에 이끌려 여러 가지 잎들을 분양받아 키우게 되었다.

　잎사귀는 물 컵에 꽂아 둔지 한 달 만에 뿌리를 내렸다. 배수가 잘되는 질석에 옮겨 심은 지 두 달 만에 떡잎이 나며 한가족을 이룬다.

꽃이 귀한 겨울에도 화사한 꽃을 볼 수 있는 바이올렛은 제비꽃 모양의 귀화식물이다. '영원한 사랑'이란 꽃말을 지닌 바이올렛은 이루지 못한 사랑의 애절함을 갖고 있다.

그리스 신화의 제왕인 제우스가 강의 신인 이나코스의 딸 이오를 보고 첫눈에 사랑에 빠졌다. 그들의 사랑은 제우스의 아내인 헤라의 질투로 인해 깨지게 되었지만 제우스는 아내의 눈을 피해 사랑하는 이오를 암소의 모습으로 바꾸어 놓았다.

암소가 된 이오를 위해 제우스는 사랑의 표현으로 하트모양의 풀을 먹게 하였는데 헤라의 질투심은 이오를 별로 만들었다. 별이 된 이오를 그리워하던 제우스는 영원한 사랑을 보여주기 위해 하트모양의 풀잎에 꽃을 피운 것이 바이올렛이라고 한다.

물컵에 꽂아두니 파뿌리처럼 하얗게 뿌리를 내렸다. 잎사귀에서 내리는 뿌리를 보니 그녀가 떠오른다. 교직에 있을 때 직접 담임을 맡지는 않았지만 검은 눈동자가 유난히 깊던 제자였다. 신앙심이 깊은 그녀는 졸업 후 신학을 전공했다. 졸업여행으로 떠난 터키 성지순례에서 잃어버린 카메라가 인연이 되어 이스탄불 청년과 사랑에 빠져 결혼했다.

이슬람권인 그곳에서 선교사의 꿈을 안고 살아가는 그들의 삶은 순탄치 않았다. 기독교가 처음으로 뿌리를 내린 곳이지만 국민의 98%가 이슬람교인 터키에서 뿌리를 내릴 수 없어 한국에 귀화하여 정착했다.

몇 년 후, 신앙 간증에서 만난 부부의 모습은 하트 모양의 바이올렛 잎처럼 싱싱했다. 옹기종기 맺힌 바이올렛 꽃망울처럼 두 아들을 키우며 꿈을 이루어 가는 제자의 모습은 볼수록 대견했다.

사거리 지나 모범이발관 앞에는 양말 파는 이동카가 있다. 작은 트럭을 개조한 그 안에는 수십 가지의 양말들이 빈틈없이 걸려 있다. 눈매가 서늘한 외국인 주인은 주차금지를 위해 박아 놓은 말뚝을 의자 삼아 지나가는 행인들의 발만 쳐다보곤 했다. 말이 통하지 않아 서툴게 시작한 장사지만 이젠 단골도 많이 생기고 한국어도 유창하게 구사한다. 언젠가 배가 부른 한국인 아내가 양말을 팔고 있었다. 바이올렛 잎사귀에 내린 뿌리처럼 '가정'이라는 뿌리를 보는 듯 마음이 푸근했다.

　얼마 전에 베란다에 있던 바이올렛이 탐스럽게 꽃을 피웠다. 연보라빛의 꽃망울이 스무 개 정도 맺혔는데 잎사귀 사이에서 비집고 올라와 근 한 달간이나 꽃을 피웠다. 시든 꽃은 곧 따주지 않으면 잎사귀에 얹혀 곰팡이가 피고 잎사귀도 시들면 바로 따주어야 한다.

　실내화초의 여왕이란 별명답게 바이올렛은 추운 겨울에도 실온만 적당히 유지해주면 사시사철 꽃을 피운다. 꽃집을 지나다가 새로운 품종의 바이올렛을 보면 사서 키우곤 했다.

　식물이나 사람도 뿌리를 내리며 살아가는 것이 어디 쉬운 일인가. 내가 몸담고 있는 직장에 다문화 가정을 이루며 사는 분들이 있다. 자연 그들의 삶을 들여다보게 된다. 베트남에서 시집온 지 몇 년이 지났음에도 언어나 기후, 문화적 차이로 어려움을 겪는 모습을 종종 본다. 아이를 키우며 이곳에서 뿌리를 내릴만한데 이곳에 정착하기보다 베트남으로 다시 가기를 원한다.

　다문화 가정은 점점 늘어나고 있는데 가장 큰 어려움은 언어의 소통인 듯했다. 한국어를 모르는 채 시집을 와서 말을 익히기도 전에 임

신과 출산으로 아이들과의 언어소통이 힘들 수밖에 없다. 그뿐인가, 가족이나 고부간의 갈등 등 대화의 결핍으로 겪는 그들의 고통은 한 두 가지가 아니다.

언어소통이 어렵다 보니 취업도 어렵고 다문화 가정을 바라보는 사회적 편견도 무시할 수 없다. 여러 가지 어려움을 안고 이곳으로 온 그들에게 베푸는 작은 관심과 배려가 바이올렛처럼 화사한 꽃을 피울 것이다.

분양한 바이올렛 잎이 새순을 틔웠다. 뿌리를 내리는 힘든 과정이 지나면 꽂아둔 흙에서 새순이 나는 것이 신비롭다. 새순이 잘 자라려면 적당한 영양을 주어야한다. 온도와 습도만 잘 조절해주면 추운 겨울에도 꽃을 피운다. 먼 아프리카 지방에서 넘어와 귀화한지 50여 년이 넘는 아프리칸 바이올렛은 개량한 품종이 수백 가지가 넘는다.

연약한 잎사귀를 통해 퍼져 가는 바이올렛처럼 귀화한 제자의 가정에도, 양말 파는 아저씨와 다문화 가정에도 수많은 바이올렛이 퍼져 나갔으면. 🦋

(2009. 06)

우수 뒤에 얼음같이

우수雨水가 지나니 백운호수 물빛이 사뭇 다르다. 깊은 눈빛을 띤 잔잔한 물결은 아른거리며 다가오는 햇살 속에 서서히 몸을 드러낸다.

남쪽 보리밭 산너머 마파람 속에 봄 내음이 번져나고 겨울 끝자락에 피어난 동백은 처연할 정도로 붉은 빛을 더한다. 동백을 보니 산책길마다 뚝뚝 떨어져있던 구로카와 온천이 떠오른다.

얼마 전에 후쿠오카 지방으로 온천여행을 다녀왔다. 이번 여행의 명제는 온전한 휴식이었다. 호텔보다 료칸에 숙소를 잡고 노천탕을 배경으로 온천욕을 즐기며 가이세키 요리를 맛보는 힐링 여행이었다.

겨울 끝자락 때문일까, 숙소 예약은 생각보다 순조로웠다. 성수기에는 몇 달 전에 예약하지 않으면 안될 만큼 현지인들에게도 인기 있는 료칸이다. 여행사에서 주관하는 패키지 상품이 아닌 자유여행이다 보니 홀가분했다. 시간의 얽매임도, 함께 움직여야 되는 불편함도 없이 모처럼의 느긋함에 여행의 참맛을 더했다.

『여행의 기술』에서 알랭 드 보통은 여행의 즐거움은 목적지보다 여행하는 심리에 의해 더 좌우된다고 한다. 스쳐가는 낯선 이정표를 보면서 떠나는 여행의 설렘은 더께로 내려앉은 고운 먼지들을 털어내 준다. 여행은 낯선 곳에서 잠시 나를 놓고 일상의 군살 위에 쉼을 얹어준다.

우람한 유후다께를 배경으로 츠에노쇼 료칸과 깊은 산속 구로카와 온천의 야마미즈끼山水木 료칸은 휴식을 취할 수 있는 최상의 맛을 안겨 주었다. 한지를 통해 여과되는 해맑은 봄빛처럼 편안한 휴식 속에 말갛게 씻겨 가는 생각들로 다독여주고, 투명한 눈으로 나를 들여다보게 한다.

유럽의 작은 도시 같은 유후인由布院. 동화 속 아름다운 마을이라는 수식어가 어울릴 만큼 시골 온천마을 풍광을 그대로 간직한 도시다. 아름다운 산세와 온천수 용출량이 일본에서도 세 번째로 많은 온천 휴양지다. 긴린코 호수까지 가는 길에 자리한 상점들은 발길을 묶어 놓는다. 상점마다 예쁘게 진열된 아기자기한 상품들이 시간의 흐름마저 거둬들인다.

유후인의 그림 같은 호수인 긴린코金鱗湖. 물 위로 뛰어오르는 잉어가 금빛으로 보여 이름 지어진 긴린코는 물안개로 유명하다. 호수 바닥에 솟아나는 뜨거운 온천수와 물의 온도 차이로 아침이면 물안개가 피어오른다.

친정집 같은 편안한 료칸에 묵으며 물안개 피어오르는 새벽 오솔길에 산책을 나선다. 한증막처럼 하얀 김이 솟아오르는 마을을 따라 걷다보니 수줍게 핀 매화가 이른 봄을 알린다. 물안개 걷힌 잔잔한 호숫가에 팔랑거리며 기웃거리는 노랑나비의 경쾌함이 여행의 즐거움을 더한다. 불빛들이 하나 둘 일어서는 저녁, 대나무 잎들이 바람결에 몸을 비비는 사그락거리는 소리는 아련한 그리움마저 불러낸다.

여행지에서 만난 소소한 기억들이 건조한 일상에서 가끔씩 무지개처럼 피어오른다면 여행은 청량제나 다름없다. 휴식을 취하기 위해 장소가 중요한 것만은 아니지만 가끔은 낯설고 새로운 곳에서 나를 돌아보는 것이 여행이 주는 참맛이 아닐까.

푸르스름한 새벽 미명, 노천탕에 몸을 담그고 하늘 끝자락에 걸린 달을 쳐다보니 아등바등 세상일에 연연해하던 부질없는 생각들이 무딘 기억으로 다가온다. 알싸하게 얼굴을 감싸주는 새벽공기 속에 발끝부터 서서히 전해지는 탕 속의 열기는 세포마다 즐거운 반란을 일으키며, 티눈처럼 박혀 있던 질박한 생각들을 하얗게 비워낸다.

회갑이라니, 불혹의 나이가 엊그제 같은데 이순을 지나 회갑을 맞았다. 예전에는 70세까지 사는 것이 드물어 환갑만 되어도 잔치를 베풀었는데 평균 수명이 길어지다 보니 주변에 회갑을 떠들썩하게 하는 모습은 보기 힘들다. 육십갑자 원년으로 돌아왔으니 회갑은 초심의 마음으로 나를 돌아보게 한다.

무반주 첼로 음악이 들려올 듯한 고즈넉한 야마미즈끼 료칸은 휴식을 취하기 위해 온 모든 사람들의 몫이었다. 복도 코너마다 장식한 선이 고운 꽃꽂이와 걷는 소리까지 신경 써야 할 정도로 조심스런 실내 분위기는 주변을 의식하지 못하고 부산스레 지낸 것들을 돌아보게 했다. 늘 따뜻하게 준비된 녹차 세트와 다과 등 절제된 공간미에 격자무늬 문살로 비치는 봄 햇살은 고향집에 내려온 듯 마음의 평안함과 아늑함까지 덤으로 주었다.

료칸에서 만나는 사람마다 부딪치는 상냥한 눈인사와 낮은 목소리로 남을 배려하는 모습을 만나는 것은 즐거운 일이다. 남을 배려한다는 것은 상대방을 존중하는 마음에서 우러나오는 것이 아닐까.

"우수 뒤에 얼음같이"라는 속담이 있듯이 남을 배려하는 마음은 따끈한 콩나물 해장국처럼 매듭진 마음을 풀어준다. 아직 내 마음에 매듭으로 남아 풀지 못한 것들은 없는지, 혹여 남에게 매듭진 마음을 안겨 준 것은 없는지 되돌아본다. 몸과 마음을 모처럼 느긋하게 풀어놓고 온천욕을 즐기고 나니 부러울 것이 없다.

깊은 산속을 굽이굽이 돌며 료칸을 떠나올 때 추적추적 내리던 굵은 빗줄기는 풀지 못한 매듭의 끝자락을 향해 사정없이 후려친다. 붙잡아 두려고 안간힘을 쓰며 생긴 옹골찬 매듭들, 달팽이처럼 촉수만 건드려도 움츠리며 혼자 힘으로 감당하려던 매듭들을 느슨하게 풀어준다.

후쿠오카 공항에 도착하니 김연아 선수의 금메달 낭보가 날아든다. 밴쿠버 동계올림픽에서 금메달을 수상한 그녀의 날렵하고 우아한 동작들이 은쟁반에 금구슬 굴러가듯 화면을 가득 채운다. 일본에서 만난 그녀의 모습은 더욱 빛나 보인다.

유난히 추었던 지난겨울, 봄이 오는 길목에 우리 모두의 마음을 시원하게 풀어헤쳐 준 그녀. 온천으로 가벼워진 몸과 마음 한 자락을 헤치며 그녀는 은반 위를 물찬 제비처럼 날고 있다.

정상을 향해 달려온 모든 매듭이 우수 뒤에 얼음처럼 풀리는 순간이다. 🍃

(2010. 03)

5부 봄날은 흘러간다

내게도 이렇듯 아름다운 계절이 있었던가.
함박 웃고 있는 벚꽃처럼
사랑을 꽃 피운 적이 있었던가.
사랑이 지나간 자리가 깊을수록
그리움도 깊어지는 법이다.
아직도 허기로 남아있는 그리움이 있다면
분분한 꽃잎에 표표히 날려 보내리라.

봄날은 흘러간다

마음을 여는 절, 개심사.

떠나가는 사람의 뒷모습처럼 아쉬운 오월. 서산 개심사로 향한다. 벚꽃이 가장 늦게 핀다는 기대감 반반, 혹시나 하는 마음 반반이다. 주가가 오르락내리락 거리듯 봄인지 여름인지 두서없는 날씨다보니 무리한 생각만은 아니다.

연녹색 기운이 부챗살처럼 퍼진 적송 사이로 절의 입구를 알려주는 표석이 정겹게 맞아준다. 오색연등이 청사초롱처럼 나붓거리는 돌계단을 오른다. 고추장아찌처럼 찌들고 닫힌 마음도 열릴 듯한 기대감으로 발길을 재촉한다.

개심사는 수덕사 말사로 백제의 마지막 왕인 의자왕 때 창건된 고찰이다. 코끼리의 갈증을 풀어주기 위해 만들었다는 연못을 지나면 대웅보전, 심검당, 해탈문을 지나 청벚꽃나무가 있는 명부전을 만날 수 있다.

배롱나무 그림자가 낮게 드리운 연못 나무다리를 건너니 전서체로 쓴 멋진 '상왕산 개심사' 편액이 한눈에 들어온다. 이름 모를 꽃향기가 한 자락 바람에 실려 오고 언젠가 와 본 듯 느낌이 낯설지 않다. 범종각의 휘어진 네 기둥 탓일까, 차분하고 단아한 기운이 감도는 대웅보전 앞뜰에 들어서니 여염집 안채에 들어선 느낌이다.

대웅보전 왼편에 자리한 심검당尋劍堂. '지혜의 칼을 찾는 집'이란 뜻이다. 얽히고설킨 번뇌를 자르는 칼을 찾는다는 뜻이리라. 이름은 날카롭지만 소박함이 곳곳에 배어있다. 요사체로 보이는 심검당 앞 툇마루와 댓돌 위에 놓인 고무신이 햇살처럼 따뜻하다.

단청도 없이 오랜 세월의 연륜을 품고 있는 심검당을 바라보니 사람 '人'자 모양의 겹처마로 된 맞배지붕이며 기둥과 대들보가 예사롭지 않다. 물결 같은 곡선을 그으며 용트림하듯 휘어진 나무를 사용한 건축의 묘미가 곳곳에 배어 있다. 부엌채로 보이는 건물을 지탱하는 기둥은 어머니의 배처럼 앞으로 불룩 나온 모습이 정겹기만 하다. 배흘림기둥처럼 보이는 나무기둥을 어머니 배를 만지듯 쓸어본다.

어린 시절, 배가 아프면 어머니는 '엄마 손은 약손, 내 배는 똥배'라고 주문처럼 말하면서 배를 쓰다듬어 주었다. 신기하게도 아프던 배는 가라앉아 아프기만 하면 어머니의 손을 먼저 찾았다.

처녀시절에 개미허리처럼 가늘었다던 아버지의 말씀이 믿기지 않을 정도로 나이가 들면서 어머니 배는 점점 나오기 시작했고 가냘픈 허리는 온데간데없이 사라졌다. 나잇살이라고 했지만 어머니 허리와 배를 만지면 따뜻하고 푸근했다.

돌아가시기 몇 달 전, 병상에 있는 어머니는 어린아이처럼 작아졌고 풍성한 배는 푹 꺼진 풍선처럼 쪼그라들었다. 가끔씩 주물러드리면 살집이 없어 살살 주무를 정도로 여위어갔고 고향처럼 푸근했던 어머니 배는 찾을 수 없었다.

어디선가 웃음소리가 기와 담장을 넘나든다. 왕벚꽃의 헤픈 웃음소리다. 해탈문을 지나니 청명한 햇살을 머리에 이고 하늘을 가릴 듯한 꽃들이 가지마다 매달려 있다. 꽃이 피었다는 느낌보다 주먹만 한 꽃 덩어리가 매달려 있는 왕벚꽃을 보니 돌계단을 오를 때 미처 열지 못했던 마음까지 해감 토하듯 서서히 연분홍빛에 녹아내린다.

어렸을 때 우리 집을 '벚나무 집'이라고 불렀다. 꽃이 피면 세 그루나 되는 벚나무 속에 집이 파묻혀 보이지 않았다. 꽃이 질 때까지 집 안에는 온통 꽃잎 투성이었다. 장롱에도 서랍에도 찬장 속 접시까지 날아든 꽃잎은 나비처럼 앉아 있었다. 창가에 앉아 화우花雨처럼 쏟아지는 꽃잎을 보며 아름드리 자라는 벚나무처럼 꿈을 키웠다. 왕벚꽃을 보니 어릴 적 꿈들이 사과처럼 영글어 주렁주렁 매달린 듯하다.

청벚꽃이 피어있는 명부전으로 발길을 돌린다. 명부전 뜰 앞에는 오월의 신부들로 가득하다. 신부의 손에 들린 부케처럼 무리지어 핀 꽃들이 하늘에서 쏟아질 것만 같다. 흰 꽃잎에는 암술과 수술이 있는 가운데 녹색으로 무늬가 있어 전체적으로 우아한 청색을 띠고 있다.

사람들은 꽃에 취하고 꽃은 사람들에 취해 불콰해진 얼굴로 함박꽃 같은 기쁨을 주고 받는다. 떠나가는 봄의 절정을 이루며 터져버린 청벚꽃에 얼굴을 파묻고 가슴을 묻으며 흘러가는 봄을 붙잡고 있다.

꽃그늘 밑에서 바라본 하늘이 쪽빛 바다처럼 흘러간다. 사후세계를 관장하는 지장보살을 모신 명부전 뜰 앞에 눈이 시릴 정도로 핀 꽃들을 보니 무릉도원이 따로 없다.

내게도 이렇듯 아름다운 계절이 있었던가. 함박 웃고 있는 벚꽃처럼 사랑을 꽃 피운 적이 있었던가. 사랑이 지나간 자리가 깊을수록 그리움도 깊어지는 법이다. 아직도 허기로 남아있는 그리움이 있다면 분분한 꽃잎에 표표히 날려 보내리라.

흐드러지게 핀 벚꽃처럼 얼어붙은 가슴조차 녹여 줄 것만 같은 개심사. 천년 고찰답지 않게 규모는 아담하지만 소박하고 정겹다. 옷깃을 여미는 여인네처럼 다소곳한 개심사의 봄은 유유히 흘러가고 있다.

봄을 느낄 사이도 없이 여름으로 치닫는 헛헛함을 맘껏 채워준 개심사. 명부전 뜰 앞에 기다리는 여인처럼 봄은 마냥 서성거리고 있다. 한결 가벼워진 마음으로 내려오는 발길, 흔들리는 연등사이로 얼비치는 연녹색 햇살이 어머니 손길처럼 따사롭다. 🦋

(2012. 05)

망우초

원추리꽃이 지천이다.

여름이면 산이나 들에서 쉽게 볼 수 있는 원추리. 멀리 떠난 임을 기다리는 듯, 목을 길게 빼고 꽃대를 세운 모습이 목마름으로 피어난다. 원추리는 망우초忘憂草라고도 한다. 원추리꽃을 보며 세상살이 근심 걱정 다 내려놓고 온갖 시름을 잊으라는 뜻이리라.

꽃이 피기 전 어린순을 따서 된장을 풀어 토장국을 끓이기도 하고 나물로 먹기도 한다. 잎이 넓어 넘나물이라고도 하며 가까이하면 아들을 얻을 수 있어 득남초라 부른다고 하니 원추리는 별칭이 한두 개가 아니다.

아침에 피었다 저녁이면 지고 마는 원추리, 짧은 사랑처럼 피고 지는 원추리를 닮은 허난설헌을 만나러 강릉으로 떠난다. 초당마을에 있는 그녀의 생가지는 장맛비에 젖은 노송이 운치를 더하고 그녀의 시비 위로 빗물이 눈물처럼 흘러내리고 있다.

솟을대문으로 들어서는 그녀의 집은 빗속에서도 능소화가 고운 꽃빛을 드러낸다. 양반꽃이라고 부르는 능소화가 야트막한 담장 위로 오른다. 옛날에 양반집에서만 키울 수 있어 상민 집에서 능소화를 키우면 곤장을 맞았다니 그녀의 신분이 양반임을 알려주려는 것일까. 대문 안으로 들어서니 앞마당에는 여름 꽃들이 한창이다. 다알리아, 동자꽃, 원추리가 연달아 꽃잎을 열고 있다.

어린 시절 나비처럼 팔랑팔랑 뛰어다니며 놀았을 안마당과 뒤란 장독대가 정겹다. 난설헌의 초상화가 모셔있는 방안에는 그녀의 체취처럼 난향으로 가득하다. 두툼한 세월의 연륜이 묻어나는 대청마루를 손으로 쓸어본다. 스란치마를 스치며 오빠인 허봉과 동생인 허균과 시작 詩作에 열중하던 모습들이 교차된다.

난초처럼 청초하고 그윽한 향으로 짧은 생을 살다간 난설헌蘭雪軒. 그녀를 맞을 아무런 준비도 없던 조선 땅에 태어나 비운의 생을 살다 간 그녀가 애처롭다. 난설헌은 그녀의 호이며 본명은 초희다. 조선 명종 때 그 당시 엘리트 관료인 초당 허엽의 딸로 태어나 나는 새도 떨어뜨린다는 세도가 안동김씨 집안에 출가한 사대부가 여인이다.

여자들에게 글을 가르치지 않던 시대에 태어났지만 개방적이며 학구적인 가풍에서 자라난 그녀는 자연스럽게 학문을 익히며 천재시인의 재량을 닦는다. 그러나 결혼 후 사대부 집안에서 볼 수 있는 여성의 삶이 그녀를 기다린다. 시어른을 모시고 집안행사와 제사를 모시는 일 등 감당 할 대소사가 오죽 많았을까.

남편인 김성립과 금슬이 원만하지 않았고 난설헌의 재능을 인정하지 않는 시어머니의 학대는 견디기 힘들었을 것이다. 번번이 과거에 낙방하는 남편 뒷바라지도 벅찼지만, 무엇보다도 뛰어난 아내의 학문적 기량에 열등감을 가진 남편 때문에 실망도 많았을 것이다.

밖으로만 나돌며 그녀의 고충을 외면하는 남편과 고된 시집살이 등 외로움을 달래기 위해 그녀는 시를 쓰는 일에 매달릴 수밖에 없었을 것이다.

그녀는 힘들 때마다 신선의 세계를 그리는 시를 쓰면서 고통과 외로움을 달랬다. 설상가상 아버지와 오빠의 연이은 죽음으로 몰락하는 친정에 대한 안타까움과 갑작스럽게 두 아이까지 잃는 슬픔에서 헤어나지 못했다.

시를 쓰는 것은 그녀에게 유일한 안식처였다. 시는 숨 쉬게 하는 수단이고 현실을 잊기 위한 몸부림이었으리라. 그러나 주옥같은 그녀의 시들은 유언대로 모두 불태워지고 꽃 같은 나이에 죽고 만다.

지금 알려진 200여 편의 작품들은 친정에 남아있는 시를 허균이 우여곡절 끝에 모아 전해졌다고 한다. 불태운 작품이 남아 있었다면 작품 속에서 그녀를 더 많이 만날 수 있을 텐데…. 그러나 그녀의 시는 그 당시 조선에서 대접받기는커녕 폄하되고 표절이라는 의혹까지 받게 되니 죽어서도 불행했다.

조선에서 대접받지 못한 『난설헌집』은 중국에서 주목받게 되었으니 최초의 한류스타가 된 셈이다. 그녀의 작품은 미래를 꿈꾸며 새로운 세계를 추구했다. 유교적이고 봉건사상인 조선에서 그녀의 시 세계를 이해할리 만무하다. 그 당시 규방여인의 시제를 벗어난 작품을 인정할 수 없던 것은 어쩌면 당연한 일인지도 모른다.

중국의 명문대인 북경대학 조선어학과에서는 한국시를 정규과목으로 가르친다고 한다. 중국에서 400년이 지나도록 전해져 오는 난설헌의 시를 지금까지 관심을 갖는 이유는 무엇일까. '울타리 안에서 핀 꽃은 울타리 밖에서 더욱 붉어 보인다.'는 내용이 담긴 시가 미리 예언이라도 한 것일까. 조선에서 잉태된 그녀의 시가 조선의 울타리를 넘어 중국에서 꽃을 피웠으니 말이다.

그녀가 그리던 신선의 세계는 어떤 것일까. 명문가인 친정의 몰락과 남편과의 불화, 어린 자식들의 죽음이 그녀를 상상의 세계로 이끈 것은 아닐까. 화해할 수 없는 시대에 태어나 자신만이 꿈꾸는 세상에서 살기 위한 몸부림은 아니었을까.

그러나 작품 속에서 그녀는 외롭지 않았을 것이다. 다양한 시제로 새처럼, 나비처럼 상상의 세계를 넘나들며 쓴 작품들은 숨겨진 보석처럼 지금에야 빛을 발하고 있다.

암울했던 조선 시대, 여자에게 이름도 없고 학문도 가르치지 않던 시대에 스스로 이름을 지어 자신의 정체성을 드러내며 불꽃처럼 살다 간 난설헌. 비록 짧은 생을 살다 갔지만 초당마을을 지키고 있는 노송처럼 몇 백 년이 흐른 지금도 작품 속에서 살아있다.

그녀가 살던 앞마당에 조롱조롱 봉오리를 맺고 있는 원추리는 영혼을 달래주기라도 하듯 조심스레 봉오리를 열고 있다. 이승의 모든 시름을 잊고 훨훨 날아가라는 듯 손짓하고 있다.

누구를 기다리는가, 꽃말이 기다리는 마음인 원추리는 수백 년이 지난 지금도 행복했던 유년시절을 기억하고 있는 것은 아닐까. 사슴처럼 긴 목을 하고 기다리는 모습 뒤로 그녀의 환영이 스친다.

그녀의 집을 나서니 집 앞에 핀 능소화가 담장을 넘어 씩씩한 모습으로 나팔을 불고 있다. 조선 시대의 울타리를 넘어 더 넓은 곳으로 가고 싶던 열정이 능소화처럼 피어오른다. 🌿

(2013. 07)

비산동 블루스

처서가 지나자 아침 햇살이 하루가 다르다. 고운 채에 걸러낸 연한 녹차처럼 한여름 열기와 분주함에서 한풀 꺾인 햇살이 낭랑하게 번져 난다. 귀가 따갑도록 울어대던 매미들의 환청이 아직도 푸르스름한 나뭇가지에 매달린 채, 이름 모를 풀벌레 울음소리가 초가을을 불러 낸다.

적막한 새벽, 관악산 자락인 아파트 뒷산을 오른다. 비산동으로 이 사 온지 몇 해가 지나도록 바로 뒤에 산이 있음에도 무심했던 무관심 을 질책하면서 길섶 무성한 풀들 사이로 빼곡히 얼굴을 내민 달개비 꽃들과 눈인사를 나눈다.

충의약수터, 상불당 약수터를 지나 넙적 바위까지 오르다 보면 낭 창낭창한 가을 햇살이 멀리 보이는 수리산과 관악산 정상에서 삼성산 까지 치마폭처럼 넘실거린다.

넙적 바위에서 땀을 식힌 후, 임곡마을과 안양예술공원 쪽으로 가다 보면 망해암으로 가는 이정목을 만난다. 망해암은 비산동에 있는 조계종 소속 사찰로 관악산 지류인 야트막한 산 정상 절벽 위에 세워졌다.

안양 8경 중 1경에 속하는 망해암은 사찰의 규모는 크지 않지만 아담하게 자리한 법당과 뒤편 등산로로 이어지는 경치가 조화를 이룬다. 원효대사가 미륵불을 봉안한 뒤 망해암이라 명명하였다고 한다.

산 정상의 좁은 대지와 절벽을 이용하여 석조미륵불이 있는 용화전과 석탑, 삼성각, 요사채등이 옹기종기 모여 있다. 돌계단을 따라 내려오면 암벽에 거의 밀착된 채 범종각이 보인다.

전망대에 오르면 석양 속의 일몰이 장관을 이룬다. 병풍처럼 겹겹이 둘러싼 산 가운데 안양시가지가 한눈에 내려다보이고 날이 좋으면 멀리 서해바다까지 보여 망해암이란 이름이 붙여졌다고 한다.

안양은 내게 어머니 품 속 같은 고향이다. 비닐하우스가 끝없이 펼쳐있고 포도밭이 많던 평촌에 신도시가 들어서면서 고층아파트가 우후죽순처럼 들어섰지만 아직도 추억의 잔재들이 도처에 남아 있다. 장내동, 주접동, 냉천동, 찬우물, 수푸루지 등 정겹던 이름 대신 안양 1동, 2동 등으로 동네이름이 바뀌었다. 그나마 '비산동'이란 이름이 남아 있어 아쉬움을 달래준다.

어머니 치마꼬리 붙잡고 다니던 중앙재래시장이 아직도 안양 1번가 근처에 남아 있고, 채소도매시장이던 남부시장과 안양초등학교가 건재해 있음도 고맙기만 하다. 지금도 초등학교 앞을 지나노라면 아카시꽃이 만발한 동산에서 안데르센 동화를 들려주던 선생님과 코흘리개 친구들이 그리워진다.

여름이 되면 가족들과 수영하던 안양유원지가 안양예술공원으로 바뀌었다. 낙후되었던 유원지 모습이 예술공원으로 바뀌면서 세계 각국의 예술작품과 디자이너, 건축가들에 의해 예술적 분위기로 변했다. 안양 6경인 예술공원은 관악산과 삼성산 사이에 있어 주변에 안양사등 전통사찰과 문화재가 많아 역사의 숨결도 느낄 수 있다.

상쾌한 숲 속의 공기를 마시며 산책로를 따라 걷다 보면 미술관에 온 것 같고 국제적 수준의 작품들을 만나는 호사도 누린다. 자연과 더불어 조화를 이루며 설치된 작품들이 눈길을 끈다. 삼성산으로 오르는 등산로도 잘 조성되어 등산객의 발길이 끊이질 않는다.

비산동은 1, 2, 3동으로 구분되는데 내가 살고 있는 1동은 비산사거리 동북쪽에 있는 마을로 깊은 골짜기와 나무, 숲이 많아 예전에는 수푸루지라고 불렀다. 마을 앞으로 안양천, 임곡천이 흘러 수풀내라고 부르기도 했다.

지금은 고층아파트가 숲 한가운데까지 파고들어 봄이 되면 아카시꽃과 밤꽃 향기가 안개처럼 집안 구석구석 배어든다. 아파트 뒷산 임곡마을 가는 쪽으로 오르다 보면 옛 묘제 형태를 가늠하는 자료로 비산동 석실분과 산제당도 만난다.

산을 오르다 잠깐 숨을 돌리다보면, 마치 대합껍데기를 조심스럽게 엎어 놓은 듯 안양 종합운동장이 내려다보인다. 주경기장을 비롯해 빙상장, 수영장, 인라인 롤러경기장이 있고 국제 수준의 롤러스케이트장은 저녁 산책코스로 그만이다. 멀리서 들려오는 개구리 울음소리, 가끔씩 짖어대는 누렁개 소리와 밤빛 속에 희끗희끗 스치는 자작나무 곁을 걷다 보면 도심 한가운데 살고 있음을 잊게 한다.

아파트 뒤에 병풍처럼 턱 버티고 있는 산. 아침마다 산은 나를 유혹한다. 산은 든든한 사내의 등처럼 듬직하다. 계절에 맞춰 나무들이 옷을 갈아입을 뿐, 언제나 같은 모습으로 나를 품어준다.

한줄기 바람이 스쳐간다. 산에서 내려올 때 불어오는 건들마 속에 엘리베이터에 남아있던 상큼한 스킨향이 묻어난다. 편편하고 넓은 산책로가 나올 때 두 팔을 크게 벌리고 천천히 걷는다. 아무도 없는 산책로에서 두 팔 벌려 육중한 산을 가만히 안아본다. 바람소리에 박자를 맞춰 블루스를 추듯 춤을 춘다. 가슴 안으로 빨려들 듯 산이 천천히 품 안으로 들어온다. ✤

(2009. 09)

덤

연일 계속되는 한파특보, 맹추위가 기승을 부린다. 성난 짐승처럼 달려드는 혹한으로 난방제품과 방한복은 대박이다. 이렇게 추울 땐 목을 짜릿하게 하는 따끈한 국물로 목을 축이면 추위도 이겨낼 듯싶다.

자질구레한 일들로 스산한 생각이 맴돌 땐 재래시장을 찾는다. 딱히 살 것은 없지만 그곳에 가면 움츠러드는 마음에 뭔가 활기를 얻을 것만 같다.

회현역에서 내려 남대문시장 초입에 있는 칼국수 골목, 언젠가 우연히 지나칠 뻔한 그곳에서 먹던 칼국수가 혀끝에 맴돈다. 얼큰한 국물이라도 후룩후룩 먹다보면 추위도 잠깐 잊을 것 같다. 모처럼 설 연휴를 앞둔 남대문시장의 시끌벅적한 풍경도 구경할 겸, 지하철에 몸을 실은 것은 순전히 따끈한 칼국수 국물 때문이다.

서울역을 지나 남대문시장 쪽으로 걷다 보면 숭례문이 눈에 들어온다. 조선 왕조가 도읍을 한양으로 정한 뒤 600여 년 넘게 현존해 온 거물급 문화재가 아닌가. 서울 입성을 환영이라도 하듯 국보 1호답게 위용을 과시하던 숭례문은 지금 투병 중이다.

대학 다닐 때 기차 통학을 했다. 서울역에서 내리면 과묵한 친구처럼 맞아주던 숭례문은 어처구니없는 방화사건으로 심한 몸살을 앓고 있다. 멋진 양반 갓처럼 생긴 지붕대신 컨테이너 모양을 한 모자를 뒤집어쓰고 있는 모습이 안쓰럽다.

그 옆에 자리한 남대문시장도 숭례문의 역사에 버금가는 우리나라 최고의 재래시장이다. 한국적인 정서와 재래시장만이 갖는 매력을 체험하려고 외국인 관광객들로 시장골목마다 생기가 넘친다. 활기와 정감이 넘치는 시장은 볼거리뿐만 아니라 먹을거리, 즐길 거리가 여기저기 숨어있다.

두꺼운 비닐커튼 문을 젖히고 칼국수 골목에 들어서자, 여기저기서 오라고 손짓하며 외치는 소리들이 정겹다. 공중파의 위력을 과시하듯 집집마다 TV프로에 나왔다는 간판이 예전과 다를 뿐, 긴 의자에 옹기종기 앉아 국수를 말아 먹는 모습들은 여전히 군침 돌게 한다. 외국인 관광객들에게도 입소문으로 알려져 갈치조림 골목 못지않게 성업 중이다.

일어로 된 메뉴판이 이채롭다. 예닐곱 명 정도 앉을만한 식탁과 한 평도 채 안 되는 주방은 좁은 공간을 최대한 활용한 모습이 역력하다. 양념들과 국수고명을 봉지봉지 담아 벽에 걸어놓았고 수납공간이 좁은 탓에 머리 위 선반에도 자질구레한 물건들로 가득하다.

보리밥과 열무김치에 각종 나물 등이 스테인리스 양푼에 수북수북 쌓여있고, 홍두깨로 직접 밀어 끓인 칼국수 손맛은 일품이다. 몸을 간신히 돌릴만한 좁은 공간에서 마술 부리듯 척척 음식을 만들어 덤까지 주는 것이 이곳에서만 볼 수 있는 후한 인심이다. 칼국수를 주문하면 비빔냉면을, 보리밥을 시키면 칼국수를, 윤기가 자르르 흐르는 찰밥을 주문하면 칼국수와 비빔냉면을 맛보기로 주는데 덤으로 받기에 적은 양이 아니다.

덤이란 '제 값어치 외에 거저로 조금 더 얹어주는 일이나 물건'으로 명시된다. 촌로가 텃밭에서 딴 울타리 콩을 한 움큼씩 주는 시골 장 인심처럼, 어느 집이나 훈훈한 덤이 오가고 있어 잠시 추위를 잊게 한다.

경쾌한 음악 속에 카트를 끌고 다니면서 쇼핑하는 대형상점보다 재래시장은 고향처럼 포근하고 인정이 넘친다. 두툼한 손으로 한 움큼씩 집어주는 덤은 덕담처럼 푸근하다. 노상에 진열된 좌판의 물건들을 아기 만지듯 애만지며 손님을 부르는 그들의 표정은 두툼하게 껴입은 누비옷 사이로 투명하게 빛난다.

덤은 감사의 표시다. 운전하면서 듣던 음악프로에서 감사의 조건을 적어보란다. 스쳐 지나가는 바람처럼 건성으로 들었지만 적어보니 생각보다 많다.

병상에 있지 않고 건강하게 숨 쉴 수 있는 것이 감사하고, 아쉬운 듯 서산 넘어가는 노을을 바라보며 하루를 마무리함도 감사하다. 다정한 사람들의 눈빛을 바라보며 식사하는 것도 감사하고, 거실마루에 살짝 머물다 간 아침 햇살도 얼마나 감사한가.

감사는 내적인 상처를 치유하는 징검다리와 같다. 감사의 눈을 갖기까지 기다림에 대한 성숙이 필요하다. 잔잔하다가도 거세게 밀려드는 파도처럼 모나고 편협한 아집을 둥글게 다듬어 주기도 한다. 감사는 선택이다. 불평과 근심, 염려가 본능적인 것이라면 감사하는 마음은 내가 선택할 몫이기 때문이다.

일본 내셔널의 창업주인 마쓰시다 고노스께. 13만 명의 종업원을 거느린 대기업의 총수인 그의 성공적 비결은 감사에 있었다. 불행한 조건들을 긍정적인 마음과 감사로 받아들였을 때 더 큰 일을 이룰 수 있었다고 고백한다.

과학적으로도 감사하는 마음을 갖고 긍정적인 생각을 하면 뇌에서 α 파가 생성되어 β -엔드로핀 분비로 스트레스 감소와 통증 완화에 효과가 있다고 한다. 사람이 살아가면서 사용되는 뇌세포는 10%라고 하는데, 긍정적인 마음에 감사까지 곁들여진다면 뇌세포도 훨씬 더 활성화되지 않을까.

좌판에서 만난 할머니의 투박한 손에서 전해지는 콩나물 한 움큼의 덤. 아랫목에 얼은 손을 녹여 주던 할머니의 따뜻한 손처럼 온정이 전해진다. 감사할 수 있는 마음까지 듬뿍 덤으로 얹어주는 재래시장을 돌아 나오자 맹추위도 주춤거린다. 한줄기 겨울 햇살이 마음까지 따스하게 어루만진다. 🍂

(2011. 02)

더 나이 들기 전에

이집트 록소르에서 열기구가 추락했다는 소식이다. 세계문화유산으로 유명한 이집트 왕가를 내려다보며 유유히 흐르는 나일강과 고대 유적지를 관람하던 중 사고가 났다. 300m 상공에서 열기구만큼이나 부푼 설렘과 행복감으로 세상이 내 것 인양 환호했을 모습들이 눈에 선하다.

요즘은 '죽기 전에'라는 명제를 달고 사람들의 시선을 끄는 것이 한두 개가 아니다. 죽기 전에 꼭 가봐야 할 여행지, 죽기 전에 꼭 들어야 할 클래식, 죽기 전에 해야 할 101가지, 죽기 전에 꼭 보아야 할 명화 등 상업적인 목적이기는 하지만 자극적인 제목이 먼저 눈길을 끈다.

어떤 조사기관에서 죽기 전에 하고 싶은 것을 앙케트 조사했다. 대상자 중 12%는 무응답이었고, 나머지 중에서 50위를 선정했는데 1위가 백만장자, 2위가 세계일주 등으로 그 중에 열기구 여행도 포함되어 있었다. 이번에 추락한 열기구를 탄 관광객 중에도 혹시 죽기 전에 꼭 이루고 싶던 여행을 하다가 참변을 당한 사람은 없었을까 생각하며 추락 직전 그들의 마음은 어떠했을지 가늠해본다.

여행을 하다보면 살고 싶을 정도로 마음에 와 닿는 곳을 만난다. 알랭 드 보통은 『여행의 기술』에서 여행은 생각의 산파라고 말한다. 여행만으로 채워지지 않는 에스프레소 같은 끈끈한 욕망이 정착해 보면 어떠냐고 끊임없이 유혹한다.

나이 들기 전에 머물고 싶은 곳에서 살아보는 일이 나의 버킷리스트 중 하나다. 정착이 아니라 몇 년간, 적어도 1년 만이라도 그곳에 머물면서 생활해 보는 것이다. 머물면서 그곳의 문화와 처음 만나는 사람들과의 어울림 속에 생활하는 것은 여행이 주는 맛과 비할 수 없으리라.

우리나라의 보물섬인 제주, 세계 7대 자연경관 도시로 지정된 제주도는 유네스코 선정 세계자연유산에도 등재되고, 세계지질공원 인증과 함께 유네스코 자연환경 분야에 3관왕이 될 정도로 유명도시가 되었다. 대학시절에 갔던 친구 집 제주의 추억은 아련하지만 아직도 또렷한 기억으로 남아있다.

가로수에 펼쳐진 야자수와 용암이 만들어낸 기암절벽들, 알아듣기 어려운 제주 사투리는 다른 나라에 온 것처럼 생경했다. 그 당시는 어른 키만 한 귤나무 서너 그루만 있어도 아이들을 대학까지 보낼 수 있었다. 아침마다 친구 어머니는 망태를 메고 농장에서 바람에 떨어진 귤을 주워다 주었다. 지금도 귤을 보면 그 때의 기억이 떠오르며 입속에 신맛이 고인다.

시내에서 10분만 가면 바다를 볼 수 있는 제주는 내게 로망의 도시다. 친구들과 어울려 비췻빛 나는 바다를 바라보면서 기타 치며 야영하던 기억들, 그곳은 돌아올 수 없는 젊은 추억이 깃들어 있다. 그곳에 가면 젊음의 기운이 아직도 남아 있을 것만 같다.

알려지지 않은 오붓한 해변도로를 끼고 돌아 나오다가 이름 모를 곳에서 민박도 해보고 돌과 바람을 벗 삼아 자연인으로 돌아가고 싶다. 지금은 올레길로 유명해진 길들을 걸으며 해녀들의 삶도 들여다보고, 도처에 널려진 글거리와의 해후도 그곳에 머물고 싶은 또 다른 이유다.

이삼 년 머물면서 앞만 보고 살아왔던 삶의 여정을 잠시 내려놓는다면 에너지가 넘칠 것 같다. 태엽 풀린 시계처럼 팽팽한 시간의 초침을 늦추다 보면 몸도 마음도 충전된 배터리처럼 충만해지지 않을까.

여수, 겨울 끝자락에 핀 동백꽃이 희미한 옛사랑의 그림자처럼 남아있는 그곳은 여행의 종착점이다. 긴 여행을 마치고 집 밥이 그리워질 때 언제나 가고 싶은 곳이다. 해양박람회로 여수의 옛 정취가 많이 사라졌지만 사랑의 그림자가 곳곳에 남아있다. 나이 들면 추억을 먹고 산다고 한다. 지난 추억만으로도 머물고 싶은 여수는 마음 깊이 그리움의 방을 늘 갖게 한다.

약간은 거칠고 투박한 사투리 속에 맛깔난 음식과 인심도 후한 여수. 그곳에 머물면서 다도해에 수많은 보석처럼 펼쳐진 섬들을 돌아보고 싶다. 다도해에는 300여 개의 크고 작은 섬들이 있다. 아침 햇살을 받으며 쪽빛 바다에 찌든 마음을 씻고, 이름 모를 섬에서 우연히 만난 야생화를 반기는 즐거움도 그곳에서 느낄 수 있으리라.

언제부터인가 제주와 여수는 마음의 고향처럼 자리 잡아 언제나 달려가고 싶은 곳이다. 아무런 연고지도 아는 사람도 없지만 무슨 대수랴. 언어가 다른 외국도 아닌 곳에서 만나는 사람들과도 친숙해 보리

라. 가까운 은행에 계좌를 트고, 큰 상점이 없어 약간은 불편해도 재래시장에서 손마디 굵은 할머니가 덤으로 건네주는 나물만 있어도 만족하리라.

낯선 곳에서 만나는 반가운 이정표처럼, 이웃과도 담장을 헐고 차한 잔으로 아침을 시작하며 바쁘다고 종종거렸던 시간들을 내려놓고 만나는 모든 것들과 부드럽게 악수하며 화해하리라. 빙벽처럼 남아있는 굳어진 마음들을 천천히 눈으로 애무하듯 쓸어내리리라.

주변에 이사하는 것을 보면 부러웠다. 이사할 기회가 별로 없었기 때문일까, 새로운 곳에서 생활하는 것이 좋아 보인 탓이리라. 죽기 전에 꼭 해야 할 정도로 절박한 일은 아니지만 나이 들어 의욕마저 사라지기 전에 머물고 싶은 곳에서 살아보고 싶다.

익숙함에서 떠나 보는 것, 잘 길들여진 애완견처럼 편안함에서 벗어난다는 것은 두려움도 느낄 수 있다. 낯선 곳에서 만나는 사람들과의 조우는 불편한 옷을 입는 것처럼 거북할지도 모른다. 그러나 벗어남과 머무름의 차이는 동전의 양면과 같은 것은 아닐까. 잠깐의 벗어남이 삶의 신산함을 덜어줄 수만 있다면 낯선 곳에서의 생경함은 오히려 활력소가 될 것이다.

인디언속담에 이런 말이 있다.

'빨리 가려거든 혼자 가고, 멀리 가려거든 함께 가라.

빨리 가려거든 직선으로 가고, 멀리 가려거든 곡선으로 가라.

외나무가 되려거든 혼자 서고, 푸른 숲이 되려거든 함께 서라.'

성급하게 달려온 세월 속에서 나이 들어 생각이 퇴색하기 전에 시도해 볼 일이다. 🦋

(2013. 02)

멀리서 바라보면

춘천 청평사 가는 길, 봄빛이 안개처럼 자욱하다. 새순을 틔우는 나무 끝자락은 얼마 안 있어 연녹색 수채화를 그릴 준비로 부산하다. 소양강 댐에서 10여 분 정도 뱃길을 따라 선착장에 도착하니 곱지 않은 꽃샘바람이 먼저 마중 나와 코끝을 간질인다.

오봉산을 배경으로 청평사 가는 산기슭에 연정을 품고 피어나는 진달래꽃들이 부끄러운 듯 얼굴을 내민다. 산을 휘감은 불길 속에 나도 모르게 빨려 들어들 것만 같다. 산자락 군데군데 만발한 생강나무가 노란 옷을 입고 기다리는 여인처럼 맞아준다.

노란빛은 봄을 알리는 신호다. 복수초, 생강나무, 민들레, 개나리, 산수유 등 노란색으로 봄을 알린다. 꽃가루받이를 하는 벌들이 노란색을 좋아하기 때문이라고 한다. 생강나무는 노란 꽃잎이 산수유처럼 생겼지만, 잎을 비비거나 나무껍질을 벗겨보면 상큼한 생강향이 풍겨 산수유와 구별된다. 김유정의 소설에 나오는 『동백꽃』에 '알싸하고 향긋한 노란 동백꽃 냄새'는 생강나무를 말하며 꽃이 필 때면 특유한 향기로 봄을 알린다.

겨울 잔상이 고여 있는 메마른 골짜기에 보석처럼 영롱한 빛을 발하는 생강나무. 금병산 기슭에 흐드러지게 핀 동백꽃은 머릿기름이 귀한 옛날, 동백꽃나무 열매로 기름을 짜서 사용했는데 남정네로부터 춘심을 자아낸다고 하니 동백꽃은 사랑을 불러오는 꽃이다.

산과 계곡이 어우러진 길을 걷다보니 단아한 물줄기를 보여주는 구송폭포가 한눈에 들어온다. 청평사에 얽힌 '공주와 상사뱀' 전설이 전해지는 공주상이 눈길을 끈다. 당나라 태종 때 공주를 짝사랑하던 청년이 있었는데 평민 출신인 청년은 이룰 수 없는 사랑 때문에 상사병에 걸려 죽고 말았다.

죽어서도 공주를 잊지 못한 청년은 뱀으로 환생하여 공주의 몸에 달라붙어 온갖 처방을 해도 떨어지지 않아 날이 갈수록 공주는 야위어 갔다고 한다. 신라의 영험 있는 사찰을 순례하며 기도를 드려보라는 권유에 청평사까지 오게 되었는데, 밤이 깊어 동굴에서 노숙을 하게 되었다. 불공을 드리러가기 위해 공주는 뱀에게 잠시만 몸에서 내려오기를 권하니 한 번도 떨어지지 않았던 뱀이 순순히 말을 들어주었다.

불공드리러 간 공주를 기다리다 못해 조바심이 난 뱀은 절 안으로 들어가려는 순간, 회전문 앞에서 벼락을 맞고 폭우에 밀려가고 말았다. 불공을 마친 공주는 폭포에 둥둥 떠 있는 상사뱀을 보고 자신을 사모하다 죽은 것을 불쌍히 여겨 정성껏 묻고 구송폭포위에 석탑을 세워 주었다는 구슬픈 전설이 전해진다.

사찰에 들어서면 흔히 입구에 일주문과 사천왕문을 지나게 되는데 청평사는 일주문도 사천왕문도 보이지 않고 대웅전으로 가기 전, 회전문을 만난다. 회전문은 回轉門이 아니라 廻轉門으로 윤회전생을 깨우치는 '마음의 문'이라는 의미로 현생을 잘 살라는 뜻이다.

범종 앞에 핀 목련은 바람결에 소리 없이 몸을 내려놓고, 계곡으로 흐르는 물소리와 청아한 풍경소리 속에 청평사의 봄은 유유자적 흘러가고 있다. 산에서 내려다 본 오봉산 기슭은 기지개 켜는 소리와 새순 벌어지는 소리들로 잔치집처럼 부산하다. 진달래꽃이 지면 눈치만 살피던 조팝나무, 산벚나무도 곧 꽃망울을 열 것이다.

겨울은 소리로 듣고 봄은 눈으로 본다고 했던가. 봄이 무르익는 산사에서 내려다보이는 풍광은 그지없이 평화롭고, 틈을 보여주지 않던 일상의 삶을 잠시 내려놓게 한다. 멀리서 바라보면 암탉이 알을 품은 듯 착한 짐승처럼 엎드린 산들은 따뜻한 햇볕과 물, 신선한 공기를 받아들여 나무마다 울창한 숲을 이룰 것이다.

멀리서 바라보니, 나무만 보고 숲을 바라보지 못했던 옹색한 안목이 시나브로 다가온다. 생강나무 꽃에서는 29세로 짧은 생을 살고 간 김유정의 생이 피어난다. 일방적으로 사랑을 갈구했던 두 여인에 대한 그리움과 숙명적 우울함이 메마른 겨울 끝자락 봄을 알리는 생강나무에서 낯설게 피어난다.

구송폭포 옆 공주굴은 이루어질 수 없는 사랑에 대한 회한이 맴돌고 있다. 집착도 병이런가, 전설로 전해지는 이야기지만 청년의 애절한 사랑 또한 발길을 붙잡는다. 나이 들어 바라보니 사랑이란 화초를 키우는 것과 같다는 생각이 든다. 씨앗을 뿌리고 물을 주며 비바람이 불면 서로 보듬어주고 가꾸는 식물처럼 함께 키워 나가는 것이 사랑이 아닐까. 김유정처럼, 공주를 사모한 청년처럼 이루어지지 않는 사랑은 이사한 뒤 남아있는 빈집처럼 공허함과 애절함만 남는 것은 아닐는지.

한 그루의 나무들이 서로 만나 아름드리 숲을 이루 듯, 우리네 삶도 끊임없는 만남으로 숲을 이룬다. 바람처럼 스쳐가는 만남이 있는가 하면 혈연으로 지연으로 고리가 되는 만남 속에 살고 있다.

만남은 늘 현재진행형이다. 과거의 만남은 추억에 불과할 뿐, 어쩌다 생각날 때 들춰보는 앨범처럼 아련한 그리움이다. 지금 내 곁에 있는 사람들과의 소중한 만남을 생각하며 소동파의 「금시琴詩」를 떠올린다.

若言琴上有琴聲(약언금상유금성)
　만약 거문고 안에 거문고 소리가 있다면

放在匣中何不鳴(방재갑중하불명)
　어찌 갑 속에 있을 때 소리가 없으며

若言聲在指頭上(약언성재지두상)
　그 소리가 손가락 끝에 있다면

何不於君指上聽(하불어군지상청)
　어찌 그 손가락 끝에서 소리가 들리지 않는가

거문고가 아무리 훌륭하고, 거문고를 타는 손가락이 아무리 뛰어난들 서로 만나지 않으면 어찌 좋은 소리를 들을 수 있을까. 내 곁을 스쳐가는 소소한 만남일지라도 씨를 뿌리고 함께 가꾸어 나갈 때 장성한 나무처럼 튼실한 열매를 맺는 것이리라.

회전문을 나서니 낙화된 목련 앞에 빛바랜 그리움마저 놓고 가라고
오색연등이 발길을 재촉하며 흔들거린다. 🌸

(2011. 04)

빛나는 캡슐

어린 시절 약에 대한 기억은 달갑지 않다. 가루로 된 약은 먹을 때마다 고역이다. 약을 먹을 때면 이리저리 피해 도망 다니기 일쑤였다. 숟가락에 약을 물에 갠 다음 코를 막고 숨이 잠깐 멈춘 사이에 먹던 당혹감이라니.

초등학교 때 구충제를 먹던 기억이 난다. 그 시절에는 기생충이 많아 구충제 실시가 학교 연례행사였다. 겉옷 단추 크기의 약은 4등분하여 나눠 먹을 정도로 커서 먹기가 여간 불편한 것이 아니었다.

금계랍이란 약이 있었다. 키니네 일종인데 그 당시 만병통치약이었다. 학질, 진통, 신경통, 해열제 등에 특효약이었다. 그 약은 물에 조금 타서 젖꼭지에 바르면 얼마나 쓴지 아기들 젖 떼는데 많이 쓰였다.

언제부턴지 가루약 대신 캡슐에 넣은 약이 나왔다. 사전적 의미로 캡슐은 '냄새나 색상이 좋지 않은 가루나 기름을 넣어 만든 작은 갑'

으로 표기된다. 매끌매끌한 얇은 용기 안에 넣은 약은 아무리 써도 먹을 수 있었다. 호기심으로 그 안에 정말 약이 있는지 캡슐을 열어보기도 했다.

캡슐은 약 뿐만 아니라 다양한 형태와 의미로 쓰인다. 신선한 원두의 추출물을 담은 캡슐커피가 다양하게 나와 있고, 우주비행에 쓰이는 우주캡슐도 볼 수 있다. 피로회복이나 수술 후 환자의 회복을 위해 고농도의 산소를 공급하여 치료하는 산소캡슐도 있다.

그 뿐인가, 펜션 붐이 일면서 울창한 산림 속에 자리 잡은 원통형 원룸 형태인 캡슐하우스도 있고 일본에는 캡슐호텔이 여행객들에게 인기다. 후세에 전할 목적으로 물건이나 기록들을 담은 타임캡슐도 선보인다.

캡슐의 또 다른 모습을 보여 준 칠레광산 붕괴사건*. 세계에서 가장 건조한 땅인 칠레 북부 아타카마 사막의 산호세광산이 붕괴되었다. 지하 622m 갱도 밑에 33명의 광부들이 갇힌 큰 사건이었다. 매스컴을 통해 69일 동안 갇혀 있다가 구조되는 기적적 생환은 한 편의 드라마였다.

구조작업이 시작된 지 22시간 만에 한명의 희생자도 없이 구조되는 모습은 지켜보는 사람들을 전율케 했다. 불사조란 뜻을 가진 '피닉스 2호' 철제캡슐을 타고 한사람씩 갱도에서 올라올 때마다 조카처럼, 동생처럼 열렬히 포옹하는 피녜라 대통령의 정감어린 모습 또한 감동적이었다.

참사로 끝날 수 있었던 사고를 국가단합으로 이끈 리더의 모습에서 국민을 사랑하는 끈끈한 연민의 정이 넘쳐나고 있었다. 칠레 국민들은 수차례에 걸친 강진과 쓰나미를 겪으며 위기관리 대처를 위한 수많은 경험을 했지만 구조작업을 보면서 신앙심에 뿌리를 둔 국민들의 희망과 저력을 느낄 수 있었다.

이번 사건으로 영웅이 된 루이스 우르수아. 작업반장인 그가 마지막으로 캡슐을 타고 나오는 모습을 지켜보던 사람들은 일제히 환호성을 질렀다. 생과 사의 갈림길에서 두 달 남짓한 시간을 어떻게 견디었을까. 한 치 앞을 알 수 없는 극한 상황에서 그들은 어떤 생각을 했을까. 저마다 의견도 분분했을 것이고 갈등도 많았으리라. 언제 붕괴될지 모르는 두려움 속에서 좌절하기도 했으리라.

우르수아는 70만 톤의 암석 밑에 눌린 광부들에게 희망의 끈을 놓지 않도록 이끌어 주었다. 광부들이 흔들리지 않도록 시간표를 짜서 평상시처럼 규칙적인 생활을 시켰고 무엇보다 살 수 있다는 신념을 심어주었다. 두려움은 더 큰 두려움을 낳는 법, 불안과 공포 속에서 광부들에게 반목과 분쟁이 생기지 않도록 희망을 심어주었다. 그는 진정한 인간애의 단면을 보여준 리더였다. 그리고 그는 맨 마지막으로 캡슐을 타고 올라왔다.

'피닉스 2호'는 어깨가 간신히 들어갈 정도의 원통형 캡슐이다. 칠레 해군이 특수제작한 구조캡슐로 통신장비와 산소공급장치 등 최첨단 장비로 매몰 광부들을 구조하는데 결정적 역할을 했다. 칠레 국기를 상징하는 색으로 단장한 불사조 캡슐에서 한사람씩 구조될 때마다 마치 출산의 고통가운데 해산하는 기쁨을 보는 듯했다.

광부들을 구조한 피닉스 2호 철제캡슐. 암흑과 같은 혼돈 속에서 새로운 삶을 만나게 된 광부들, 69일 만에 맛보는 세상이 그들에게 어떤 느낌이었을까. 한사람씩 캡슐을 타고 갱도를 올라오는 20분도 채 안 되는 시간 속에서 그들의 심장은 터질 것 같고 맥박은 고동쳤으리라. 들리지 않던 세상의 모든 소리와, 보이지 않던 오묘한 빛의 세계를 향해 그들의 눈과 귀는 다시 태어나고 있었으리라.

캡슐을 타고 천천히 올라오는 모습을 보니 어머니의 자궁이 떠오른다. 가장 위대한 캡슐은 어머니 자궁이 아닐까. 하루하루 커 가는 생명체에게 자양분과 사랑을 공급해 주는 어머니의 자궁이야말로 최첨단의 장비로 된 피닉스 2호보다 더 완벽한 캡슐이 아닐까. 세상이라는 캡슐을 향해 나가기 전, 완전한 인격체가 이루어지는 자궁 캡슐은 신비로움 자체다.

우리가 사는 세상도 커다란 캡슐이다. 세상이라는 캡슐 안에서 숨쉬며 새소리, 바람소리, 하늘거리는 꽃들의 움직임을 보면서 살아가는 것은 아닐까. 그 안에서 사랑하며 살아있는 이 순간은 얼마나 행복한가.

(2010. 10)

＊) 2010년 10월 13일 칠레 광산 붕괴 구조 사건.

향기는 바람에 흩날리고

이슬비가 손님처럼 다녀간 오월의 아침은 목욕을 마친 아이들 같다. 창문을 여니 달콤하게 내려앉은 아카시 향기가 안개처럼 스며든다. 연녹색으로 단장한 산을 오르니 알맞게 덥혀진 욕조에 몸을 담근 듯 초록 물속으로 깊이 빨려 들어간다.

어린 시절, 아카시꽃이 필 때면 고만고만한 친구들과 학교 가는 길에 꽃을 따 먹기도 하고 가위 바위 보로 잎사귀 따는 내기도 했다. 꽃을 먹고 난 줄기로 머리카락을 돌돌 말면 구불구불하게 파마머리가 되었다. 아카시 나무 밑에서 시간 가는 줄 모르고 서로의 머리를 만져주며 까르르 웃던 유년의 꿈들이 아카시꽃처럼 조랑조랑 매달려 있다.

주변에 많이 볼 수 있는 아카시 나무는 북아메리카가 고향이고, 흔히 불리는 '아카시아' 나무는 열대지방에서 자라는 나무로 식물원에서조차 보기 힘든 나무다. 아카시 나무는 우리나라 산림을 황폐시킬 목적으로 일본사람들이 심었다지만, 6·25전쟁 이후 벌거숭이 산야를 복구시키기 위해 심었다고 한다. 강인한 뿌리가 묘소까지 뻗쳐 천덕꾸러기 신세였으나 뿌리 덕분에 산사태를 예방해 주기도 하고 토양에도 도움을 준다. 유럽에서는 포도주 통이나 마차바퀴 등 유용한 목재로 쓰인다.

공원묘지에서 굽이굽이 돌아오다 보면 산자락을 타고 불어오는 아카시 향기가 그분의 체취처럼 감싸준다. 건듯건듯 부는 바람결에도 늘 버팀목으로 힘이 되어주던 아버님. 수십 년의 세월이 지났건만 꿈속에서나마 가끔씩 그윽한 눈빛으로 아카시 향기 한 자락을 남기곤 한다.

따사롭고 포근한 시부모님의 보살핌 속에 시작된 신혼시절. 외아들이다 보니 당연히 시부모님을 모시고 살았다. 방송국에 있는 제자가 간간히 음악회 티켓을 보내주었다. 덕분에 구부간舅婦間의 잦은 나들이가 보수적인 그 지방에서 화제가 되곤 했다.

선교사의 도움으로 공부를 마친 시아버님은 졸업 후, 자신의 출세보다 교육자의 길을 택했다. 어려운 시절 많은 후학들을 길러냈다. 오월의 싱그러운 하늘처럼 교단에서 푸른 꿈을 길러 낸 아버님은 늦깎이로 교단에 선 내게 사표가 되기에 충분했다.

3년간의 투병생활에서도 아버님은 아카시 뿌리처럼 강인함을 보였다. 삶에 대한 집착보다 차근차근 주변을 정리하며 아버님의 호인 석정石丁처럼 병상에서도 흔들림이 없었다.

감자와 호박을 숭덩숭덩 썰어 넣고 끓인 고추장찌개를 유난히 좋아하던 아버님. 서투른 신출내기 솜씨에도 늘 맛있게 드시던 모습이 눈에 선하다. 삼복더위에도 고의적삼에 버선을 신고 늘 단아한 모습으로 난을 어루만지던 모습은 학처럼 고고해 보였다.

딸아이 낳던 날, 한 아름의 소국을 안고 병실 안에 들어서던 모습은 국화가 피는 가을이면 생각난다. 아버님은 국화를 무척 좋아하셨다. 퇴직하기 전 근무하던 학교에 들렀을 때 교정에는 국화가 지천이었다.

병상에 계실 때 늘 국화를 꽂아 놓았다. 돌아가시기 며칠 전, 머리맡에 놓인 국화를 바라보며 고생 많았다고 눈시울을 붉히던 모습이 눈에 선하다. 미리 예견이라도 한 것일까, 마른 장작 같은 손으로 내 손을 어루만지며 병시중 든 것이 고맙다며 힘없이 눈을 감았다. 조롱조롱 맺힌 아카시꽃처럼 삼키지 못한 목울음을 꽃에 매단 채 아버님은 황망히 내 곁을 떠나셨다.

밑바닥이 보이지 않는 우물처럼 막막함이 밀려들고, 김 서린 목욕탕 거울처럼 앞이 희뿌옇게 느껴질 때 군불처럼 떠오르던 아버님. 아카시 향기가 번지는 오월이면 너그러운 눈빛으로 '아가야' 하고 부르던 음성이 바람결에 들려올 것만 같다.

아카시 나무는 자랄 때 가시가 생기다가 자라면서 없어지며 달콤하고 풋풋한 향기를 내뿜는다. 자신의 몸을 지키려고 생긴 가시들을 잠재우고 핀 향기라서 더 달콤한 것은 아닐까.

가시를 훌훌 털어내고 향낭 속에서 분무기처럼 뿜어내는 향기는 가시로 돋아나려는 아집을 촉촉이 적셔준다. 가시는 줄기에 처음 돋아날 때 끝부분이 순하다가 화석처럼 굳어지면서 전투경찰처럼 험악해진다.

내 안에 빼곡히 들어찬 가시들을 들여다본다. 허탄한 기대감으로 물집처럼 부풀어 오른 허망한 가시, 소욕지족少欲知足의 삶을 살지 못하면서 불평으로 찌든 가시들. 고슴도치처럼 돋아난 가시로 상대방에게 상처를 주면서도 내가 늘 상처를 받았다고 생각하는 이 어처구니없는 오만함이란.

자유로운 영혼과 따뜻한 가슴을 가진 사람들에게는 범접할 수 없는 향기가 난다. 그 어느 꽃에도 비할 수 없는 내면의 향기들, 바라만 보아도 느껴지는 향기는 어디서 오는 것일까.

커피 원두는 충분히 볶지 않으면 신맛이 나고 오래 볶으면 탄 맛이 난다고 한다. 원두가 지닌 본연의 향을 내려면 볶는 과정이 중요하다. 서로가 어우러지는 화학반응 속에서 생기는 어울림 속에 커피의 그윽한 향을 낼 수 있듯이 내면의 향기도 마찬가지가 아닐까.

종소리를 멀리 보내려면 종은 더 아파야 한다는 시구처럼 불쑥불쑥 돋아나는 가시를 잠재우고 향기로 피어나려면 얼마나 많은 담금질을 해야 할까. 명지바람결에 아카시 꽃향기가 나부낀다. 웃자란 가시 위를 어루만지며 향기로 넘나든다. 🍃

(2010. 05)

목각인형

분리수거하는 날이다. 쓰레기 더미 옆에 소꿉놀이세트와 손때 묻은 인형이 큰 비닐봉투 안에 차곡차곡 넣어 버려져 있다. 싫증이 나서 버린 것인지 아니면 필요한 사람에게 주려고 놓은 것인지 수거하다 말고 기웃거린다.

어린 시절, 재봉질 하는 어머니를 졸라서 만들어 준 못난이 인형. 체크무늬, 꽃무늬, 줄무늬 등 여러 종류의 천 조각을 이용하여 만든 인형이었다. 헝겊이 헤질 정도로 손때가 묻고 얼굴과 다리를 이리저리 꿰맨 흔적이 있었지만 유년시절 내 단짝이었다.

해외출장 간 아버지는 플라스틱으로 된 프랑스 인형을 사왔다. 막내 여동생 선물이었다. 인형을 갖고 놀기에 이미 지난 나이지만 욕심날 정도로 탐이 났다. 누울 때마다 긴 속눈썹 사이로 파란 눈망울을 살짝 감는 것이 신선한 충격이었다.

중학교 예비소집에서 그 아이를 처음 만났다. 김유경, 올망졸망한 아이들 틈에 유난히 돋보이며 빛나는 모습으로 다가왔던 그녀. 바비인형처럼 갈색빛 나는 긴 머리는 위로 틀어 올렸고, 털이 긴 흰색 반코트를 입고 서 있는 그녀는 다른 나라에서 온 것처럼 신선했다. 소집일에 모인 것을 보면 나와 같은 입학생일 텐데 유경이는 유리 상자 속 공주 인형처럼 보였다.

우연히 같은 반이 되었다. 키 순서로 번호를 정해주고 짝이 되는데 일부러 그녀 뒤에 바짝 붙어서 짝꿍이 되었다. 첫인상처럼 새침한 그녀는 속내를 잘 드러내지 않았지만 바늘과 실같이 붙어 다녔다. 외롭게 자라 독점욕이 강한 유경이는 다른 아이들과의 친분을 허용하지 않았고 둘만의 우정을 쌓아갔다.

중학교를 마치고 나는 모교인 고등학교에 입학을 했지만 그녀는 다른 학교로 진학했다. 버스를 두 번이나 갈아타는 불편함도 마다않고 찾아오던 유경이. 눈에서 멀면 마음도 멀어진다고 했던가, 시간이 지날수록 만나는 간격은 뜸해졌다. 나는 대학에 진학했고 그녀는 졸업하자마자 취업전선에 뛰어 들었다.

발랄한 친구들보다 성숙한 직장냄새를 풍기는 그녀가 뜨막하게 느껴졌다. 가끔씩 지친 얼굴에 후줄근한 모습으로 학교에 찾아오는 그녀가 별로 반갑지 않았다. 생활전선에 일찍 뛰어든 그녀는 자신의 고단함을 위로받기 위해 나를 만나러 왔는지도 모른다. 사춘기 시절 허물없는 담처럼 터놓고 마음을 주고 받던 지난날이 그리웠을 것이다.

만남의 폭은 점점 줄어들었고 졸업식 날, 한 아름의 꽃다발을 안고 찾아왔다. 축하하러 온 친구들 틈에 그녀는 예전의 바비인형처럼 멋진 모습이 아니었다. 꽃다발만 전해주고 떠나던 황망한 뒷모습이 마지막이 될 줄이야.

오래전에 마뜨로쉬카 인형을 선물 받았다. 둥근 모양의 목각으로 된 러시아 전통인형이다. 인형 뚜껑을 열면 그 속에 작은 인형들이 겹겹이 들어 있는데 마지막에 나오는 인형은 손가락 크기보다도 작아 앙증맞다. 보통 네 개에서 아홉 개, 많게는 수십 개에 걸쳐 인형이 차곡차곡 들어차있다.

마뜨로쉬카는 어머니를 뜻하는 '마티'에서 유래되어 러시아인들은 이 인형을 통해 다산과 풍요를 기원했다고 한다. 전통복장을 한 농촌 아낙네 모습을 비롯해 러시아혁명 영웅의 모습이나 스포츠스타, 미국 대통령 등 시대상의 모습을 묘사해 놓았다. 러시아의 관광상품으로 마뜨로쉬카는 어느 거리에서나 만날 수 있는 전통인형이다.

그녀는 지금 어떤 모습으로 살아가고 있을까. 그녀와의 순수했던 시간들은 목각인형처럼 겹겹이 포개진 채 잠들고 있다. 마뜨로쉬카처럼 꼭꼭 숨어있는 유경이를 다시 만날 수는 없을까. 새끼손가락만 한 목각인형처럼 세파에 시달려 작아진 모습일지라도 그녀를 만나고 싶다. 유리 상자 안에 들어있는 멋진 드레스 차림의 인형이 아닌 초췌한 모습일지라도 그녀가 보고 싶다.

나이가 들어서일까, 옛날 친구들이 그리워지고 만나고 싶은 생각이 든다. 다른 모임보다도 동창들과의 모임은 동심으로 돌아가 마음이 편하다. 불러주는 이름마저 아득해지는 시간 속에서 생기마저 감돈다. 서로의 이름을 불러주며 빛바랜 추억들을 꺼내며 까르르 웃는 눈가에는 고운 주름들이 엿보인다.

풍성한 치마폭처럼 감싸주는 나이가 되었다. 철없던 시절 그녀를 따뜻하게 감싸주지 못했던 나의 옹졸함도, 독점욕이 강한 그녀의 성격도 모두 감싸줄 수 있을 텐데…. 그동안 살아온 삶을 함께 나누며, 풋사과처럼 순수했던 지난날의 우정을 다시 한 번 가꿀 수는 없을까.

어릴 적 내 단짝이었던 못난이 인형은 살아있는 듯 살가운 촉감을 느끼게 했다. 손끝에 와 닿던 보들보들한 감촉과 인형의 손과 발을 애만지며 스르르 잠들던 기억들. 그루잠을 자다가도 눈을 뜨면 못생긴 얼굴로 웃어주던 인형. 어느 날 여기저기 꿰맨 볼품없는 인형을 어머니는 나도 몰래 버렸다. 이별의 아픔을 처음으로 느끼게 해준 그 인형을 못내 그리워했다.

손끝에서 느끼던 애틋한 인형의 감촉처럼 그리운 그녀. 버려진 못난이 인형을 그리워하듯 목각인형 속에 포개진 인형처럼 그녀와의 추억을 하나씩 꺼내본다. 🦋

(2011. 08)

반룡송

　야멸찬 여인의 눈매처럼 꽃샘추위가 떠날 줄을 모른다. 시샘하듯 줄기까지 흔들어대는 봄바람에도 아랑곳없이 폭죽처럼 피어나는 꽃들은 위풍당당하다.

　이천 원적산 기슭에 노란 꽃물결을 이룬 산수유 마을, 야트막한 돌담길을 끼고 산책삼아 오르다 보니 만발한 산수유나무에서 머리위로 좁쌀이 와르르 쏟아질 것 같다.

　이천 산수유마을은 조선 중종 때 기묘사화로 정란을 피해 낙향한 엄용순을 위시한 선비들이 심었다고 전해진다. 육괴정 정자 뒤로 심어 놓은 산수유는 1만 8천 그루 정도로 군락을 이루고 있다. 수백 년의 수령을 지닌 고목들은 오랜 연륜을 과시하듯 맘껏 춘색을 드러낸다. 봄의 전령사로 일컫는 시춘목始春木인 산수유는 큰 꽃망울을 터트린 다음 작은 망울을 터트려 꽃을 피운다. 곱지 않은 꽃샘추위를 예감한 것일까, 조심스레 두 번에 걸쳐 작은 꽃망울까지 활짝 핀 꽃 잔치 속에 나른한 봄빛이 영글어간다.

혼몽할 정도로 노란빛에 온몸을 물들인 채, 산수유 마을 앞에서 만난 반룡송蟠龍松. 신라 말기 풍수지리설의 대가인 도선대사가 팔도 명당을 다니면서 이곳 이천을 비롯해서 함흥, 서울, 강원도, 계룡산 등 다섯 곳에 큰 인물이 태어날 것을 예언하며 소나무를 심었다고 한다.

함흥에서는 이태조가 서울에서는 영조대왕이, 계룡산에서는 정감록의 주인인 정감이 태어났고 강원도에 심은 나무는 죽었다고 한다. 이천 도립리는 곧 큰 인물이 태어날 것을 기대하는 듯 푸른 우산을 받쳐 든 반룡송 모습이 멀리서 보아도 예사롭지 않다. 가까이 다가가보니 1000년이 넘는 노송은 용이 부복하여 앉아있는 형상이다.

반룡송은 뱀이 똬리를 틀고 있는 것 같아 '뱀솔'이라고도 하는데 승천을 위해 용트림하는 용처럼 굵은 줄기와 가지들은 비틀린 채 엉켜있고 수피樹皮는 용의 비늘을 연상케 한다. 반룡이란 승천하지 못하고 땅 위를 맴도는 용이다. 반룡송을 만년송이라고도 하는데 기괴한 모습에 탄성이 절로 난다.

사람의 손을 거쳐 만든 분재도 이렇듯 기묘한 선을 만들기는 쉽지 않으리라. 마치 조각가가 주물러 빚은 작품처럼 줄기를 타고 흐르는 유연성과 휘감듯 구부러진 선의 다양한 모습은 신기에 가깝다. 하 많은 세월 속에서도 청정한 잎을 머리에 이고 건장한 청년의 근육질처럼 울퉁불퉁한 줄기를 뽐내는 모습이 가히 일품이다. 지지대에 노구의 몸을 의탁했지만 손을 대기만 하면 꿈틀거릴 것만 같은 생동감이 넘쳐흐른다.

둥글게 울타리를 친 주변을 천천히 돌면서, 여러 각도에서 다양한 모습을 하고 있는 반룡송의 자태를 살펴본다. 승천하지 못하고 몸을 비틀며 땅 위에 엎드려 있는 듯한 용의 모습에 가슴 한구석이 저려온다. 마치 숨죽여 목울음을 삼키는듯한 모습이 얼비치는 것은 나만의 착각일까.

명주보자기를 펼치듯 백목련이 피어나는 봄날, 그녀를 찾았다. 그녀가 있는 정신요양원으로 가는 길목에는 웃자란 쑥들이 수북했고 키 작은 제비꽃이 수줍게 피어있다. 그곳에서 생활한지 벌써 2년이란 시간이 흘러서일까, 처음 입소할 때보다 많이 적응된 모습이지만 만날 때 마다 마음이 애잔하다.

면회실로 들어서는 그녀의 얼굴 위에 어머니 얼굴이 포개진다. 나이 들수록 어머니와 닮은 모습을 보니 어머니를 본 듯 울컥해진다. 만나자마자 도장부터 빨리 찍으라고 조른다. 보호자가 도장을 찍어야만 퇴소할 수 있기 때문이다. 막상 나와도 혼자서 생활할 여력이나 경제력도 없건만 막무가내다.

그녀가 생활하는 정신보건시설은 프로그램도 다양하고 시설도 좋다. 환우들을 감금시키지 않고 개방형으로 된 시설은 재활 프로그램을 운영하여 활기 띤 분위기다. 생일이 되면 바깥에서 외식도 하고 사회복귀를 위해 대형 쇼핑센터를 방문하기도 한다. 그러나 그녀는 여전히 바깥세상을 동경했다.

점심을 마친 남자 환우들이 산책삼아 바깥에 나와 삼삼오오 모여 있다. 봄빛이 내려앉은 벤치에 앉아 담소를 나누는 그들 중에 젊은 청년이 눈에 들어온다. 그도 한 때는 꿈 많은 시절이 있었을 텐데, 스쳐 지나치며 씩 웃는 모습이 해맑다. 그녀가 기거하는 방에 올라가자 다른 환우들이 우루루 몰려들며 겁먹은 얼굴로 병풍처럼 빙 둘러선다.

반갑다고 눈인사를 하자 이내 달려들어 손을 잡고 떠날 줄을 모른다. 이곳에 올 때마다 느끼는 것은 그들의 눈빛은 꿈꾸는 듯 여전히 맑다는 것이다. 그 순진한 눈빛 속에 훌훌 자리를 털고 일어설 것만 같다. 정신질환이라는 병마로 지금은 비록 반룡처럼 비틀어지고 엉켜있지만 언젠가 족쇄를 풀어 헤치고 비상할 날이 올 것이다.

반룡송을 보고 있자니 내 안에 자리 잡고 있는 모습을 보는 듯하다. 내 안에는 두 마리 용이 살고 있다. 승천하지 못하고 땅 위를 맴도는 반룡과, 힘차게 비상하려는 용이 살고 있다.

건조한 생각이 똬리를 틀 때마다 새로운 변화를 꿈꾸지만 마음먹은 대로 되는 것이 어디 쉬운 일인가. 변화가 가져오는 두려움 때문에 안주하기에 급급한 내 모습은 반룡과 닮아있다.

반룡송의 비틀어지고 꼬여있는 줄기를 보니 매듭처럼 풀지 못한 마음들이 옹골차게 매달려있다. 어디서부터 매듭진 것일까, 옹이진 생각들을 내려놓으면 실타래 풀리듯 매듭이 풀릴 수 있을까.

떠나오면서 뒤돌아보니 작은 섬처럼 보이는 반룡송 자태 위로 비상하는 용 한 마리 보인다. 땅 위에 모든 허물을 남겨 놓고 힘차게 날아오르는 용의 모습이 봄기운 속에 아지랑이처럼 피어오른다. 🍂

(2013. 04)

여행수필, 수필여행

— 최태희 수필 속으로의 여행

배 준 석
시인 · 「문학이후」 주간

여행길은 수필길이다.

발길 닿는대로 길이 생긴다. 길은 '길다'에서 나온 말 같다. 그 긴
인생길을 걷다보면 여행길이 된다. 인생과 여행이 만나는 것이다. 인
생길에서 만나는 사연이 구구절절이듯 여행길에서 만나는 이야기도
끝이 없다.

굳이 인생길을 걷고 있는데 또 여행길을 떠날 이유가 있는가. 있다.
인생길에서 쉽게 만날 수 없는 것을 적극적으로 찾아 나서는 일이기
때문이다. 견문을 넓히는 것이다. 또 있다. 그만그만하게 반복되는 일
상에서 벗어나 새로운 것과 부딪치는 것이다. 아름다운 도전이다.

현실도피, 삶에서의 일탈이라고 하면 인생길과 여행길은 서로 다른
모습을 보이기도 한다. 인생길이 운명처럼 순응하는 부분이 있다면 여

행길은 스스로 선택한 길이다. 그래서 재충전이라는 변명도 만들고 여유라는 길도 만나게 된다. 그러나 무엇보다 여행의 참맛은 깜박 잃어버린 나를 되찾는 일이다. 그 길에서 어디로 떠날 것인가를 고민하게 된다. 이는 순전히 여행하는 사람의 개인적 취향이나 관심에 따르게 된다. 그 길에서 우연인 듯 운명인 듯 최태희와 만난다.

첫 수필집 앞에 써 넣는 이 글은 의미심장하다. 이번 수필집에 대한 단언이다. 그만큼 여행길에서 생생한, 살아있는 이야기들을 수필로 꿈틀꿈틀 되살려내고 있다.

인생 양量은 여행 양量과 맞먹는다는 말이 무색할 정도로 이번 작품들은 다양한 여행길로 독자를 인도한다. 그 길을 따라가다 보면 복수초, 생강나무, 민들레, 개나리, 산수유와 만나게 되고 구송폭포, 청평사, 당나라 공주 이야기도 따라 나온다. 청사초롱, 고추장아찌, 심검당, 겹처마, 맞배지붕도 보여준다. 여행길에서 만나는 것들은 모두 수필의 소재다. 소재의 종합박물관이다. 이러한 길을 앞서 걷는 최태희의 발길을 독자들은 따라나서기만 하면 된다.

스쳐가는 낯선 이정표를 보면서 떠나는 여행의 설렘은 더께로 내려앉은 고운 먼지들을 털어내 준다. 여행은 낯선 곳에서 잠시 나를 내려놓고 일상의 군살 위에 쉼을 얹어준다.

　　　　　　　　　　　　　　　　　　　　ー「우수 뒤에 얼음같이」에서

이 짧은 문장에서 여행의 참맛을 느끼고 있다는 것이 확인된다. 더께, 군살이란 것은 살아가다보면 어느 틈에 생기는 것들이다. 그것이 끼고 쌓여 걷잡을 수 없을 때 아픔과 병과 후회가 몰려온다. 여행은 이러한 것을 물리치는 삶의 활력소며 예방약이다.

산과 계곡이 어우러진 길을 걷다보니 단아한 물줄기를 보여주는 구송폭포가 한눈에 들어온다. 청평사에 얽힌 '공주와 상사뱀' 전설이 전해지는 공주상이 눈길을 끈다. 당나라 태종 때 공주를 짝사랑하던 청년이 있었는데 평민 출신인 청년은 이룰 수 없는 사랑 때문에 상사병에 걸려 죽고 말았다.

—「멀리서 바라보면」에서

여행의 묘미는 수많은 이야기와 만나는데 있다. 그 중 전설은 그 자체로 상상과 의미와 재미를 만들어 준다. 청평사에서 만난 전설도 재미있다. 대개 전설은 이루지 못한 사랑 속에서 생긴다. 쉽게 이룬 사랑은 다음이야기가 끊어지고 만다. 그래서 이별이라는 가슴 아픈 사랑이야기는 모두 전설이 된다. 수많은 전설들은 불행하거나 불행해 지거나 가슴 아프거나 헤어지거나 애달프게 죽거나 할 때 생긴다. 전설 속에서 이야기가 마구 쏟아져 나오는 이유다. 이는 요즘 우리 주변 이야기와 긴밀하게 연결될 수 있고 비유도 될 수 있다.

거문고가 아무리 훌륭하고, 거문고를 타는 손가락이 아무리 뛰어난들 서로 만나지 않으면 어찌 좋은 소리를 들을 수 있을까. 내 곁을 스쳐가는 소소한 만남 일지라도 씨를 뿌리고 함께 가꾸어 나갈 때 장성한 나무처럼 튼실한 열매를 맺는 것이리라.

—「멀리서 바라보면」에서

요즘은 전설 같은 이야기를 만나기 어렵다. 서민들이야 이렇게 살아가는 것이 그나마 꿈인 것을, 차마 그 꿈을 전설로 만들라고 말할 수 없다.

봄 속 여행길은 꿈길이다

봄은 '본다'는 말에 어원이 있다. 겨우내 움츠리고 들어앉아 있다가 봄이 되면 밖에 나와 휘휘 둘러본다는 데서 나온 말이다. 봄은 여행하기 좋은 계절이다. 만물이 신선하고 초롱하며 새롭다. 봄에 떠나는 여행은 그래서 보약에 다름없다. 그 봄은 꿈결처럼 짧게 지나가서 '봄날은 간다'고 노래하며 아쉬움을 남기곤 한다. 꽃피고 새가 우는 인생의 봄도 짧기만 해서 또 아쉬움을 남기는 것처럼. 그 짧은 봄도 여행길에서 만나 한편의 글로 정리되면 영원히 붙잡아 놓을 수 있다. 글의 놀라운 힘이다.

떠나가는 사람의 뒷모습처럼 아쉬운 오월. 서산 개심사로 향한다. 벚꽃이 가장 늦게 핀다는 기대감 반반, 혹시나 하는 마음 반반이다. 주가가 오르락내리락 거리듯 봄인지 여름인지 두서없는 날씨다보니 무리한 생각만은 아니다. 연녹색 기운이 부챗살처럼 퍼진 적송 사이로 절의 입구를 알려주는 표석이 정겹게 맞아준다. 오색연등이 청사초롱처럼 나붓거리는 돌계단을 오른다. 고추장아찌처럼 찌들고 단힌 마음도 열릴 듯한 기대감으로 발길을 재촉한다.
— 「봄날은 흘러간다」에서

위 글은 시작하는 부분인데 주변 풍경을 다양한 직유로 적확하게 표현하고 있다. 봄날의 아쉬움을 '떠나가는 사람의 뒷모습처럼'이라고 한 것은 그대로 절창이다. '주가가 오르락내리락 거리듯 봄인지 여름인지 두서없는 날씨다보니'라는 표현은 이 시대의 이상기온 현상에 대한 세밀한 기록이다. '연녹색 기운이 부챗살처럼 퍼진 적송 사이로'는 부채라는 시원한 사물을 통해 개심사에서 확 트인 몸과 마음을 표현하는데 최적의 효과를 보이고 있다. '고추장아찌처럼 찌들고 닫힌 마음도 열릴 것만 같은'은 현실을 털어내고 있는 화자의 마음을 나타내고 있다. 왜 고추장아찌인가. 매운 현실을 삭히느라 찌들 수밖에 없기 때문이다. 그렇기만 한가. 고추장아찌라는 음식은 화자의 또 다른 관심 속에서 탄생한 독특한 비유의 대상으로 이번 수필집에서 자주 발견되는 분위기의 대목이다. 먹고사는 일이 급선무인 현대인들에게 음식으로 인한 비유만큼 감각적으로 다가오는 것이 어디 있겠는가. 물론 화자는 우리 음식에도 관심이 많고 조예 또한 깊기 때문에 이러한 비유가 나온 것이다.

위 한 연에서, 개심사를 통해 펼쳐진 봄날의 여행은 이미 독자들의 마음을 흔들어놓고도 남음직 하다.

어디선가 웃음소리가 기와 담장을 넘나든다. 왕벚꽃의 헤픈 웃음소리다. 해탈문을 지나니 청명한 햇살을 머리에 이고 하늘을 가릴 듯한 꽃들이 가지마다 매달려 있다. 꽃이 피었다는 느낌보다 주먹만 한 꽃 덩어리가 매달려 있는 왕벚꽃을 보니 돌계단을 오를 때 미처 열지 못했던 마음까지 해감 토하듯 서서히 연분홍빛에 녹아내린다.

—「봄날은 흘러간다」에서

개심사 왕벚꽃은 환상적이라는 말로도 다 표현할 수 없다. 극락세계가 있다면 이런 풍광이 아닐까 싶은 곳이다. 거기에 청벚꽃까지 더해 일대 장관을 연출한다. 그 왕벚꽃을 보며 모두가 아, 아, 감탄사를 연발할 때 최태희는 웃음소리를 찾아낸다. 그리고 미처 열지 못했던 마음을 서서히 녹여 내리며 드디어 개심사의 봄을 마음껏 음미하는 모습을 보여 준다. 마음이 열린다는 개심사와 하나가 된 것이다. 휑하니 쇼핑하듯 한 바퀴 돌고 내려오는 사람들과 다른 모습이다.

사물이나 소재와 만나기는 쉬워도 하나가 되기는 어렵다. 이때 하나가 되어 같이 공유하고 즐기는 사람이 있다면 그가 진정한 수필가임에 틀림없다. 그가 바로 최태희다.

섬진강을 마당삼은 다무락 마을은 논과 밭에 돌담을 쌓고 마을길도 돌담이 많아 정겹다. 이끼 낀 돌담과 어우러진 매화와 산수유가 산골마을의 정취를 더한다. 아직 알려지지 않은 곳이기 때문일까, 하동 쪽 매화마을에 비해 인적도 드물어 호젓한 산골의 정경이 걷는 즐거움을 더한다.
—「다무락」에서

여행은 새로운 곳을 소개해주는 멋도 있다. 이는 여행이 가지고 있는 의무이기도 하다. 구례 사동마을에서 섬진강변 유곡마을까지 매화 트레킹을 다녀온 이야기다. 여기서 다무락이라는 말과 만난다. 그 지방 사람들은 담을 다무락이라고 한다는 것이다. '담' 하면 무엇인가 꽉 막힌 듯한, 가로막는 것 같은데 다무락은 소박하고 정겨운 느낌이다. 거기에 매화 다무락이라니…… 이것은 그대로 동양화 한 폭이요, 시구 한 소절이며 서로 소통하는 공간으로 전이되고 요즘 유행처럼 말하는 힐링의 대상이 된다.

추운 겨울을 견디고 가장 먼저 피는 꽃이기 때문일까, 꽃봉오리를 연 매화를 들여다보니 장원급제한 아들처럼 대견스럽다. 모진 비바람과 눈보라에도 꽃을 피운 저 힘은 어디서 오는 것일까. 매화나무 가지에 뜨거운 혈관이 흐르는 것은 아닐까, 저절로 꽃을 피웠을 리는 없을 터, 다른 꽃들보다 봄을 알리기 위해 부지런히 수액을 끌어올려 가지마다 양분을 공급했을 것이다. 매서운 바람을 견디기 위해 얼마나 힘들었을까. 꽃샘바람결에 수줍은 듯 파르르 진저리 치며 그윽한 향을 날리는 매화에게서 삶의 지혜를 터득한다.
—「다무락」에서

매화 보고 찬탄하는 일은 누구나 할 수 있다. 그러나 꽃 한 송이 피우기 위해 그 추운 겨울을 이겨낸 고통까지 헤아리기는 쉽지 않다. 그래서 어려운 공부를 이겨내고 장원급제한 아들로 슬쩍 의인화 시켜 놓는 일은 여간한 생각의 산물이 아닐 수 없다. 다시 생각해 보면 매화야말로 어사화로도 손색이 없지 않은가.

최태희의 봄 여행은 이처럼 새로운 이야기로 넘쳐난다. 봄 길을 걷고 또 걸으며 나름대로 꿈길 같은 여행을 하고 있는 것이 확인된다. 결코 짧거나 아쉽지 않은 봄날을 수필로 꼭꼭 자국을 남기며 지나가고 있다.

여름여행은 땀이다

폭염 쏟아지는 천형 같은 한여름에도 여행은 계속된다. 인생길에서도 때로 땀 흘려야 하듯 여름 여행길은 땀의 결정체라 할 수 있다. 땀 흘리는 일을 두려워하는 사람은 여행과 인생의 참맛을 모르는 불행한 일이다.

여름은 여름에 맞는 여행이 있다. 여름에 놓치지 말아야 할 것이 분명 있기 때문이다.

광주에서 담양 가는 길, 배롱나무가 지천이다. 다홍치마가 빨랫줄에 널린 것처럼 펄럭이는 배롱나무를 사열하듯 스쳐간다. 담양 후산마을에 이르니 후덕한 맏며느리처럼 널찍한 그늘을 만들어주는 느티나무가 쉬었다 가라고 손짓한다. '명옥헌 원림' 이정표를 따라 동네 골목을 오르니 수탉 벼슬처럼 잘생긴 맨드라미와 웃자란 봉숭아꽃이 담장 밑에서 졸고 있다.

— 「명옥헌 배롱나무」에서

한여름에 피는 배롱나무 꽃을 보기 위해 담양에 있는 명옥헌에 간다. 배롱나무가 무엇인가. 돈인가, 권력인가, 속인들이 그렇게도 좋아하는 명예인가. 돈 좇고 권력 좇고 명예 좇는 사람들로 넘치는 시대에 배롱나무를 보러 땀 흘리며 간다는 것은 그 자체로 의미가 된다. 그뿐 아니다. 문장에서 직유 잔치가 펼쳐진다. 배롱나무 꽃을 '다홍치마가 빨랫줄에 널린 것처럼' 본다거나 '사열하듯' 스쳐간다거나 느티나무를 '후덕한 맏며느리처럼' 쉬었다 가라고 손짓한다거나 '수탉 벼슬처럼 잘 생긴 맨드라미'라고 한다거나 하는 표현들이 서로 어울려 명옥헌이라는 그림 한 폭을 그려 놓고 있다. 여기서 최태희는 언어로 그림을 그리는 화가가 된다.

이처럼 아름다운 직유들이 곳곳에서 튀어나와 넋 놓고 있던 감각을 깜짝깜짝 놀라게 깨우고 있다. 이러한 표현들을 별도로 정리해서 우리나라 초유의 직유사전을 만들어 놓고 싶을 정도다.

연못가에 휘어진 채 늘어진 가지의 모습이 옹골차다. 반들반들 매끈한 수피樹皮는 근육질로 잘 다져진 몸매 같다. 긴 세월 속에서도 이렇듯 풍성한 꽃을 피우다니, 배롱나무 속에는 식지 않는 뜨거운 피가 흐르는 것은 아닐까. 그러나 오랜 세월 감당한 삶의 질곡인들 왜 없었을까. 짧은 연륜의 햇살과 공기로 이렇듯 붉은 빛을 보여줄 리 만무하다.

땅속 깊이 뿌리를 내리며 모진 비바람에도 끄떡없이 붉은 그늘을 만들어주는 배롱나무, 그 많은 세월이 저절로 가는 법은 없다. 묵묵히 자리를 지키며 제 할일을 감당하는 배롱나무 꽃그늘 밑에서 삶의 비법을 배운다. 솔숲을 돌아 온 바람결에 꽃들이 연못 위로 떨어진다. 꽃물결에 밀려 꽃들은 다시 피어나고 물빛에 반사된 잔영이 운치를 더한다.

아프리카 어느 마을에 수심은 깊지 않지만 물살이 센 강이 있다고 한다. 다리가 없어 강을 건너려면 어른아이 할 것 없이 돌을 머리에 이고 강을 건너야 한다. 자신에게 걸맞은 돌의 무게로 거친 물살을 헤쳐나가는 그들만의 지혜다.

　내가 짊어진 짐들은 얼마나 될까, 돌이 무겁다고 강 건너 불 보듯 바라만 보는 것은 아닐까. 연못 위에 비친 모습을 들여다보니 짊어진 짐들이 한 두 개가 아니다. 어쩌면 내가 짊어진 짐들은 강물에 휩쓸리지 않게 도와주는 고마운 돌인지도 모른다. 쓰러지지 않게 세워주는 짐을 만나면 피하지 말고 부둥켜안고 갈 일이다.

　연못가를 한 바퀴 돌아 언덕에서 내려오니 꽃그늘 사이로 난 오솔길이 신부처럼 눈부시다. 꽃길 사이로 한차례 바람이 분다. 휘돌아 나오는 바람결에 붉은 기운이 온 몸을 감싸 안는다. 뜨거운 피가 분수처럼 솟구쳐 오른다.

—「명옥헌 배롱나무」에서

　여행과 수필과의 관계, 문장과 표현에서의 비유 등을 주로 이야기했지만 그만으로 끝날 일이 아니다. 한여름을 붉게 태우는 배롱나무 꽃을 보고 느낀 것이 과연 무엇일까, 궁금해진다. 마지막 행에서 '뜨거운 피가 분수처럼 솟구쳐 오른다.'는 구절이다. 단순히 떠돌아다니는 것이 여행이 아니고 글로 써 놓는 단순한 기록이 수필은 아니다. 그 다음 단계가 있다. 붉은 배롱나무 꽃을 보며 뜨거운 열정을 깨닫는 것이다. 그래서 폭염보다 더 뜨거운 열정을 찾아 한여름을 무릅쓰고 명옥헌에 간 것이다. 그런 깨달음이 있다면 이 여행은 성공이고 수필로써도 성공이고 수필가로서도 성공이다.

　담양까지 가서 어찌 명옥헌만 들를 것인가. 송강정도 식영정도 취가정도 소쇄원도 인근에 있다. 자연 땀 흘려 가며 인근 곳곳에 뜨거운 발자국을 남겨야 한다. 그런 모습을 그려보면 길 위의 견자見者가 따로 없다는 생각이다.

　흔히 아는 만큼 보인다고 한다. 아니다. 그 표현은 사실 부족하다.

이미 보이는 것을 지나 느껴야 한다. 그도 부족하다. 느끼면 즐겨야 한다. 그리고 즐기다보면 사랑까지 해야 한다. 여기서 멈출 수 없다. 사랑하면 그때 글을 써야 한다. 그래야 비로소 여행은 완성되는 것이다. 그 증거가 이번 최태희 수필집에 산재해 있다.

드넓은 연 밭을 지나올 때 눈부시게 피어있는 백련이 부조리에 물들지 말라고 귀띔해 준다. 바람결에 너울대는 부채처럼 넓은 잎사귀는 소심한 마음을 펴서 호연지기를 키우라고 손짓한다.

　　　　　　　　　　　　　　　　　　　　　　　—「가시연」에서

연꽃 역시 한여름에 핀다. 시흥에 있는 관곡지에 가서 가시연을 선택한 것은 가시 때문이다. 스스로를 지키려고 중무장한 가시연을 통해 과거에 만났던 한 여대생을 떠올린다. 버스 안내양을 하면서도 학업에 정진했던 그녀의 모습을 가시연으로 묘사한다. 그리고 연蓮이 부조리에 물들지 말고, 호연지기도 키우라고 귀띔해 준다는 것이 의미이다. 땀 흘린 보람이라는 말은 이렇게 여름 여행 때 적절해진다.

사람들은 끊임없는 관계 속에서 살아간다. 인간관계라는 관계 속에서 수없이 연결된 고리들. 부부간의 연을 맺기도 하고, 친구나 직장에서 동료 간에 담장과 담쟁이로 만나 고리를 이어간다. 부모 자식 간 고리야말로 서로 기대고 의지하며 보듬고 살아가는 가장 원초적 관계가 아닐까. 부모가 된다는 것이 쉬운 일은 아니었다. 아이가 자라면서 기쁘고 즐거운 일도 많았지만 힘들 때도 많았다. 때로는 무성해지는 담쟁이가 버거울 때도 있었다.

　　　　　　　　　　　　　　　　　　　　　　　—「담장과 담쟁이」에서

광명에 있는 오리 이원익 선생을 기념하기 위해 만든 충현박물관에서 만난 담쟁이 이야기다. 담장이 있어서 담쟁이는 존재한다. 의지할 곳이 필요한 식물이다. 사람도 마찬가지다. 관계라는 것은 식물이나 사람이나 혼자서는 살 수 없다는 말에 기인한다. 세상의 모든 생명을 가진 존재들은 서로 의존적인 관계 속에서 살아간다. 이를 굳이 상대 성원리라고 거창하게 이야기할 필요도 없다. 담장이 담쟁이를 떠받쳐 준다면 담쟁이는 삭막한 담장을 포근히 감싸준다. 관계는 상호간에 일어나는 일이다. 주고받는다는 것은 중요하다. 이러한 의미를 통해 최태희 수필의 깊이를 잴 수 있다.

가을로 걷다보면 만난다

가을이야말로 떠나는 계절이다. 가을이라는 말이 '가다'에서 나왔다면 떠나지 않고 어찌 가을을 오롯이 보낼 수 있을까. 가을이라는 말은 갖다 붙이면 모두 시詩 구절이 된다. 가을비, 가을밤, 가을 길, 가을 하늘…. 거기에 가을여행이라고 하면 달려 나오는 이미지들이 또 하 많을 수밖에.

철마다 떠나는 답사여행은 박카스다. 봄에는 왕벚꽃이 흐드러진 서산 개심사에서 흘러가는 봄을 붙잡고, 여름에는 부여 무량사 느티나무 그늘에서 더위를 삼키고 이번 가을에는 영주 부석사로 향한다. 가을을 닮아가는 나이 탓일까, 이맘때면 계절병을 앓는다. 낙엽처럼 흔들리는 마음을 다독이며 길을 나선다.

—「영주의 가을」에서

계절병을 앓을 정도로 여행을 다니는 것은 전문가라는 말이고 떠나지 않고 배길 수 없다면 이는 역마살이 낀 것이리라. 좋게 말하면 체험학습이요 고상하게 말하면 답사이고 평범하게 말하면 여행이다. 속되게 말하면 놀러 다닌다고도 한다. 우리는 오래전부터 한국문학비답사회를 만들어 정기적으로 버스를 대절해서 고상하게 전국의 문학비를 답사했다.

더불어 주변 문화재나 명승대찰, 그리고 맛집까지 찾았다. 그리고 답사 후 기행체 수필을 쓰게 하여 문학적으로 승화시키는 일도 병행하고 있다.

긴 세월을 지켜온 당간지주처럼 나를 지켜준 지주는 무엇일까. 든든한 버팀목으로 내가 가는 길을 지켜주는 지주는 어떤 것인가. 이런저런 상념 속에 지금껏 흔들리지 않고 이끌어준 지주가 눈앞에 떠오른다. 지척을 구분하기 힘든 어둠 속에서 두 개의 돌기둥이 우뚝 서서 나를 바라보는 것 같다.

—「영주의 가을」에서

여행길에 만난 당간지주를 스스로에게 대입시켜가며 생각의 공덕을 쌓고 있다. 이런 생각으로 스스로를 되돌아본다면 어느 경지에 올라있다는 느낌이 든다. 선禪의 경지는 요란한 것도 대단한 것도 아니다. 스스로가 스스로에게 되묻고 스스로 답하다 보면 생각이 깊어지고 삶을 보는 눈도 그윽해지게 마련이다. 그때 선의 경지가 자연스레 펼쳐지는 것이다. 이미 그런 위치에 들어간 최태희의 모습이 가까이서 느껴진다.

요즘도 추석이 되면 송편을 빚는다. 유난히 송편을 좋아하던 어머니를 생각하며 차례에 올릴 송편을 정성껏 준비한다. 솔잎을 깨끗이 씻어 채반에 널어 말리고 송편 속을 마련한다. 고소한 깨소나 녹두, 밤을 으깨어 소를 넣은 송편은 이것저것 골라 먹는 재미가 쏠쏠하다. 단호박 으깬 것으로 반죽을 하면 노란색 송편이, 자색고구마로 반죽을 하면 환상적인 보랏빛 송편이 된다. 쑥이나 모시 잎으로 만든 송편은 향과 색도 곱다. 색동저고리처럼 빚은 송편 위에 꽃 장식을 하면 웃기떡으로 손색이 없다. 외씨버선 뒷볼처럼 빚어야 예쁜 송편이 된다는 어머니는 친척들이나 형제간에 화목과 우애의 웃기를 얹어주는 웃기떡이었다.

─「웃기떡」에서

접시나 합에 떡을 담은 다음에 장식으로 얹는 것을 웃기떡이라 한다. 그런데 송편 만드는 이야기가 예사롭지 않다. 상당한 수준의 음식이나 떡을 만드는 느낌이다. 가만 생각해보면 작품 속에서 음식으로 비유되는 부분이 자주 발견되는 것도 우연이 아니다. 단순히 집안에서 살림으로 음식을 해먹는 솜씨에서 나온 비유가 아니기 때문이다.

몇 년 전, 전국 떡 경진대회에서 떡 케이크로 입상을 했다. 출품할 작품을 구상하던 중 매생이를 이용한 떡 케이크가 대박을 냈다. 청정지역에서 겨울에 잠깐 나오는 매생이는 우주식량으로 지정될 만큼 5대 영양소가 골고루 들어있는 고단백 식품이며 참살이 식품이다.

제 철이 아니라 어렵사리 구한 매생이를 잘 말려 고운 가루를 낸 다음 쌀가루에 버무려 김을 올리니 집안 가득 바다향이 번진다. 그러나 그 위에 웃기로 장식할 것이 막막했다. 고심 끝에 무를 이용해 카네이션꽃을 만들기로 했다. 분홍 물과 녹색 물을 들인 무를 잘 손질해 말린 다음 정과를 만들어 카네이션꽃을 만들었다. 떡케이크를 만들고 고물을 뿌린 다음 무정과로 만든 카네이션꽃으로 장식을 하니 성장을 한 여인처럼 완전 변신을 했다. 웃기로 장식한 카네이션꽃이 톡톡히 한 몫을 했다.

─「웃기떡」에서

어쩐지…. 라는 말이 나오는 대목이다. 음식은 정성이다. 세상에 정성 아닌 일이 어디 있겠냐마는 먹고사는 일이 우선인 점을 감안하면 음식 정성이 첫째이다. 전국 떡 경진대회에서 입상을 했다면 이야기는 달라진다. 그간 우리는 자주 그의 떡 솜씨를 환호성 속에 만나 맛으로 음미했다. 정성은 그 무엇도 감동시킬 수 있다는 것을 증명한 것이다.

이런 정성이라면 그의 문학세계에 쏟는 정성 또한 만만치 않으리라는 것은 자명한 일이다. 열정적인 장미꽃을 좋아한다는 것으로 보아 정성과 열정이 만나는 환상적인 모습도 그려보게 한다.

음식에 관한 글이 많음도 그런 연유다.

틀니 때문에 치아가 불편한 아버님을 위해서는 집간장 맛이 몰캉하게 배인 짭쪼롬한 간장무침을, 매콤한 것을 좋아하는 딸아이를 위해서는 감칠맛이 도는 무말랭이 무침을 한다.

—「9년을 기다리는 빵」에서

글에서 맛이 난다. 맛이 느껴진다. 이 글은 정성으로 만드는 빵이라 하루에 네다섯 개밖에 만들지 못한다는 일본의 이야기다. 그 집 빵을 먹으려고 지금 주문하면 9년을 기다려야 한다는 것이다. 이렇게 음식에 공을 들이는 것을 쉽게 찾아 볼 수 있는가. 빠르게 대충 만들어 먹는 현실 속에서 정성은 들어갈 틈도 없는 것 아닐까.

베란다에는 10년쯤 숙성된 집간장이 햇볕 속에 무르익고 있다. 어머니가 생전에 만들어 둔 것인데 세월이 갈수록 양조간장처럼 진한 색을 보이고, 바닥에는 고운 모래처럼 앙금이 남아있다. 간을 보면 짠 맛 뒤에 느끼는 달큼한 단맛이 깔끔하다. 계절에 따라 늘 밑반찬을 준비하던 어머니, 마늘장아찌와 고추장아찌, 무장아찌, 더덕장아찌 등 싱싱한 계절식품으로 장만한 밑반찬만 있으면 갑자기 손님이 와도 문제없다.

— 「9년을 기다리는 빵」에서

내력이 있다. 10년쯤 숙성된 간장이라니. 10년 세월 정성이 녹아든 간장의 맛은 도대체 어떨까. 상상만으로도 놀랄 만하다. 금년 여름 강릉으로 답사를 갔을 때 그가 직접 만들어 온 보리빵 맛을 잊을 수가 없다. 음식에 대한 정성스런 마음까지 어머니에게서 물려받은 것이다.

여러 가지 재료가 섞인 양념장이 깊은 맛을 지니려면 숙성과정이 필수다. 매운 고춧가루도 양념 속에 섞여 숙성이 되면 매콤하면서도 뒤끝에 단맛이 느껴진다. 청양고추처럼 톡 쏘는 아집도 양념장 속에 넣어 숙성시키면 어떨까, 함께 어우러지면 쓸데없는 아집에서도 단맛이 날까.

— 「9년을 기다리는 빵」에서

사려 깊지 않고 걸러지지 않고 다시 생각해 보지도 않고 성급한 판단과 결론으로 떠드는 사람이 많은 시대에 숙성이라는 말을 찾아낸다. 이를 양념에 비유하는 표현이 맛깔스럽다. 음식에 관심과 애정을 쏟는 일은 사랑의 표현이며 정성을 다해 살아가는 사람의 아름다운 모습이다. 이를 일상생활에서 하나하나 즐거운 마음으로 해나가는 일은 작품 못지않은 삶의 예술행위이다.

성난 짐승 같은 겨울도 온다

겨울나기는 힘겨운 일이지만 지혜로운 사람에게는 또 다른 도전과 극복의 계절이다. 도전과 극복 없이 이뤄지는 일이 어디 있는가. 겨울이라고 가만 앉아있을 수만은 없다. 여행의 진수는 오히려 겨울이다. 눈 쌓인 에베레스트까지 올라가는 사람들, 목숨까지 잃는 사람들을 보며 우리는 무모하다고 말할 수 없다.

보리밥과 열무김치에 각종 나물 등이 스테인리스 양푼에 수북수북 쌓여있고, 홍두깨로 직접 밀어 끓인 칼국수 손맛은 일품이다. 몸을 간신히 돌릴만한 좁은 공간에서 마술 부리듯 척척 음식을 만들어 덤까지 주는 것이 이곳에서만 볼 수 있는 후한 인심이다. 칼국수를 주문하면 비빔냉면을, 보리밥을 시키면 칼국수를, 윤기가 자르르 흐르는 찰밥을 주문하면 칼국수와 비빔냉면을 맛보기로 주는데 덤으로 받기에 적은 양이 아니다.
—「덤」에서

음식을 아는 사람이 명가를 찾는 법이다. 요란한 음식에 가짓수 많은 것이 아니다. 칼국수 한 그릇에서 느끼는 맛과 이를 표현해 내는 기막힌 맛이 덤처럼 어우러진 수필 한 구절에 눈을 준다. 덤은 인심이며 여유이며 한겨울 마음까지 훈훈하게 해준다. 인색한 마음으로 승부하는 것이 맛을 대표할 수 없다. 추운 겨울, 칼국수 한 그릇으로 서울 나들이는 따스하고 넉넉한 길이 된다.

감사는 내적인 상처를 치유하는 징검다리와 같다. 감사의 눈을 갖기까지 기다림에 대한 성숙이 필요하다. 잔잔하다가도 거세게 밀려드는 파도처럼 모나고 편협한 아집을 둥글게 다듬어 주기도 한다. 감사는 선택이다. 불평과 근심, 염려가 본능적인 것이라면 감사하는 마음은 내가 선택할 몫이기 때문이다.
—「덤」에서

덤에 머물지 않고 이를 의미로 확장시켜 나가는 모습이 진중하다.

당연 겨울 맹추위도 한걸음 뒤로 물러서겠다.

여행은 때를 가리지 않는다. 비가 오면 오는 대로 눈이 오면 그 나름대로 운치가 있다. 그 여행길이 일본 후쿠오카 지방으로까지 뻗어나갔다. 그 여행에 힐링이라고 명제를 붙이는 일도 재미있다.

얼마 전에 후쿠오카 지방으로 온천여행을 다녀왔다. 이번 여행의 명제는 온전한 휴식이었다. 호텔보다 료칸에 숙소를 잡고 노천탕을 배경으로 온천욕을 즐기며 가이세키 요리를 맛보는 힐링 여행이었다.

— 「우수 뒤에 얼음같이」에서

온전한 휴식이라는 명제에 맞게 온전한 휴식을 취하고 돌아와서 또 숙제처럼 글로 정리한다. 쓰지 않으면 그냥 지나가고 쓰면 추억도 오래 간직할 수 있다. 그래서 쓰다 보니 쓴다는 일이 숙명처럼 다가오게 된 것이다. 쓴다는 일이 꼭 부담만 있는 것이 아니어서 쓰고 났을 때 느끼는 희열은 써 보지 않은 사람은 느낄 수 없다. 써 놓으면 작품이 되고 추억이 되고 그때그때 감정에 대한 기록과 생각에 대한 잊혀지지 않는 기록이 된다. 훗날 다시 읽으며 오늘의 내 모습을 비춰보고 반성할 수도 있다. 글은 내 살아온 삶의 정리라서 때로 자서전이 되기도 한다.

여행은 낯선 곳일수록 좋다. 그만큼 많은 느낌을 간직할 수 있다. 일본여행의 진수는 온천에서 만난다.

푸르스름한 새벽 미명, 노천탕에 몸을 담그고 하늘 끝자락에 걸린 달을 쳐다보니 아등바등 세상일에 연연해하던 부질없는 생각들이 무딘 기억으로 다가온다. 알싸하게 얼굴을 감싸주는 새벽공기 속에 발끝부터 서서히 전해지는

탕 속의 열기는 세포마다 즐거운 반란을 일으키며, 티눈처럼 박혀 있던 질박
한 생각들을 하얗게 비워낸다.

— 「우수 뒤에 얼음같이」에서

여행은 그동안 바쁘게 살아온 일들을 정리해 준다. 스스로를 되돌아
보게 한다. 물론 앞일도 다시 생각하게 된다. 여행을 많이 한 사람은
책을 많이 읽은 사람보다 더 가슴이 넓어진다. 실제로 현장에서 부딪
치고 본 것들은 모두 살아있는 것들이다. 살아있다는 것, 발로 쓴다는
것, 그래서 여행을 많이 다닌 사람의 글은 살아있다. 머리로만 쓰는
글들이 난무하는 시대에, 잽싸게 몇몇 그럴싸한 표현으로 장난만 일삼
는 시대에 우직하게 먼 길을 떠나 그 일을 글로 쓴다는 것은 백문이
불여일견이라는 명언을 만들어 놓았다. '티눈처럼 박혀있던 질박한 생
각들도 하얗게 비워낸다.'는 한마디는 여행의 갈무리요 여행에서 얻어
낸 순금의 마침표 같다.

회갑이라니, 불혹의 나이가 엊그제 같은데 이순을 지나 회갑을 맞았다. 예
전에는 70세까지 사는 것이 드물어 환갑만 되어도 잔치를 베풀었는데 평균
수명이 길어지다 보니 주변에 회갑을 떠들썩하게 하는 모습은 보기 힘들다.
육십갑자 원년으로 돌아왔으니 회갑은 초심의 마음으로 나를 돌아보게 한다.

— 「우수 뒤에 얼음같이」에서

세월의 수레바퀴는 되돌릴 수 없어 어느새 회갑을 맞게 된 것이다.
아마 회갑기념으로 일본여행을 기획했는지 모르겠다. 그곳에서 느끼는
감회를 '우수 뒤에 얼음같이'라는 속담으로 정리한 것 같다.

나이 든다는 것은 옭아매는 일이 아니라 풀어내는 일이다. 옭매였던
것도 앙다물고 있던 것도 꽁하던 일들도 하나둘 풀어내야 한다. 우수

뒤에 얼음이 풀어지듯 말이다. 그것도 모처럼 온천에서 다 풀어놓고 따뜻한 물에 몸과 마음도 다 풀어놓고 깨닫는 것이 있다면 이는 그 어떤 회갑연보다 뜻 깊은 잔치이다.

이렇게 여행이 생활 속에 깊이 자리 잡고 있다. 사계절로 나눠 늘 여행을 떠나고, 또 떠나고 싶어 하고 그곳에서 글 쓰는 화자의 모습을 찾아보았다. 마치 동행 하듯이.

산다는 것은 여행길이다.

사람마다 사연이 있다. 사연이 깊으면 한限이라고 한다. 예전 어머니들은 한이 많았다. 힘들고 어려운 일이 그만큼 많았던 까닭이다.

어머니는 한이 많았다. 청각을 잃은 오빠 때문이다. 6·25전쟁 직후에 뇌막염 후유증으로 약을 제대로 쓰지 못한 것이 부모의 탓이라고 여긴 어머니는 해보지 않은 것이 없었다. 좋다는 명약도 써보고 신앙에도 매달렸지만 청각은 돌아오지 않았다.

어린 시절, 오빠를 편애하는 어머니를 이해할 수 없었지만 의사소통이 불편한 오빠가 괴성을 지를 때마다 어머니는 얼마나 쓰리고 아팠을까. 자식의 장애가 온전히 자신의 것인 양 오빠에게 지극정성을 다했다. 천성이 온순한 오빠는 공부를 잘했다. 미술에도 재능이 있어 미대를 졸업하고 건강한 사회인이 되기까지 어머니의 헌신이 뒷받침했다. 오빠가 정상인 못지않게 될 수 있었던 것은 나카같은 어머니의 눈물 때문이리라.

— 「진주목걸이」에서

이 작품은 등단작이다. 문단에 첫발을 내딛은 의미 있는 작품이다. 이 작품에서 가정사를 꺼내고 있다. 어머니의 한과 청각을 잃은 오빠

이야기다. 그로 인한 아픈 가족사가 나온다. 오빠 한 사람만의 문제가 아닌, 가족 전체가 힘들었을 이야기다. 다행히 어머니의 헌신적인 사랑으로 오빠가 미대를 나오고 정상인의 대열에 합류했다는 것은 가족 모두의 기쁨일 것이다. 여기서 미술이라는 것을 만난다. 미술전람회에 다녀온 작품이 이번 수필집에도 상당부분 있는 것에 대한 이유가 될 것이다. 또한 따님까지 미술을 전공했다는 것은 우연한 일이 아니다. 집안에 예술가의 피가 흐르고 있는 것이다. 삼당시인의 한 사람인 고죽 최경창이 그의 선조인 것을 떠올리면 또한 그러하다.

어머니는 어느 작가나 한번 이상 쓰고 지나갈 수밖에 없는 소재이다. 나이 들수록 부모님을 닮아가는 모습을 보며 깜짝 놀랄 때가 있다. 목소리도 웃음소리도 심지어 아픈 곳까지 닮아 있음을 느낀다.

장롱 안에는 잘 갈무리 해 넣어 둔 베갯잇과 이불 홑청이 축 처진 모습으로 누워있다. 밀가루 풀을 알맞게 쑨 다음 풀을 먹여 꾸덕꾸덕 마른 것들을 손 다듬질 한 다음 어머니가 했던 대로 보자기에 싸서 꾹꾹 밟아본다. 체중에 눌려 잘 펴진 홑청은 다림질이 필요없이 반반해졌다.

―「골무」에서

이불 홑청을 손질하면서 어머니를 떠올린다. 어머니가 하던 대로 일을 하면서 스스로 어머니와 하나가 되어본다.

한 땀 한 땀 이불을 시치다보니 가실가실한 홑청의 풀기가 뒤척일 때마다 갓 구워 낸 김처럼 사각거린다. 생전에 어머니는 홑청을 시칠 때마다 골무를 끼고 애잔하게 노래를 흥얼거렸다. 옆에서 훔쳐본 어머니 얼굴이 슬픈 것 같아 무슨 노래인지 물어 보면 웃기만 했다.

―「골무」에서

어머니에 대한 그리움을 홑청이야기에서 찾아낸다. 구체적이다. '갓 구워낸 김처럼'이란 비유도 나온다. 골무를 가지고 어머니에 대한 기억을 다시금 찾아낸다. 작은 골무에 무슨 사연이 그리 많을까. 환유이다. 골무 하나로 어머니라는 큰 산을 다 아우르는…….

생전의 어머니는 낮잠 자는 모습을 거의 보지 못할 정도로 부지런했다. 어리굴젓 무침 속에 씹히는 생강 채처럼 상큼한 기치로 집안의 대소사를 이끌어갔고 동네에서도 소문난 효부였다. 홍시가 나는 계절이면 떨어질 때까지 할머니가 드시던 홍시 바구니가 빈 적이 없었다. 홍시가 떨어지는 것을 확인하는 것은 내 몫이었다. 중풍으로 몇 달을 누워 지낼 때 아무 의식도 없는 할머니께 옆 사람과 대화하듯이 집안일을 의논하며 극진히 간호하던 모습은 지금도 눈에 선하다.

— 「골무」에서

어머니를 닮은 모습을 찾아낸다. 그렇다. 어머니 닮은 딸의 모습이 윤곽을 드러낸다. 어머니가 부지런하고 소문난 효부라면 그 역시 효자이다. 지금 아버지를 모시고 있기 때문이다. 부모 앞에 효자라고 말할 수 있는 사람이 어디 있겠는가마는 어머니의 효도하는 모습을 보며 자란 것을 보면 그 역시 효자임에 틀림없다. 여기서도 주목할 곳이 있다 '어리굴젓 무침 속에 씹히는 생강 채처럼'이라는 표현이다. 이러한 것은 누구도 흉내 낼 수 없는 그만의 독특한 표현이다.

골무 얼굴에 꽃처럼 피어난 수많은 바늘 자국처럼 어머니 가슴을 아프게 한 상처가 시나브로 다가온다. 바늘 끝처럼 예리하게 만나는 상처가 어디 한 둘이었을까. 상처가 나지 않게 감싸주는 골무가 자식에 대한 사랑인 것을 그때를 왜 몰랐을까.

— 「골무」에서

생전 어머니가 쓰던 골무는 이제 단순한 존재가 아니라 어머니의 분신이다. 그래도 어머니라는 이름 앞에 서면 애잔한 마음이 든다. 나이 들수록 어머니에 대한 감정은 더 고조되기 마련이다.

그 어머니도 마치 먼 곳으로 여행 떠났다가 불쑥 다시 돌아올 것만 같은 착각 속에서 그립고 애절한 마음을 읽게 된다. 그러나 어찌 돌아올 것인가. 저승길도 여행길인 것을. 한번 가면 다시 못 오는 여행길인 것을. 우리도 그 먼, 한번 가면 다시 못 올 길을 향해 지금도 바삐 걸어가고 있는 것 아닌가.

그 먼 마지막 여행을 익숙하게 하기 위해 자꾸 여행을 떠나는 것 아닌가. 여기까지 생각이 닿으면 도무지 다음 말을 잃어버리게 된다.

여행은 돌아올 곳이 있어야 행복하다.

여행 수필, 수필 여행, 어떻게 말해도 좋다. 여행을 떠나고 이를 글로 정리하는 사람은 그 어느 글도 쓸 수 있다. 사물에 대한 이야기라든지, 사랑에 대한 이야기라든지 가릴 것이 없다.

오래전, 오스트리아 여행 중 벨베데레 궁전 미술관에서 분리파 화가인 구스타프 클림트(Gustav Klimt) 작품을 관람했다. 클림트는 청년시절 사랑하는 여인에게 선물대신 엽서를 보낸다. 궁핍했던 무명작가 시절, 돈이 없는 그는 사랑하는 에밀리 플뢰게한테 꽃조차 선물할 수 없었다. 수많은 붉은색의 하트가 사과처럼 걸려있는 그림을 그리고 그 아래에 '꽃이 없어서 이것으로 대신 합니다'라는 글귀를 넣어 엽서를 보낸다. 생화는 아니지만 꽃보다 귀한 마음을 담아 보낸 엽서가 눈길을 끈다.

―「손수건과 얼레빗」에서

이 구절은 최태희 수필집에 대한 귀결이다. 오스트리아 여행 중 구스타프 클림트 작품을 관람했다는 것이다. 외국여행에서도 유명 화가들의 작품을 만난다. 작품을 보며 작가를 만나고 또 인간사를 만난다.

내가 그를 만난 것은 헤어진 지 거의 30여 년 만이었다. 문학 동호회를 계기로 다시 만났을 때, 젊은 플라타너스 나무처럼 건장하고 코발트빛 티셔츠가 잘 어울렸던 20대 청년은 중후한 50대 중년으로 변해 있었다. 트렌치코트 깃을 세우며 다가온 그 남자, 30여 년 가까운 공백의 시간을 넘나들며 앙금처럼 깔려있던 풋풋한 추억들을 끄집어냈다.

덕수궁 돌담길을 오가며 나누었던 첫사랑은 이루어지지 않았고 헤어진 뒤 그는 미국으로 이민을 갔다. 먼 이국땅에서 가정을 꾸미며 건실하게 살아온 모습은 보기 좋았다. 여유로운 표정과 몸에 배인 친절함은 그를 더욱 넉넉하게 했다.

미국으로 돌아가는 그에게 손수건을 선물했다. 손수건은 흔히 눈물과 이별을 상징하지만 딱히 무엇을 선물할까 망설이다 부담 없을 것 같아 준비했다. 정채봉님의 시구처럼 힘이 들 때 땀을 씻어주고, 슬플 때는 눈물을 닦아주는 의미도 곁들여서. 그는 내게 나무로 된 머리빗을 주었다. 종 모양의 동양매듭이 앙증맞게 매달린 얼레빗이었다.

　　　　　　　　　　　　　　　　　　　　　 — 「손수건과 얼레빗」에서

인생의 뒤안길에서 만난 첫사랑, 트렌치코트 깃을 세우며 다가온 남자, 사람의 감정은 나이 들수록 더 절절해서 아마 그 감정이 어떠했을까 짐작만 하게 된다. 30년 세월 속에 사랑의 추억은 전설이 되고도 남음직 한데 손수건을 주고 얼레빗을 선물로 받은 모습에서 아직도 가슴 한구석에 남은 감정은 현재진행형이 되고 있다. 마음속에 묻어둔 사랑이라고나 할까.

얼마 전, 잠시 한국에 들렀다는 그를 다시 만나게 되었다. 차를 마시던 그가 호주머니에서 꺼내 보이던 체크무늬 손수건. 내가 선물한 것이었다. 그에게 선물한지 십여 년이 지났다고 할 수 없을 정도로 각을 맞춰 단정하게 접혀진 손수건은 소중하게 다룬 흔적이 역력했다. 그가 준 얼레빗의 빗살이 혹여 부러질까봐 간직했던 것처럼, 그 역시 소중하게 사용한 것에 잔잔한 감동이 파문처럼 인다.

— 「손수건과 얼레빗」에서

첫사랑 이야기는 여기서 끝이 난다. 선물 이야기도 마음이 깃든 선물을 강조한다. 그래야 '마음과 마음을 이어주지 않을까.'라고 여운을 남긴다.

나머지는 이제 독자 몫이 되었다. 이것 또한 사랑 여행이라고 해야 할까. 첫사랑 여행이라고나 할까. 어차피 만나고 헤어지는데 익숙해지는 것이 여행이다. 낯설고 새로운 곳을 찾아 미련 없이 떠나는 일이 여행이다. 그 길에서 되돌아가고 싶은 곳도 있지만 또 다른 새로운 곳이 기다리는 여행길에서 되돌아가기는 어려운 일이다. 우리네 인생길도 그래서 여행길인 것이다. 수필을 쓰는 길도 또한 여행길이다. 그곳에서 우연히 만나 같이 수필을 공부하고 답사를 다니다 보니 어느새 동행을 하고 있다. 이 동행이 변함없이 오래 지속되기를 바라는 마음이다. 서로 여행 가이드, 인생 가이드, 수필가이드가 되어 주면서.

최 태 희 수필집

다무락

초 판 인 쇄 2014년 3월 10일
초 판 발 행 2014년 3월 15일

지 은 이 최태희
펴 낸 이 배준석
펴 낸 곳 **문학산책사**
등   록 제3842006000002호
주   소 경기도 안양시 만안구 병목안로 81. 103-1205
         ㉾430-717
전   화 (031)441-3337
휴 대 폰 010-5437-8303
홈 페 이 지 http://cafe.daum.net/munsan1996
이 메 일 beajsuk@hanmail.net

값 10,000원

ⓒ 최태희, 2014

ISBN 978-89-92102-50-6 03810

이 도서의 국립중앙도서관 출판시도서목록(CIP)은 서지정보유통지원시스템 홈페이지
(http://seoji.nl.go.kr)와 국가자료공동목록시스템(http://www.nl.go.kr/kolisnet)에서
이용하실 수 있습니다.(CIP제어번호: CIP2014007685)